U0024494

有華人的地方就有

龍人的作品

戰神之路

卷·2

宿命之戀

龍人作品集

CONTENTS

內容簡介

他能列位全球第一殺手，這只因他擁有一身奇特的絕技。

但他為了追求真愛，而進入了另一個陌生的國度——幻魔大陸。

在這擁有人、神、魔的幻魔大陸國度裡，他才知道自己的力量是多麼的渺小，但不知是宿命的安排，還是天地對他的憐惜，超越自然的能力與毀滅空間的魔法竟不能置他於死地。無數次的征戰中，他卻發現了自己的體內竟孕含著蒼天萬物之靈——天脈！他才知道他原本屬於這裡，於是——

他成了遊盪大陸的落魄劍士！

他成了一個強大帝國的未來君主！

他成了控制黑暗力量魔族的聖主！

他成了大陸萬族美女心目中的英雄！

他成了三界強者眼中不可擊敗的神！

但在擁有數種身分與無數情人的他，卻發現幻魔大陸出現了另一個強大的自己。

是什麼力量能複製幻魔大陸人、神、魔三界第一強者的身體？

會有誰擁有控制人、神、魔三界的能力？

他為了擺脫命運的安排，無奈之下踏入了挑戰自己的路！

第一章 化虛為實

莫西多與褒姒公主也看到了影子手中的飛刀，他們拿不準這個男人心裡到底在想些什麼，抑或是在他眼裡，方夜羽實不足一提。如果真是這樣，莫西多這些天來的一再忍讓，終於達到目的了，他所需要的就是這樣的人。

可瑞斯汀則只是擔心，雖然他曾見過影子一招擊殺「落日」，與落日相比，這方夜羽不會比他更爲有名氣，但他還是有些擔心。

方夜羽的兵器是一柄劍，但這柄劍與一般遊劍士所用之劍不同，劍鞘及劍柄之上漆了一道火焰般的圖案。雖然在陽光的映襯下，卻仍透著一種詭異，讓人感到劍鞘裡面藏著的不是一柄劍，而是蟄伏著的一條火龍。

影子與方夜羽的「友好」交談到此結束，試劍場上，兩人的距離正在拉開。

拉開的距離中，讓人感到的不僅僅是一種空間的變換，與每一場關係榮譽生死的戰鬥一樣，在這段拉開的空間距離裡有著某些令人喘不過氣來的東西，或稱之爲「殺氣」。

如果殺氣只是一種無形的存在，只是一種抽象的概念，那就代表著一個遊劍士的修爲還沒有達到「練氣成形」，或者「以氣殺人」的境界。

方夜羽身上的殺氣給人的感覺，便是「化而成實」，以有形的殺氣影響著人的思維。緩緩的氣流繞著影子與方夜羽之間，形成一個圓形的氣場，裡面氣流的流動恍如有形的水。

可瑞斯汀有著喘不過氣來的感覺，雖然他不在氣場之內，但他能感受到身在氣場中心的影子所面臨的危機，這才認識到眼前的方夜羽只會比劍士驛館內的「落日」強橫十倍。

這種差距是明眼可鑒的。

氣機鎖定著影子，方夜羽冷酷至極的黑色雙眸射出死神般的冰冷眼神，那漆著火焰圖案的劍則如火山般蟄伏著，只等待爆發機會的到來。

一切在靜止中等待著。

方夜羽無疑是聰明的，而且有著十足的應敵經驗，這從他應付影子的作戰策略便可看出，同時這也是他與那個所謂的「落日」的本質區別。

他選擇了等，也就是說，他選擇了讓對手首先出擊。只要影子在氣機被鎖定的情況下有稍微的異動，他便可在第一時間內找出影子所存在的破綻，手中那柄蟄伏著的劍就必會給影子致命一擊！就算不能一招將影子挫敗，也可以搗碎影子所誇下的「一招制勝」的海口。

時間在令人窒息的氛圍中推移，而影子卻一動也沒有動，唯有手中的那柄小飛刀因爲不停

地轉動、變換刀面而一閃一閃地反射著太陽的光芒。

影子的臉上仍帶著令人捉摸不定的微笑。

突然，他動了，在誰也沒有想到的時候動了，眾人只看到他的笑容更盛，卻沒有想到他動了，從這段拉開的時間距離裡，他又一步一步地向方夜羽移去。

他的腳步很均勻，也很正常，就像平時走路一樣，沒有任何二致。

方夜羽心神一怔，他根本不明白影子這種異類地移動腳步代表什麼意思，其背後到底潛藏著怎樣的殺機。

所以，他手中那柄漆著火焰圖案的劍遲疑了一下，而這時……

「嘯……」影子手中的那柄飛刀如飛火流星般射了出去，從層層疊疊鎖定的氣流間穿透，發出一種尖銳的鳴嘯，形成一道銳利的光影。

「鏘……」方夜羽手中的劍飛竄而出，氣場突然因一條火龍而燃燒，那一道銳利的光影被火龍一口吞噬。

聲音突然停止，世界在這一刻變得萬籟俱寂。

莫西多正欲送入口中的茶水凝滯般停在唇邊。

良久，方夜羽心猶不甘地緩緩低下頭，在他的心臟部位，他看到了一個圓圓的血洞，透過血洞可以看到另一邊的天空，鮮血汩汩流下。

「爲……爲什麼會這樣？」他道。

沒有人回答，而他卻倒了下去。他到死都不明白，爲何他的劍明明已經吞噬了那一柄飛刀，而他的胸口卻還會出現一個洞？

影子走近倒下的方夜羽，他看著那死不瞑目的眼睛，道：「你不能怪我，因爲我的刀只爲殺人而存在。」

他轉過身，拾起那柄「廢鐵」，從試劍場向莫西多等人走去。

莫西多本只是想見識一下影子的身手，卻沒有想到影子竟然將方夜羽殺死，「爲何這個人總是讓自己感到不痛快呢？」莫西多的心中陡然升起了殺念。

影子走近莫西多面前，道：「殿下是不是怪我殺了他？」

莫西多不語。

影子一笑，道：「看來我與殿下是很難找到共同話題了。」於是，便朝離開三皇子府的方向走去。

可瑞斯汀看了看莫西多，又看了看影子，離開座位，跟著影子向前走去。

只不知褒姒公主心裡在想些什麼？

「站住！」莫西多突然喝道。

影子的腳步停了下來。

莫西多道：「難道你就這樣一走了之嗎？」

影子背對著他道：「殿下連死一名普通的門客都捨不得，看來我們是沒有什麼共同的話題可談。」

莫西多冷冷地道：「難道你不怕我殺了你？」

影子轉過身來，道：「這是殿下第二次說這句話了。」

莫西多冷冷一笑，道：「你以爲我真的不敢殺你？」

影子道：「如果殿下覺得殺死我可以換回你門客的一條命，那就儘管殺吧。」

論劍場不知何時已經出現了四個人，四人站定，已將影子與可瑞斯汀死死困住，他們身上所散發出來的氣機，遠較方夜羽強。

影子搖頭一笑，道：「看來我今天選擇來到這裡，是一個錯誤。」

莫西多冷笑道：「你怕了？」

影子道：「不，我只覺得我看錯了人。」

莫西多道：「沒有人會喜歡一個與自己作對之人，你殺死方夜羽，難道就沒有想過會給自己帶來什麼樣的後果？」

影子道：「我只是想了解殿下是不是一個具有大的戰略眼光，值得朝陽爲之盡心效力之人。」

莫西多道：「那你的意思是說，你殺了方夜羽是爲了證實本皇子是否值得你效忠之人？」

「不錯，殿下這次請朝陽來，想必不是爲了吃飯那麼簡單。既然殿下有權力選擇怎樣的一個人作爲你的朋友，那麼我也有權力選擇怎樣的一個人作爲我盡心效忠的對象。若是不能夠給自己帶來前途和希望，那我現在所做的一切都變得毫無意義了。」影子輕淡地道。

莫西多道：「那你現在是否覺得本皇子是值得你效忠之人？」

「至少我目前還沒有看到。」

說完，影子便朝論劍場的出口走去。

而在出口處所站立的一人卻擋住了他的去路。

在這個擋住去路的人身上，影子聞到了只有死神才有的氣息。他環抱雙手，視影子如無物。

「死奴，讓他走。」這時，背後傳來莫西多的聲音。

影子心裡笑了，是一種得勝者的笑，他看到了事情正在往自己設想的方向發展。

影子輕快的腳步走出了論劍場，後面跟來了忐忑不安的可瑞斯汀，看來剛才劍拔弩張的局面還沒有讓他的心回過神來。

「褒姒公主對他有什麼看法？」莫西多眼看著影子和可瑞斯汀走出論劍場，向一旁良久不語的褒姒公主問道。

褒姒公主從自己的思緒中回過神來，道：「我不知道。」這個回答令莫西多大吃一驚，因爲這樣的話是絕對不應該從褒姒公主這種極有主見之人的口中說出來的。

「公主的『我不知道』是什麼意思？」莫西多不解地問道。

褒姒公主看著莫西多，道：「就是和三皇子的心裡想法一樣。」

莫西多無奈地道：「是的，我也看不透這個人。」

褒姒公主這時又道：「你有沒有看到他的殺人手法，以及他殺人前所表現出來的『氣態？』」

莫西多若有所思地道：「在幻魔大陸，我從來沒有見過他這種殺人方式。他的殺人方式似乎不是一種實力的體現，或者說，他的殺人方式完全不同於兩個人真正實力的對抗，而是出於一種心計，是將對手一步步導入自己所設定的陷阱裡面，再施以殺手。我似乎根本就沒有看透他到底有著怎樣的實力……」

褒姒公主接著莫西多的話道：「打一開始，他故意讓方夜羽鎖定他的氣機，而他渾身卻沒有表現出一點氣機，沒有讓人感到他是在面對一場比試。然後，他不斷地轉動著手中的那柄飛刀，擾亂方夜羽的心神，雖然方夜羽知道對方飛轉飛刀志在擾亂自己的心神，但仍不能夠忽視這轉動著的飛刀，因爲那刀面所反射的太陽光芒總在眼前晃動著，誰也不可能真的對它視而不見。最後，也是最爲重要的一環，方夜羽一時不能掌握對手這種莫名其妙的走幾步到底是什麼意思，也沒有看透對手的目的，故而不敢貿然出手，心神稍有遲疑，而此刻所有的主動氣機陡然間發生了翻天覆地的變化，他找到了，更準確地說，他創造了方夜羽心靈間所存在的空隙，所以他出手了，這也注定了方夜羽的失敗。雖然方夜羽及時出劍，並遏止了那柄射出的飛刀，但他被自己的眼睛欺騙了，以至於無暇判斷出真正的殺招是藏在飛刀後面的那柄飛刀，在那團光影中，方夜羽只看到一柄飛刀。對於方夜羽來說，以他的實力是有機會破去這一招的，最本質的原因是他沒有足夠的自信，缺乏對對手的瞭解，被對手牽著鼻子走。」

莫西多歎息了一聲，道：「也許，從他丟掉那柄劍的時候，已注定了方夜羽的敗局。或許，方夜羽可以避過第二柄飛刀，但勝利是屬於那些始終掌握著局勢的人，誰也不能肯定他會不會有第三柄飛刀，從這一點上來講，方夜羽根本就不是他的對手。」

褒姒公主由衷地道：「所以，這樣的人是最爲可怕的。」

莫西多道：「那公主覺得我們接下來應該怎麼辦？是否應該用這樣一個人？」

褒姒公主抬頭望天，她的眼睛顯得有些悠遠，想起了影子所唱的那首古老的歌，她彷彿看到了一些什麼，但又顯得不真實，幽幽地道：「我也不知道。」

莫西多已經是第二次聽到這個西羅帝國最有才情、最富主見的公主說出這樣的話了，這時，在他的心中，卻已經有了主見。

在走回劍士驛館的路上，可瑞斯汀不無擔心地道：「朝陽兄，你覺得三皇子會怎樣對付我們？」

影子停下腳步，看著可瑞斯汀道：「你怕了？」

可瑞斯汀斷然道：「不，我是爲你擔心。」

影子看著可瑞斯汀的眼睛，隨即一笑，道：「多謝可瑞斯汀爲我擔心，我知道你是爲我好。既然事情已經發生了，一切該接著發生的事情就讓它發生吧，反正閑著無聊，有些事情發生也好。」邊說邊繼續往前走著。

可瑞斯汀跟在後面，道：「難道你一點都不害怕？」

影子大聲道：「你看我像怕事的那種人麼？這個世界太沈悶了，我要給這個世界帶來一點活力，好讓幻魔大陸從此充滿生機。」

可瑞斯汀心中一想也是，能夠與三皇子針鋒相對、處變不驚之人，又豈是怕事之輩？他只是不明白影子後面的話是什麼意思。但影子所說的這些卻無端地讓他心中充滿了一種豪情，有一種天高任鳥飛、海闊任魚遊的感覺。

是的，幻魔大陸已經平靜了太長的時間，毫無生機，毫無激情，也是應該讓它發生改變，充滿魔幻色彩的時候了。

可瑞斯汀的擔心，也轉化爲滿臉的笑意，畢竟今天，「他」看到了這個世界上最棒的男人。

又是一個夜晚。

暗雲劍派密室。

斯維特剛剛走進，卻不由得嚇了一跳，因爲一個人正背對著他站在裡面。此人能神不知鬼不覺地出現在密室中，這對於防守森嚴的暗雲劍派而言幾乎是不可能的，況且這樣一個密室，外人根本就不可能知道。

斯維特厲聲喝道：「你到底是誰？」同時手中的劍「鏘」地一聲拔了出來，從他的反應來看，他那被斷的手脈已經完全續接好了。

那背對著他的人沒有說話，而是將一個東西丟在了地上。

斯維特看了一眼地上的東西，眼睛又死死地盯著背對著他之人，謹慎地將地上的東西撿起。

在他手中的赫然是一塊萬分少見的以黑色晶石雕刻成的令牌，上面的圖案是一片烏雲被一道閃電從中劈開。

「是你！」斯維特的心中萬分驚駭，他知道，這塊令牌是暗雲劍派至高無上的象徵，只有一個人才擁有這樣的令牌。

那人沒有發出任何聲音。

「你怎麼回來了？」斯維特詫異地問道。

「你很怕我回來嗎？」那人低沈著聲音道。

「當然不是。」斯維特忙道，他的心中很是有些惶恐，他不知道此人的突然歸來到底所爲何事?幸好對方是背對著他的，不能看到他臉色的不自然。

「你應該知道我這次回來所爲何事。」那人緩緩地道。

「我不明白你這話是什麼意思。」

「哼！」那人冷哼一聲，反問道：「你不明白？」

斯維特的心中更是沒有底，只得堅持道：「我確實不明白。」

「那就讓我來告訴你吧，我這次回來就是爲了暗雲劍派之事。在我不在的時候，你到底做了些什麼?今天你給我老實交代！」那人突然厲聲道。

斯維特心中一震，道：「我什麼都沒有做，要說做的話，那就是我一心想著把暗雲劍派發展壯大。」

「一心想著把暗雲劍派發展壯大？」那人冷笑一聲，道：「我看你是一心想把暗雲劍派帶入萬劫不復的死域，想讓暗雲劍派在你手中毀去！」

斯維特心中甚是不服，聲音不由得提高了幾分，道：「我什麼時候有這種想法了？我爲暗雲劍派所做之事，暗雲劍派上上下下每一個人都有目共睹！」

「哈哈哈……」那人帶著幾分淒然無奈地大笑道：「我看你是死不悔改！」

斯維特道：「如果你不相信的話，可以去問問暗雲劍派上上下下每一個人。」

那人突然厲聲道：「那我問你，你爲何要與三皇子暗中勾結，刺殺大皇子，將暗雲劍派帶入攪不清楚的政治鬥爭當中？」

「我……我……」斯維特支支吾吾著道：「我這也是爲暗雲劍派好，想讓暗雲劍派更加強大。」

那人道：「你難道忘了暗雲劍派立派以來的第一條宗旨是什麼嗎？不得捲入任何政治紛爭當中！我想你是忘了。」

斯維特的聲音低了下來，彷彿只有他自己能聽見：「我這也是爲暗雲劍派著想。」

「你口口聲聲說是爲暗雲劍派著想，我看你是被權勢迷昏了頭腦。我再問你，自從與三皇子合作以來，你到底爲暗雲劍派帶來了什麼？三皇子答應你什麼樣的條件了？」

「我……」斯維特不知如何回答，自從他與三皇子攪在一起之後，確實沒有爲暗雲劍派帶來任何好處，唯一的就是暗雲劍派可以在皇城趾高氣揚，不似先前那般低調，不理外事。

那人氣忿地道：「那就讓我來告訴你吧，自從你與三皇子攪在一起之後，派中損失了八十七名兄弟，其中還包括看守藏劍閣的有劍！另外，你還得罪了統領八千禁軍的天衣，殺了他的妻子，抓了魔法神院大執事的女兒艾娜，也就是說，你給暗雲劍派樹立了帝都內最強的兩大勢力，守城禁軍及魔法神院！你說，三皇子到底答應了你什麼樣的條件？竟值得你如此做！」

斯維特不服氣地道：「爲了成就大事，這也是不可避免的。」

「真是執迷不悟！你只要告訴我，三皇子究竟答應了你什麼樣的條件？」那人顯得十分沈痛地道。

斯維特道：「他什麼都沒有答應我，是我自願與他合作的。」

「他到底答應了你什麼樣的條件？」那人嘶吼道，憤怒的聲音在密室四面的牆壁急速衝撞著，刺人耳膜。

斯維特感到一股寒意自背脊而生，隨即直透全身每一寸肌膚，他從來沒有見過對方如此的憤怒。

他不得不如實道：「三皇子殿下答應我，待他登上皇位之後，暗雲劍派便與魔法神院融爲一體，由暗雲劍派執掌，暗雲劍派從此不僅有曠世的劍術，更有幻魔大陸最強的魔法，到那時，暗雲劍派便可以真正地稱雄於天下！另外，暗雲劍派還可以執令八千禁軍。」

「我看你是在做夢！」那人厲聲喝道：「我現在告訴你，立刻斷絕與三皇子的一切聯繫，並將艾娜釋放，否則的話，休怪我對你不客氣！」

一道電光在密室內掠過，一縷斷髮在斯維特眼前飄下，他手中的那塊令牌已然不見，那人也已消失。

「好快的速度！」斯維特驚駭不已：「若是他剛才的目標是自己的腦袋，恐怕此刻自己的腦袋早已搬家，沒想到他這些年來的武學進展竟是如此之快。」

斯維特又想起與三皇子所訂下的協定，心不由得又沈了許多，三皇子是絕對不會如此簡單便放過暗雲劍派的，因爲他的手中有著自己的把柄……

第二章　神魔之級

影子來到了約法詩蘭相見的地方，他的心中充滿了自信，他相信法詩蘭一定會來的。

此時，他身上所穿的，已經不再是那套破爛的遊劍士服飾。

來此之前，他特意洗了一個澡，讓自己的身心在溫水的浸泡中得到徹底的放鬆，他相信今晚是一個美妙的、令人值得回憶的夜晚。

天上的星星，地上的小草，樹上的葉子，都彷彿因他的心情而發出歡快的聲音。試問有什麼比這一切更美好呢？有什麼比這一切更值得期待呢？

自從影子看到她的第一眼起，他就知道，自己的命運是與她聯繫在一起的。從他宣告自己與過去告別之後，他第一個看到的女人便是她，彷彿是上蒼的一種有意安排。

爲什麼會這樣呢？他不知道，這也是他唯一感到不解的地方，是宿命嗎？他從不相信宿命。但如果說不是宿命，那應該是什麼呢？他不得而知，或許是一種等待吧，是兩個不同時空穿越的磨擦，是兩個不同時空的交會點。

一直以來，他以爲是影將自己帶到這裡，是影口中所謂的「姐姐」的原因讓自己來到這裡，但現在，他可以肯定地說：是因爲法詩藺，一個欲殺自己的女人！

當他從羅霞的口中得知這樣的一個女人是法詩藺，是曾經的那個「自己」所喜歡的女人，更是與三皇子所共同喜歡的女人時，他就下定了決心：一定要得到她！

不，或許比這更早，應該是她刺自己一劍的時候，他就下定決心一定要得到她。

當時，他問過自己，爲什麼會感覺不到痛？爲什麼被她刺了一劍反而會感到很舒服、很痛快？現在，他不需要回答這個問題了。

正如羅霞所說的那些肉麻的對白一樣，或許已經在十年、百年、千年前，他與法詩藺已經是相識的，如果這也算宿命，那他確信，這是宿命對他的一種安排。

這種無法抑制的情愫，對他來說是一種矯情，是一種做作，是一種虛假的情感，現在說來卻是多麼真實，這些以前被他嗤之以鼻的東西，此刻正如潮水般在他體內肆掠狂湧著。

這或許也是一種改變，抑或是生命中最爲真實的自我。影子此時無法分清，也無暇去分清，最爲根本的是沒有必要去分清。

正如有一部電影裡所說：「愛一個人需要理由嗎？」

風，輕拂著他的臉，他閉上了眼，聽到自己的心在狂跳著……

法詩藺思量再三，她終於下定了決心。

但她剛欲踏出房門，腳步卻突然凝固在了空中，因爲她看到了一張熟悉而又陌生的臉。熟悉是因爲臉的輪廓，是因爲那眼神，是因爲在夢中思量後各種改變後的容貌，而她此刻所看到的正是自己所設想的千萬種容貌中的一種。

陌生，則是因爲時間，是因爲時間給予的滄桑，是一個男人成熟後的改變。

「哥！」法詩藺痛哭著撲入那人的懷裡，她感到了久違的幸福。

那人也緊緊擁著法詩藺，瘦削的臉上亦蕩漾著相見後的溫馨。

濃郁的親情充滿著這個小小的房間，兩人都沒有用任何言語來驚擾這份用思念累積而成的親情，唯有「擁抱」才能體會彼此間無法言表的情感。

良久良久，兩人都沒有說任何話。

「你還是這般小孩子氣。」那人終於開口道。

法詩藺緊緊地偎在那人懷裡，道：「大哥，你瘦了。」

那人道：「你也瘦了。」

法詩藺道：「大哥可知道我有多麼想你？」

那人道：「我也想你。」

「我每天都希望見到大哥。」

「我也想見到你。」

麼？」

法詩蘭「噗哧……」一聲笑了，離開那人的懷抱，道：「怎麼我說什麼，大哥便跟著說什麼？」

那人笑著道：「因爲大哥的心和你的心是一樣的啊。」

「都這麼多年了，大哥還是這樣。」

「大哥不是這樣，還能哪樣？總不至於變成『小哥』吧？」那人說道。

法詩蘭突然想起了什麼，有些淒然地一笑，道：「我怕大哥很快又會離開我。」

那人又將法詩蘭的頭攬進了自己的懷裡，心痛地道：「你總是這般傷感，讓大哥好生爲你擔心。」

法詩蘭道：「我總是盼望能早日見到大哥，但見到大哥後，又怕大哥很快就會離開我。如果哪一天，大哥不再離開詩蘭，詩蘭就會不再傷感了。」

那人輕撫著法詩蘭的頭，道：「大哥也是身不由己。這些年來，大哥爲了求得劍道的突破，希望通過重走先祖不敗天之路而有所收穫，而所得卻是甚微，始終達不到『大敗』的境界，這令我十分苦惱。」

法詩蘭安慰道：「我能夠理解大哥，大哥是希望暗雲劍派能夠光復到先祖不敗天的頂盛時期，成爲幻魔大陸真正的『劍之神殿』！」

那人歎息道：「而我現在的劍卻成了一柄『死劍』，似乎達到了一個極限，根本就不能夠明白何爲『大敗』！」

法詩藺道：「這也許是先祖不拜天所設想的一種境界而已，而他自己似乎也沒法領悟，故而他在練功室才寫下：劍道的極限爲大敗。」

那人道：「或許吧，但我想總沒那麼簡單，而且，既然能夠想到，就一定有它存在的道理，只是我還沒有能夠明白而已。」

法詩藺憐惜地道：「大哥不用太傷神，一切順其自然，總會有柳暗花明的一天。」

那人道：「也有可能是我太過執著的緣故吧，走進了一個無法回頭的死局。」

這時，法詩藺有些黯然地道：「那大哥這次打算什麼時候離開？」

那人有些茫然地道：「我也不能夠確定，現在有一些事情需要解決，另外，我在想，繼續這般走下去到底有沒有意義？我苦思不得其解。這次回來，我希望能夠對自己進行一次徹底的反思。」

法詩藺顯得極爲欣然地道：「那大哥的意思是說，不會像上次那般回來便走，會在帝都待上一段時間？」

那人點了點頭，道：「看你高興的樣子，不過，我不會待在暗雲劍派。」

「爲什麼？」法詩藺顯得有些不解地道。

「我剛才不是跟你說過嗎，有一些事情需要解決，所以不方便待在家裡。」那人語意憐愛地責怪道。

法詩藺從他的話中似乎覺察到了一些什麼，她從不過問暗雲劍派之事，所以對二哥斯維特所做之事一點都不瞭解。她道：「是不是暗雲劍派遇到了一些難以解決之事，所以讓大哥感到棘手？」

那人一笑，道：「這些事情你不用擔心，大哥自然會想辦法解決的。況且，事情並非真的如你想像的那般糟。」

法詩藺擔心地道：「總之，大哥要小心一些，現在的帝都似乎變得很複雜。今天，我還聽說幻魔大陸最有名的遊劍士之一落日被人殺死在劍士驛館，而且是一招致命。」

那人笑道：「那個落日是假的，真的落日怎會那麼不濟，被人一劍致命？」

法詩藺不解地道：「大哥怎麼知道那個落日是假的？難道大哥見過真正的落日？」

那人道：「大哥當然見過真正的落日，而且交情不錯，如果你想認識他的話，大哥不妨改天介紹你們認識。」

法詩藺看著他，發現他的語氣和神情都有些怪怪的，道：「大哥不會是騙我的吧？真的落日現在也在帝都？那他爲何不揭穿假冒者的陰謀？」

那人道：「這個世界假冒的人也太多了，一個落日也不是什麼大不了的人物。」

「可是假冒他人明顯是對人家的不尊重，況且，那個殺了『落日』之人豈不藉此聲名大振，欺騙世人？」

那人問道：「那你覺得應該怎麼辦？」

「起碼要讓真正的落日與那稱作朝陽之人比試一場，看他是否真有實力擊敗落日！」法詩藺道。

那人一笑，道：「好，大哥一定將你的意見向落日轉告，讓他會一會那個所謂的朝陽。」

法詩藺若有所思地道：「聽這個人的名字，似乎是有意與落日作對，否則也不會叫朝陽，因為誰都知道有了朝陽就沒有了落日。」

「妹妹也這麼認為？」

「與朝陽相比，我更喜歡落日，可以看到漫天紫色的晚霞，或許可以理解為：『有了落日也就沒有了朝陽』，誰知道呢？」法詩藺若有所失地道。

「『有了落日也就沒有了朝陽』？」那人重複著這一句話，點了點頭道：「這是一句很耐人尋味的話，大哥很喜歡。」

法詩藺一笑，可她臉上的笑容才擴展到一半，卻突然僵住了，因為她想起了「大皇子」約她相見之事……

天，將破曉。而法詩藺還沒有來，那顆被影子望著的星星也因為天明的緣故而漸漸淡去，直至消失。

影子從草地上站了起來。

在他體內積蓄著無處發洩的力量，他閉上眼極力讓自己保持平靜，而胸口卻是起伏不定。他控制不了那股到處亂竄，直衝大腦的力量，眼睛陡然射出森寒的奇光，穿透黎明前的黑幕。

「啊……」一聲長吼驚破雲霓古國黎明前的寂靜，在九天之上回響。

而地上，影子所在的那片樹林裡，一道寒光繞著圓圈，將周遭十丈內的樹林盡數穿透，最後現出的是一柄小小的飛刀。

「轟……」所有被穿透的樹木全部倒地，整齊劃一。

影子低著頭，大步向返回皇城的方向走去。

遠處，法詩藺的一雙眼睛看著這一切的發生……

當影子再次在皇城出現的時候，他的形象已恢復成遊劍士朝陽的模樣。

他一個人走出了劍士驛館，臉色顯得有些陰沈。

如果一個人心中的不快要通過某種形式發洩的話，那漫無目的的行走就有著此種目的。這是影子離開劍士驛館給可瑞斯汀及小藍的理由，他說他需要一個人走走。

小藍與可瑞斯汀目送著他從茫茫人群中消失，兩人有些不明所以地相互對望了一眼。在他們眼中，影子愈來愈顯得神秘莫測了。

而影子的真正目的，是要到暗雲劍派。

他停下腳步，抬起頭，「暗雲劍派」四個大字在陽光的映照下顯得雄渾有力，氣勢不凡。

他的嘴角輕輕牽動一絲笑意，是帶著不屑的輕笑。

他的心中有著不快，但走路並不能讓他得到發洩，他必須讓她認識自己！

他緩緩將手中的那柄「廢鐵」拔出了劍鞘，隨手一揮，那柄「廢鐵」在虛空中留下一道耀亮的軌跡，射在了「暗雲」與「劍派」四個字的中間，劍身不停顫動著。

所有暗雲劍派守在門口的劍士大吃一驚，手中之劍齊齊拔出，嚴陣以待。

在他們的記憶中，從未有過如此膽大妄爲之輩，竟然如此公然地向暗雲劍派挑戰，就是當年的有劍、無劍前來挑戰，也不敢如此放肆。

「你是何人？竟然敢來暗雲劍派搗亂！」一人厲聲喝道。

影子看也不看他們，道：「告訴法詩藺，就說遊劍士朝陽，特來求見雲霓古國第一美女。」

「嘩……」眾劍士又是一驚。

這幾天來，朝陽之名在帝都可謂是無人不知，無人不曉，身爲暗雲劍派之人更是聽說過其名，而此刻，卻不想他竟然來暗雲劍派挑戰。

一人迅速進去通報了。

「法詩蘭小姐豈是你說見便可見的?」先前說話之人又喝道。

「若是你再廢話，小心你的狗命!」

第三章　驚世之舉

「是誰想見我的妹妹？」斯維特大跨步從暗雲劍派走了出來，其身後跟著二十名勁裝劍士。

從這些劍士的身上清晰地顯露出一流劍士所必須具備的一切素質。

斯維特在影子面前停了下來，不屑地道：「你就是殺死『落日』的朝陽？」

影子道：「我要見的人不是你。」

「我知道，你是想見我妹妹法詩藺，但你要見她，首先必須能過得了我這一關。」斯維特道。

影子抬眼看著斯維特，一字一頓地道：「我只是想見法詩藺！」

斯維特一笑，他轉身望著影子射在匾牌上的「廢鐵」，伸手平空一抓，「廢鐵」嗖地一聲倒飛而出，握在了他的手中，然後道：「你可知道，三百年來，你尚是第一個將劍插在先祖不敗天親手所書的牌匾上？」

「那又如何？」

「那說明，你今天唯有將性命留在此處！」斯維特冷笑著道，接著，只聽「錚」地一聲，斯維特手中的那柄「廢鐵」化作無數碎片落在地上：「就如同你的劍一樣！」

影子仰頭看了看天，天上有風，一朵一朵的白雲很快從眼前滑過。

如果說，他來此的目的是爲見法詩藺的話，那他的另一個目的就是爲了征服整個雲霓古國的皇城！所以，暗雲劍派是他殺了「落日」後所選的第二個目標，而法詩藺的失約更讓他確定了這個選擇的對象，他要讓整個幻魔大陸都認識自己！這是影死後，他爲自己設定的路，這便是影子自我改造的全新自我！

他閉著眼睛靜默了片刻，然後睜開，道：「是你一人上，還是所有暗雲劍派的人一起上？」

斯維特冷笑著道：「你以爲你殺了『落日』便可如此猖狂嗎？你應該知道暗雲劍派是幻魔大陸的『劍之神殿』！」

「所以，我便找上門來。」影子道。

「原來你見我妹妹是假，挑戰暗雲劍派是真。」

「也不盡然，我確實想認識一下有雲霓古國第一美女之稱的法詩藺，如果你可以讓她與我一見的話，我或許會另選時間來挑戰暗雲劍派。」影子無比輕淡地道。

「你以爲你有足夠的實力挑戰暗雲劍派麼？」法詩藺的聲音這時從裡面傳了出來。

那些守在暗雲劍派大門處的劍士讓開了一條通道，齊聲道：「小姐！」

法詩藺從讓開的那條通道走了出來，雙眸冷傲的看著影子。

影子沒有與她的目光對視，他怕法詩藺認出自己，道：「你就是法詩藺？」

「你認爲暗雲劍派有第二個法詩藺麼？」

斯維特這時道：「妹妹怎麼出來了？我不是告訴過你，不可輕易拋頭露面麼？」

「既然他來找我，我爲何不可露面？」法詩藺說著，眼睛仍只是冷傲地盯著影子。

斯維特想說什麼，但最終還是沒有說出來，他知道這個妹妹的性格。

法詩藺接著道：「你是朝陽？」

「正是！」

「聽說你殺了落日？」

「別人都這麼說。」

「可我聽人說，你所殺的那個落日是假的，是一個假冒他人之名的鼠輩。」

此言一出，斯維特及那些劍士皆大吃一驚，他們看了看法詩藺，又看了看影子，無法確定這是否是一個事實。

「不管他是誰，與我都無關緊要，對我而言，我只是殺了他。」

「但不可否認，你因爲殺了他，而使你的聲名如日中天，整個帝都家喻戶曉。如果這也算與你無關的話，我還真不知究竟怎樣衡量一件事是否與人有關。」法詩蘭道。

影子道：「如果這也算是我的一種過錯的話，那麼我欣然接受法詩蘭小姐對我的指責。」

法詩蘭冷然道：「你沒有過錯，但你盜用了別人的過錯。在我看來，這是一件極爲不道德的事，更非一個遊劍士所應具有的品格。」

影子心中一驚，他發現自己在法詩蘭面前竟然有詞窮的時候，而更讓他吃驚的是，他原以爲自己會對法詩蘭充滿一種恨意，可在見到法詩蘭的時候，他發現什麼都沒有了。

「法詩蘭小姐的辭鋒很厲害。」影子道。

「我只是心中有著十分明晰的是非曲直觀念而已。」法詩蘭道。

「看來，我今日來求見法詩蘭小姐並沒有錯。」

「你有這個資格麼？」法詩蘭冷然反問道。

影子心中一震，他想起了昨晚法詩蘭失約之事，如電的目光迎上法詩蘭的眼睛，道：「你覺得我沒有這個資格麼？」

「是！」法詩蘭無比斷然地道。

「哈哈哈……」影子仰天狂笑，心中湧起無限淒然之情，想不到在法詩蘭的心目中，自己連見她的資格都沒有，自己的自作多情原來是如此的可笑。

影子強抑自己心中的淒然之情，微笑著道：「究竟怎樣的人才有資格求見法詩蘭小姐？」

「最起碼不會盜用別人的過錯，更不會連正眼看我的勇氣都沒有！」

「是的，我連正眼看你的勇氣也沒有，更盜用別人的過錯來贏得聲名，看來我確實是一個品格低劣卑下的小人。」影子自我罵道。

斯維特及眾劍士皆哈哈大笑，到此時，他們才真的相信這個所謂的朝陽只是殺了一個假冒落日之人，而並非幻魔大陸最著名的遊劍士，這種人還想來挑戰暗雲劍派？簡直是自取其辱！諸人的鄙夷之情溢於言表。

法詩蘭則仍是冷然看著影子，沒有顯出任何的鄙視和不屑之情。

而在影子的眼中，他所看到的卻全然不是這樣，法詩蘭的不屑之情盛於任何人！

一股澎湃無匹的力量似決堤的潮水般從他身體內某處瘋狂洩出，充斥著全身的每一個角落，彷彿每一個細胞都從沈睡中甦醒過來一般，相互衝擊著，相互迸發著屬於自己的力量。

這時，影子一腳蹬在了地上，那股澎湃無匹的力量通過那隻腳全部傳入青石板所鋪砌的地面。

大地深處，這時發出如天際的滾雷一般的轟鳴之聲，由遠及近，由大及小，突然——

「轟……」一聲爆炸響起，方圓一百米之內的所有青石板全部化爲粉碎，房屋全部搖晃倒塌，暗雲劍派門前的那條大道中間出現了一條深深的溝壑裂縫。

斯維特、法詩蘭、那些劍士及過路之人，無不搖晃著站立不穩身形。

斯維特和那些劍士根本不明白到底發生了什麼事，茫然地尋找著出事的原因。

法詩藺則是看著那個似曾相識的背影，搖搖晃晃地遠去。

她心中突然想起了什麼，大聲道：「如果你想見到真正的落日，明天日落之前，在武道館相見。」

而那背影卻沒有任何反應。

法詩藺回過頭來，卻正好看見暗雲劍派大門前不敗天所書寫的牌匾掉了下來，落在地上，分爲兩半。

斯維特看著那掉下來一分爲二的牌匾，咒道：「真他媽見鬼，無緣無故怎麼會發生地震？」

除了法詩藺，似乎沒有人會相信，剛才的「地震」是由朝陽所引發的。斯維特見影子已經走了，欲派人前去追殺，卻被法詩藺阻止了。

暗雲劍派地牢裡。

「吃飯了。」正在美夢裡與大皇子古斯特嘻鬧的艾娜被一聲喝聲驚醒。

此時，她正被四根精鋼鑄成的鐵鏈雙腳雙手分開地半懸在牢房裡，這是斯維特想出的唯一對這精通魔法的魔法神院大執事的女兒有效的辦法，不然的話，只怕早就給她跑了。

艾娜以比驚擾她從夢中醒來的更大的音量對著送飯來的獄卒道：「幹什麼？驚擾了本姑娘的美夢，小心我殺了你！」

那獄卒在一個可以自由升降的台子上放好飯菜，正欲離去，聽到艾娜的話，回頭嘻笑道：「你現在這樣子怎麼可以殺我？我想把你怎麼樣就怎麼樣倒是實話。」

說罷，趁機在艾娜的酥胸上摸了一把。

艾娜大怒，破口大罵，言語無所不用其極，甚至有些「經典名句」是出自那些賣身賣色的女子之口，而此時，她卻饑不擇食地加以利用。

那獄卒似乎早已經受了艾娜的「千錘百煉」，竟然毫不爲她的破口大罵所動，反而嘻嘻地道：「你要是再罵，我可變本加厲囉，反正只有我一個人在『照顧』你，想怎麼樣便怎麼樣。」

艾娜頓時啞口無言，這些天來，她確實被這個獄卒占了不少便宜，今天摸一把，明天捏一把，令她極爲惱火，可落在人家手裡又能怎麼辦呢？只得忍氣吞聲。

想到此處，她的眼淚不由得成串流了下來，自小長這麼大，她可從未受過此等委屈，心裡不由得咒罵起天衣來：「死天衣，臭天衣，明明知道人家被抓了，還對人家不聞不問，我恨死你了！」

那獄卒見了艾娜的樣子，嘻嘻笑道：「怎麼樣？知道厲害了吧？」

艾娜點了點頭，道：「知道厲害了，下次不再罵你就是。」

「這還差不多。」獄卒滿意地道。

而在這時，艾娜突然又破口大罵道：「可你他媽的確實該罵啊，哪一次不是你主動惹老娘，老娘才罵你？你真他媽的不是東西，欺負老娘是一個小姑娘！」

那獄卒「嘿嘿」一聲奸笑，道：「你還嘴硬，看老子今天怎麼整治你！」

隨著「嘶」地一聲，艾娜身上所穿的紅衫給獄卒撕破了，露出滑如羊脂的肌膚及深紅色的肚兜，並且雙峰隨著她身子的晃動而不停顫動，充滿著魔鬼般的誘惑力。

「你想幹什麼？」艾娜頓時嚇得花容失色。

「明知故問。」

「你若是敢再動我一下，我立時便大聲喊人！」

「你喊啊，外面所有人都換班去了，這裡只有我一人，就算喊破你的喉嚨，也不會有人聽見。」獄卒說著，便按了一下按鈕，將艾娜半懸在空中的身子降低了些，並移動貼在牆壁上，這樣的高度和地方才好辦事。

艾娜恐嚇道：「你若是敢動我，我就立刻咬舌自盡，看你怎麼向斯維特那混蛋交代！」

「想嚇我啊？沒用的，要死你早就自盡了，誰不知道你一心想當皇妃，要是死了，還當個屁！」說著，伸手便欲將那紅肚兜撕扯下。

「啐……」艾娜吐了獄卒一臉口水，道：「我可不是說著玩的，你要是敢動我，我便真的自殺！」

獄卒擦去臉上的口水，狠狠地道：「想自殺?好啊，那我便成全你！」

說罷，那醜惡的大嘴便向艾娜嬌小可人的櫻桃小嘴印去。

艾娜一邊破口大罵，一邊左右搖晃著腦袋，不讓獄卒有可乘之機。可她手腳被鐵鏈鎖住，終究逃不過獄卒的醜惡大嘴。

艾娜只得緊閉著嘴巴。

獄卒則如餓狼般在艾娜的臉上亂啃，雙手不規矩地在她玲瓏浮凸的嬌軀上遊走。

如珍珠般的眼淚沿著艾娜的雙頰滾落。

突然，艾娜心中被一道亮光照亮，那獄卒的祿山之爪此時正遊弋在她兩隻粉臂上，並按住了掌心，似乎要進行「攻關」行動。

「萬物的主宰，天地間唯一的至高者，請接受您的臣子的請求，破除一切束縛和障礙，讓您的僕人得到解放，烈焰焚金！」

艾娜突然大聲念道，一束紅光通過那獄卒的身體，將艾娜的兩隻手連接起來。

只聽「錚」地一聲，那鎖住艾娜手腳的四根鐵鏈齊聲裂開，並熔成鐵水。

「砰！」艾娜一腳踢在了那獄卒的下身生命之根所在處。

「啊！」那獄卒大喊，雙手捂住下身，冷汗從全身直冒而出。

艾娜摸了摸自己的雙手，恨恨地道：「竟然敢對本姑娘非禮，看來你倒忘了本姑娘是誰！」

又是「砰」地一腳，踢在了那獄卒的下身處，那獄卒又是如殺豬般地尖叫一聲。

「說！你還敢不敢對老娘無禮？是不是還想強姦老娘？」艾娜厲聲質問道。

那獄卒連忙哀求道：「小的不敢了，請姑奶奶饒小的一命，小的以後再也不敢了！」

「那你剛才爲何還想強姦老娘？」說著，又是往那獄卒的下身踢了一腳。

那獄卒發出第三聲如殺豬般的尖叫，哀求道：「都是小的一時色膽包天，小的以後再也不敢了！」

艾娜得意地道：「要不是老娘聰明，利用你將我雙手連起來的機會念動咒語，老娘此刻只怕早已被你強姦了。看來，老娘還要多謝你強姦我呢。」

那獄卒聽得一愣，他實在不敢相信自己的耳朵所聽到的話。一個女孩子還多謝別人強姦她？雖然這是反話，卻也不應該在她口裡如此自若地道出。

艾娜看著那獄卒的樣子，道：「是不是覺得老娘不可理喻？但老娘就是喜歡這樣。這些天來你害得老娘夠慘，雖然你強姦未遂，反而救了老娘一命，但老娘還是不能放過你，特別是你的雙手，每天在我胸前又摸又捏，老娘的胸部又不是給你摸的，所以老娘決定把你的雙手燒掉！還有你的醜惡嘴巴，噁心死了，好像從來就沒有刷過牙，還想親老娘迷人的嬌口？所以也決定燒掉。還有你下面的那東西，更留之不得，所以也決定一併燒掉！」

還未等那獄卒明白過來到底是什麼意思時，只見艾娜玉指一彈，四條火蛇分別鑽進了那獄卒的雙手、嘴巴以及下身隱私部位。

只聽那獄卒一聲撕心裂肺的慘叫，接著，四處便有四團火焰燃燒了起來。

艾娜看著那烈火焚身的獄卒，發出十分爽快的笑聲，最後道：「這就是你在老娘身上佔便宜所付出的代價。」

說完，從那獄卒身上解下鑰匙，打開牢門，趁著此刻地牢內沒有人，念動魔咒，施展隱身術，向地牢外逃去。

看著艾娜逃出地牢的背影，斯維特心中忐忑不安，他答應了「那人」放過艾娜，卻不知這樣能不能夠騙過三皇子。

影子回到了劍士驛館，一頭便倒在了床上。

他不知自己是怎麼回來的，只是恍恍惚惚，覺得一切都不真實。

小藍與可瑞斯汀看著影子的樣子，問都不敢問一聲，只是看著他倒在床上，然後便將房門關好。兩人都知道，他現在需要的只是安靜的休息。

影子很快便睡著了。

而一個古老的夢又出現了——

在一人跡罕至的孤峰上，雲海繚繞，霧氣浮動。

歸去的夕陽將紫色的餘輝遍灑雲海。

一少年坐於孤峰之上，吊著自己的雙腳在雲海霧氣之中，用雙手呆呆地撐著腦袋，看著漫天的晚霞。

世界是這個樣子的麼？極目之處，無邊無界，卻不能再前進一步。

昨晚，他又做了那個夢，夢到一個穿著晚霞做的衣服的仙女在向他飛來，待他想看清那仙女的時候，那仙女又倏地不見了，於是他便醒了過來。

每天醒來，他都是因爲這個夢，這成了他生活的一部分，正如他每天在月落之前必定會離開族人坐於這孤峰之上，看這漫天的晚霞一樣。他相信這便是他的生活，一輩子都不會變。

「你在看這漫天的晚霞嗎？」一個女孩的聲音突然道。

「是的。」

「你覺得它們美嗎？」

「我不知道，但我喜歡看它們。」

「你知道它們爲什麼那麼好看嗎？」

道。

「也許是因為它們的顏色吧，我也說不清楚，聽說它們的顏色和心的顏色一樣。」少年答

「要是有一天，誰將這九天的晚霞都送給我，那該有多好啊！」女孩的聲音道。

「如果我能夠將它們採擷下來，一定送給我最喜歡的女人。」少年道。

「那你所喜歡的女人一定很幸福，把這所有的晚霞採擷下來，那肯定是全天下最漂亮的禮物。」女孩的聲音道。

「呵呵呵……」少年笑道：「我也是這麼認為的。」

「可要將這所有的晚霞都採擷下來，一定會要很長的時間，要花很大的精力，而且要有一顆『愛』的心，你具備這些條件嗎？」

少年毫不猶豫地道：「我想我具備。」

女孩的聲音突然停止了。

「你是誰？」少年心中驚覺，回頭一望，卻發現什麼都沒有。

他搔了搔頭，感到有些納悶：「剛才明明有一個人在與自己說話呀？」

不過，少年沒有再多想，他繼續看著西天的晚霞……

睡夢中，影子笑了，他看到了那漂亮的晚霞，有著心一樣的顏色……

第四章 誠摯之心

影子醒來，他的臉上帶著夢中的笑，所以他知道自己又可以笑了。

這時，門外傳來了敲門聲，此刻已是夜晚了。

是褒姒公主，以及緊跟其後的木頭般的人。

影子心中感到有些詫異，他沒有想到褒姒公主會這麼晚親自來到驛館。

褒姒公主似乎看穿了影子心中所想，笑著道：「怎麼了，不歡迎？」

影子一笑，道：「當然不是。」

「既然不是，那應該有個坐的地方吧？」

影子於是連忙給褒姒公主找了個座位。

褒姒公主坐下後第一句話便道：「你可知，現在外面有一種傳言很厲害？」

「是不是說我殺的只是一個假的落日？」影子若無其事地笑對著褒姒公主道。

褒姒公主不得不點頭默認。

影子道：「那褒姒公主怎麼看待這件事？」

褒姒公主原想問他，沒想到反給他搶先相問，於是道：「你是當事人，這個問題應該由我問你才對。」

影子沒有回答，卻道：「褒姒公主想必不是專程爲此事而來的吧？」

「我是否爲此而來，與這個問題有關嗎？」褒姒公主也沒有回答，反問影子道。

「當然，若是公主專程爲此而來，那我就沒有必要回答這個問題了，那也就說明公主對我朝陽的實力存在著懷疑。」影子答道。

褒姒公主饒有興趣地道：「若我不是專程爲此而來，那又當何解？」

「如果公主不是專程爲此而來，那我就老老實實地回答公主的問題。當我殺那個自稱落日之人的時候，便知他是假冒的，是我故意而爲之，因爲我要讓整個帝都之人在極短的時間內，便認識有一位遊劍士朝陽的存在。」影子毫不相瞞地道。

褒姒公主一愣，她沒有想到影子竟是如此直接坦白地將心中所想毫不隱瞞地道出，不由得想起了莫西多對「朝陽」的評價：他在任何時候都能掌握住整個局面，化被動爲主動。而此時的影子在面對這件事的時候，至少在自己的面前，已經掌握了主動權。

影子又問道：「不知褒姒公主對朝陽這樣回答是否感到滿意？」

褒姒公主嫣然一笑，道：「朝陽兄的回答讓我感到了害怕，它告訴我，我是在與一個極富智慧、有著非常強烈的成功欲望的人打交道，有這樣的朋友既是一種驕傲，又害怕一不小心會被這種朋友賣了也不知道。」

影子沒有理會褒姒公主的回答，卻盯著她的美眸道：「公主把朝陽當作朋友了麼?」

褒姒公主毫不遲疑地道：「當然，在我見到你的第一眼，我就確定我們會成爲最好的朋友。」

「難道公主不怕朝陽將公主賣了?」影子窮追不捨地問道。

「能夠把堂堂西羅帝國的褒姒公主賣掉，這樣的人一定是幻魔大陸最了不起的人，就算給他賣掉，我也是心甘情願。」

說完這話，褒姒和影子都笑了。

笑過後，褒姒道：「聽說你今天去了暗雲劍派?」

「公主的消息倒是很靈通，什麼事情的發生都逃不過你的耳目。」影子道。

「不要叫我公主，就叫我褒姒吧，我喜歡我的朋友這樣稱呼我。」褒姒道。

「褒姒，我喜歡這個名字，也喜歡這個名字的主人，我感到此刻是我今天最開心的時候。」影子高興地道，他突然起身拉住了褒姒的嬌手，還未等他把嘴裡的話說出來，便感到了一柄涼絲絲的劍貼在了自己的脖子上，而先前，他沒有感到有任何出劍的徵兆。

是與褒姒寸步不離的木頭的劍。

褒姒立刻大聲斥道：「大膽，你沒看到朝陽是我最好的朋友嗎?還不快把劍收回!」

劍離開了影子的脖子，影子感到了一身輕鬆，他還從未感受到一柄劍對他有如此大的壓迫力，看來這木頭絕非一般人。

褒姒忙抱歉道：「不好意思，還從來沒有一個外人離我如此之近，所以……」

影子輕鬆地一笑，毫不介意地道：「我明白。」忙將抓住褒姒的手鬆了開來。

褒姒的手指不經意地動了一下，彷彿失去了些什麼，心裡頓感有些空落落的。她在內心問著自己：「難道自己真的喜歡上了他？」但立刻又否決了，這對她來說應該是不可能的。

思忖電閃而過，褒姒望著影子道：「你剛才想說什麼？」

影子道：「我想說，既然這麼開心，而我們又成了朋友，就需要到屋頂上去慶祝一番。」

「屋頂？為什麼？」褒姒不解。

對於身為公主的她來說，影子是第一個對她提出這種建議的人。

影子拿了一罈酒出來，拍了拍罈身，詭秘地一笑道：「待會兒你就知道了。」說完，重新拉住褒姒的手，走出了房間。

這一次卻沒有受到那木頭以劍相阻。

屋頂之上，明月當空。

影子與褒姒並排而坐。

影子望著褒姒道：「你知不知道什麼叫『舉杯邀明月，對飲成三人』？」

對於西羅帝國最富才情的公主來說，尚是第一次聽到這兩句「現代詩」，她搖了搖頭。

「既然不知道，那就算了，說清楚也夠麻煩，只要知道邀請月亮和我們一起喝酒就夠了。」影子說完，便將酒罈封口掀開，大大地喝了一口，然後便遞給褒姒。

褒姒看了看影子，道：「就這樣喝酒？」

「對，只有這樣喝酒才痛快，這樣你才能體會什麼叫做『舉杯邀明月，對飲成三人』！」

……

時間一點一點地流逝，天上的明月也從月上中天到月下西樓。

影子和褒姒兩人都有些醉了，唯有木頭站在不遠處，清醒地看著兩人的一舉一動。

褒姒與影子半依半靠地坐在一起，她指著快要西沈的明月道：「你看，今晚有兩個月亮。」

影子笑道：「天空怎麼會有兩個月亮？你喝多了。」

「不，我沒有喝多，我就是看到了兩個月亮！」褒姒無比肯定地道。

影子道：「好好好，今晚有兩個月亮，我可不想與你爭。」

「你還說不跟我爭，你剛才爭著把酒都喝光了。」褒姒不依不饒地道。

「那是你跟我爭，不是說好一人一口的嗎？你卻要多喝一口，害得酒很快被你喝光了。」

「呵呵呵……」褒姒笑道：「是這樣嗎？我都不記得了，反正都一樣，你是跟我爭著喝酒。」

影子也笑了，卻沒有說話。

褒姒又指著天上的月亮道：「今晚的月亮真美。」

「是的。」影子也看著月亮，由衷地道。

「我今晚很高興。」

「我也是。」

「你真的把我當作朋友了嗎？」褒姒突然扭轉頭來，死死地盯著影子的眼睛問道。

影子不由得怔住了，他在心裡問自己道：「我真的把褒姒當作朋友了嗎？」

他不能很明確地回答自己，但他今晚感到了由衷的開心是不爭的事實。

他道：「如果褒姒把我當作朋友，那我們便是最好的朋友！」

影子的眼中充滿了誠摯，褒姒看到了，影子自己也感覺到了。

「有一個朋友真好。」褒姒將自己的頭靠在了影子的肩膀上，她的臉上蕩漾著一種滿足。

影子則只是看著天上的月亮。

「你知道今晚我爲什麼來找你麼？」褒姒突然問道。

影子似乎早已料到褒姒會有此問，只是淡然道：「我想，一定有你自己的理由。」

「我想讓你幫我一件事。」褒姒道。

「只要不違背我的原則，我一定會幫助你的。」影子道。

褒姒這時倒沈默了，她的心在掙扎著，她不知道自己說出來是否是明智之舉，但她終於還是鼓足勇氣道：「本來，我這次來是想摸清你的底細，看看你到底是何人，然後看是否値得加以利用。」

影子沒有出聲。

「現在，對你的來歷我卻已經不感興趣了，因爲我們已經是朋友！」褒姒接著道。

「現在你只想讓朋友幫你一個忙？」影子道。

褒姒點了點頭，道：「對，既然我們已是朋友，我就必須尊重朋友，同時尊重我自己，我不應該有利用朋友之心。」

「你還沒有告訴我要幫你什麼忙呢？」影子道。

褒姒沈默了片刻，卻沒有直接回答影子，而是道：「我這次前來雲霓古國，並非遊歷至此，而是爲了一件東西而來。」

「難道褒姒也是爲了聖器？」影子問道。

「不，我對聖器不感興趣，那只是有人用心策劃的一個陰謀，我是爲了『紫晶之心』！」

「『紫晶之心』？」影子大感意外：「難道『紫晶之心』也會在帝都出現？」

褒姒點了點頭，道：「是的，『紫晶之心』已在帝都出現，它現在就在三皇子莫西多手裡，我這次單身前來雲霓古國，就是爲了從他那裡得到『紫晶之心』，而且此來帝都與莫西多結婚作爲掩飾，所以我要你幫我從他那裡得到『紫晶之心』。」

「你能夠告訴我，爲什麼要得到『紫晶之心』嗎？」影子問道。

「因爲那是一個人的『心』，我要得到那個人的心，所以我必須得到『紫晶之心』！」褒姒無比堅定地道。

「你能告訴我，那個人是誰嗎？」影子從褒姒的眼神中看到了無比的決心，但他也知道自己答應過影，一定要爲她找到「紫晶之心」！

「聖魔大帝！」褒姒一字一頓地道。

「聖魔大帝?他不是在千年前已經死了麼?」影子吃驚萬分地道。

「是的，他已經死了，但他又回來了，我從小就發過誓，非他不嫁!況且無語大師爲我測過命，只要我得到『紫晶之心』，就會成爲聖魔大帝的妻子。」褒姒眼中溢動著神采。

影子不由得一聲苦笑，他沒有想到外表如此堅強、極富主見的褒姒，內心卻是如此癡情，他不知道這是一件幸事，還是一種悲哀。

「你能夠幫助我麼?」褒姒懇求地望著影子。

影子無奈地道：「不行，因爲我已經答應了一個女人，我要幫她找到『紫晶之心』。」

褒姒大感意外，道：「是什麼女人？」

「她是一個我所愛的女人，臨死之前，我答應過她，所以我一定要幫她找到『紫晶之心』。」影子望著夜空，悠悠地道。在他眼前，似乎又浮現出影甜蜜的笑，以及她臨死前的痛苦表情。

褒姒望著影子，她似乎明白了一些什麼，不由得黯然道：「我想那個女人死前一定很幸福。」

影子扭頭望著褒姒，滿含歉意地道：「對不起，褒姒，我不能幫你。不過我答應你，如果你得到『紫晶之心』，我絕不會在你手中搶奪。」

褒姒勉強地露出一絲笑意，道：「謝謝你讓我今晚過得這麼愉快，我會記住今晚的，我會記住有你這個朋友的！」

褒姒起身，飄然離去，她身後跟著的依然是那個如木頭般的人。

影子看了看天，天已經不早了，他卻沒有絲毫睡意。

天衣帶著一身疲憊，剛剛踏進家門，放鬆了的心陡然又警覺起來，他感到了與自己的家所不相符的氣息。

但心裡的警覺並沒有在天衣的外表和行動上表現出來，他依然故我地向自己的房間走去。

一陣陰冷的風吹在了天衣身上，天衣仍只是向前走著。

而這時，陰冷的風突然變成了烈焰，在天衣周身燃燒了起來。

天衣早已蓄勢待發，大喝一聲，全身的真氣形成一道保護層，將突然燃燒的火焰撲滅。

可隱藏在這烈焰之後的襲擊已在天衣背後不足一尺之距，凜冽的勁氣已有迫體生寒之感。

天衣沒有時間多想，「呼……」反腿一腳向背後踢去。

「哎喲……」只聽一個女子中招後發出的慘痛叫聲，而且這叫聲讓天衣有一種熟悉之感。

「死天衣，臭天衣，不去救人家不說，人家剛跑出來，就打我，哇……」接著，便只聽到一陣哭聲。

「艾娜？你是艾娜？」天衣突然明白了這哭聲的主人是誰，忙向重重摔在地上的艾娜跑去。

剛欲將艾娜扶起，只聽「啪」地一聲，一記重重的耳光摑在他的臉上。

「你還知道是我啊？我還以爲你把我給忘了呢！」艾娜抽泣著道。

天衣毫不介意地道：「對不起，剛才我還以爲是誰想刺殺我，所以就出腳重了點。」說完，又去扶艾娜。

「啪」又是一記重重的耳光摑在天衣另一邊臉上。

天衣摸了一下留有五道玉指印的臉，道：「是我不好，你想打就打吧。」

「啪，啪，啪」不知多少又狠又重的耳光搧在了天衣的兩邊臉上，天衣的臉很快變得又紅又腫。

最後，艾娜的手終於停了下來，她萬般委屈地哭泣著道：「你爲什麼不還手？你剛才踢我不是踢得很厲害嗎？現在爲什麼不還手了？」

天衣沒有再說什麼，只是默不作聲地將艾娜扶起。他已經看到了此刻的艾娜不再是先前那般嬌小可人的艾娜，她的眼睛已經深陷了進去，俏臉顯得憔悴，衣服又髒又破，整個人看上去明顯瘦了兩圈，不問可知艾娜這些天來所受的苦。不可否認，這一切都是他所導致的結果。

艾娜沒有再打天衣，她被天衣攙扶著進了房間，從逃出來至今，她的心此刻才有了一種歸依感。

天衣又接著爲艾娜放了水洗澡，把妻子思雅的衣服給她找了一套穿上，接著又爲艾娜把吃的東西端上來。

艾娜狼吞虎咽地將天衣所端上來的食物一掃而空。此時，她瘦削的臉上才有了一點昔日的光彩。

「你的胸口還痛嗎？」天衣看著艾娜問道。

艾娜摸了摸胸口被天衣踢中的地方，狠狠地道：「要不你讓我踢一腳看看？」接著又道：「殺別人沒有用，打我卻這麼狠！」

天衣又關切地道：「有沒有傷到內臟？」

「你自己踢的你不知道嗎？都踢斷了兩根肋骨了！」艾娜大聲地責備道。

天衣道：「我知道你怪我這些天沒有去救你，但我有自己的苦衷，我不能夠打草驚蛇。」

艾娜道：「我知道你是堂堂雲霓古國的禁軍頭領，豈能爲我一個小女孩捨身犯險？」

天衣知道艾娜的脾氣，再說什麼也是無濟於事，只得站立一旁不語。

艾娜看著天衣的樣子，心中的氣早已消了，「噗哧……」一聲，終於忍不住發出一聲嬌笑。

這時，一個人在門口出現了，他道：「我還以爲是誰呢，原來是我們的艾娜大小姐回來了。」

艾娜陌生地看著那人，道：「你是誰？我怎麼從來沒有見過你？」

第五章　劍主殘空

天衣回頭望向那人，發現卻是落日，驚訝地道：「你怎麼把鬍子給刮了、把頭髮給剪了？」

落日沒好氣地問道：「難道我非要亂七八糟，你看起來才爽啊？」

「當然不是，只是看起來不再像以前的你了。」天衣說道。

艾娜這才想起來，道：「你是落日？」

落日笑道：「怎麼了？是不是覺得我變帥了？」

艾娜拚命地點了點頭，道：「是啊，是啊，比我那晚見到的樣子帥多了。」

「那你是不是打算以身相許啊？」落日取笑道。

艾娜嘟著小嘴道：「我才不要你呢，我心裡已經有了大皇子殿下！」

落日與天衣聽了哈哈大笑。

艾娜毫不理會兩人的笑，望著落日，訝然道：「你整個人都變了，爲什麼你的破衣服還不換掉？」

「我可不想讓這裡的女孩子知道我太帥了，要不然她們跟在後面以身相許怎麼辦？」落日裝著極為頭痛的樣子道。

「臭美。」艾娜嘟著嘴道。

「對了，你是怎麼逃出來的？是暗雲劍派的人放了你嗎？」落日好像突然想起什麼似地道。

「才不是呢，要不是一個獄卒……」艾娜說到此處，卻說不下去了，眼睛變得紅紅的，她想起了在地牢裡所受的委屈。

「到底發生了什麼事？」天衣的口氣變得十分鄭重地道，他似乎隱約意識到發生了什麼不好的事情。

艾娜於是將自己在地牢裡所受的委屈一一向兩人道出，最後道：「你們一定要為我報仇！」

天衣全身的骨骼發出「咯咯……」的爆響，他恨恨地道：「沒想到他們竟然敢如此對待你！」

落日的眉頭卻有些皺了起來，他在想著什麼，突然道：「也許是他們故意放你出來的，他們這樣做只是不想讓你知道是他們放了你而已。」

天衣與艾娜同時驚訝地望向落日，齊聲道：「你怎知道？」

落日道：「我只是想，以暗雲劍派的實力，是不可能讓一個人輕易地從地牢裡逃跑出來的，再說，一個獄卒豈敢真的如此對待艾娜？斯維特應該知道艾娜是魔法神院大執事的女兒，況且以暗雲劍派的派規，是不應該發生這等事情的。」

天衣想了想，道：「確實有這種可能，那他爲什麼既要放走艾娜，卻又不願讓人知道呢？」

落日道：「這我就不知道了，你只有去問斯維特了。或許事實也並非如我所說，我也只是猜測而已。」

天衣又想了想，卻實在找不出一個合理的理由，但他確實認同落日的這種推測，只是不明白其中到底有著什麼樣的原因。

艾娜卻毫不認同落日的這種推測，她嘟著小嘴道：「爲什麼一定是他們放我？難道我就不可能從那裡逃出來嗎？」

天衣與落日同時對望了一眼，異口同聲道：「能！」

艾娜毫不賣賬地道：「你們兩個大男人，怎麼老欺負人家一個女孩子？」

天衣與落日又是大笑。

這時，艾娜心中靈機一動，她想起了自己剛才洗澡用過的水還在屋裡，不由暗暗念動咒語。

「嘩……」兩大盆洗澡水同時從兩人頭頂傾倒而下。

兩人的笑聲頓時就像被人突然掐住了脖子一般，戛然而止。

天衣與落日你望著我，我望著你，呆若木雞。

這次，輪到艾娜哈哈大笑起來了。

斯維特來到了三皇子府，見到了三皇子莫西多。

莫西多輕慢地看著他，一邊道：「是不是有什麼事找本皇子？」一邊卻品著香茗。

斯維特儘量抬了抬自己的頭，以保持在莫西多面前不太卑下的感覺，道：「是的，斯維特是有一些事要與三皇子殿下商量。」

莫西多輕輕啜了一口香茗，淡淡地道：「我想，你不會給我帶來什麼好消息。」

斯維特也不拐彎抹角，直截了當地道：「確實不是什麼好消息，艾娜已經從關著的地牢中逃跑了，其原因是一名獄卒企圖玷污她，結果未遂，反而被艾娜所利用，以魔法逃脫。」

莫西多看也不看斯維特一眼，繼續品了一口香茗，淡淡地道：「是麼？」

斯維特道：「殿下不信我？」

「我說過這樣的話嗎？」莫西多反問道。

斯維特道：「殿下雖沒有說，但你的語氣已經說明了這一點。」

莫西多一笑，道：「那可是你誤會了，既然艾娜跑了，就讓她跑吧，留著她也沒有多大用處，反而會招惹一個強敵，這件事你不用太放在心上。」

斯維特感到十分奇怪，這不應該是自己心中預想到的莫西多會有的反應，他道：「可是萬一……」

「沒有什麼萬一，天衣明知道你抓了艾娜，殺了他的妻子，不是也沒有什麼行動麼？這說明他並沒有將此事放在心上，或者說，爲了一些更重大的事情的原因，他暫時不會計較這些。他有這個耐性，我們更不能自己亂了陣腳。」莫西多打斷了斯維特的話道。

斯維特一時倒忘了這次來見莫西多的真正目的，道：「那殿下認爲我們目前應該怎麼做？」

莫西多淡淡一笑，道：「該怎麼做便怎麼做。」

「該怎麼做便怎麼做？」斯維特顯得有些不解。

莫西多道：「你不用擔心什麼，就靜待事情的發展吧。如果有什麼事情，我會吩咐你去做的，你要記住的一點便是：我們是互利的，誰也不能將誰拋開！」

斯維特心中一震，忖道：「難道三皇子已經知道『他』回來了？」

莫西多看著斯維特道：「你還有什麼話要說嗎？」

斯維特有些恍惚地道：「沒……沒有。」

去。

「既然沒有就退下吧，本皇子還有一些重要的事情需要處理，不能奉陪。」莫西多道。

斯維特看著莫西多，道：「我……」可他終究什麼都沒有說，滿懷著矛盾的心情退了下去。

待斯維特退下後，隕星圖卻從帷幕後走了出來，站在了莫西多的面前。

隕星圖道：「殿下是不是覺得斯維特有什麼不對勁？」

莫西多一聲冷笑，道：「我們這位朋友遇到麻煩了，他想退出這場『遊戲』。」

隕星圖略感詫異地道：「殿下怎麼知道這些？」

莫西多笑而不答，自顧道：「我還知道，艾娜是他故意放走的，所謂的『獄卒企圖玷污艾娜』，只是他導演的用來欺騙我的一幕戲而已。」

隕星圖由衷地道：「殿下果非常人，那殿下打算拿暗雲劍派怎麼辦？」

莫西多的眼睛看著前方，眼神顯得有些悠遠，道：「這是一個遊戲，它的唯一規則是：永遠沒有退出者，除非死亡。」頓了一頓，他又將目光收了回來，投在隕星圖臉上，接道：「不過，這個朋友現在還很矛盾，他不知道是否應該退出。他之所以心生退出的念頭，也是因爲背後的一個『他』，是『他』讓斯維特退出的！」

「那這個『他』又是誰？」隕星圖問道。

「如果不出我所料，這個『他』便是一直遊歷在外的暗雲劍派派主——殘空！也是斯維特的大哥，他現在已經回來了。」莫西多道。

隕星圖略爲皺起眉頭道：「這些年來一直都沒有他的消息，怎麼突然之間就回來了呢？難道他這次歸來也是爲了聖器？」

莫西多道：「不排除這個可能。兩件聖器是每一個人都想得到的，因爲它們可以給人帶來強大無匹的力量，也可以給人帶來毀滅性的災難。有人說，聖魔大帝之所以消失，就是因爲黑白戰袍與聖魔劍的緣故。當然，這只是一種傳說而已，誰也不敢確認。」

隕星圖道：「殘空的出現，會否給我們的計劃帶來不必要的麻煩？」

莫西多道：「諒他一人之力，也翻不了天，事情不正按照我們的計劃一步步進行麼？如果說我們整個計劃是一盤棋局的話，那暗雲劍派只不過是一顆混淆別人視聽的棋子。雖然表面看來舉足輕重，但它的實際作用微不足道，只要大局明朗，隨時都可以將之拋棄。」

「如果關鍵時刻他反咬一口怎麼辦？現在天衣及聖摩特五世都在關注著我們，而且已然知道暗雲劍派與殿下的關係。」隕星圖不無擔心地道。

「知道了又怎樣？他們抓不住任何證據，就好像古斯特神秘消失那幾天一樣，他們同樣懷疑是我所爲，但終究不敢拿我怎麼樣。況且，他們若是真的找上門來，暗雲劍派則是用來犧牲的一顆最好棋子，一切皆是他們所爲，沒有絲毫證據證明本皇子與這些事情有關！」莫西多胸有成竹地道。

「如此一來，那我就可以放心地向怒哈將軍稟報了。只是還有一件事，大將軍比較擔心：大皇子是否真的已經被聖摩特五世賜死？」隕星圖疑惑地道。

莫西多眼神中明顯有著一絲憂慮，但稍縱即逝，他道：「這件事皇叔不用擔心，我自然會處理妥當，就算這當中存在著怎樣的陰謀，只要我們掌握住局勢，逼陛下就範，一切便不攻自破了。況且，我還有最後一招！」

隕星圖一笑，道：「既然殿下胸有成竹，那我便放心了，只要時機一到，北方的妖人部落聯盟就會攻打北方邊界，我們便會潰散，到時就會需要帝都的支援。」

莫西多也笑了。

忽然，莫西多似乎又想起了什麼，收斂起笑容道：「對於朝陽這個人，你們有沒有幫我查到什麼資料？」

「我已經查遍幻魔大陸所有遊劍士，根本沒有朝陽這麼一個人，更不知其底細。」

莫西多沈默著，看來他唯有走一步他極爲不願走的棋了……

「你這些天很怪。」可瑞斯汀望著影子關切地說道。此時，影子正躺在劍十驛館的屋頂上曬太陽，可瑞斯汀躍上屋頂走近了他。

影子閉著眼睛，淡然道：「是嗎？我很怪嗎？我自己倒不覺得。」

「不然，你絕不會一個人躺在屋頂上曬太陽。」

「我只是在想一些問題而已，想問題需要一個絕對安靜的環境，你沒見到驛館內很吵嗎？」

「那你可想清楚了？」可瑞斯汀道。

「想清楚了，現在是在等人。」影子道。

「等人？」可瑞斯汀有些意外地道：「我可聽說整個帝都之人都在找你，他們說你殺的只是一個假的落日，而真的落日會在今日黃昏時分在皇城的武道館等你。」

「這與我有關嗎？我並沒有答應過誰要去什麼武道館。」影子有些厭煩地說道：「或許，就算我去，所見到的也可能又是一個假的。」

「可整個皇城之人都知道了這一件事，朝陽兄若是不去，會被人看不起的。」可瑞斯汀道。

「也會被你看不起嗎？」影子睜開了一隻眼睛，看著可瑞斯汀道。

「當然不會。」可瑞斯汀斷然道。

「那就行了，我不是爲別人而活著，而是爲自己，還有身邊的朋友。既然朋友沒有什麼話說，那也就夠了。」影子無所謂地道。

可瑞斯汀無奈，他知道自己說什麼都不會有用，也就不再說什麼，與影子並排躺在一起，曬著太陽。

「你真的決定不去武道館見落日？」可瑞斯汀終究還是忍不住開口問道。

影子道：「曬太陽吧，曬太陽就不要說任何話。」

可瑞斯汀卻沒有影子這種好心境，他又道：「既然你不回答我這個問題，那好，那你該告訴我，你到底是在等什麼人吧？」

影子不語。

可瑞斯汀道：「既然你不說，你就沒有把我當作朋友。」樣子像有些賭氣。

影子睜開眼睛，側著身子，以不能再近的距離看著可瑞斯汀的臉，道：「你怎麼這麼像個女人？婆婆媽媽的。」

可瑞斯汀聞著影子身上所散發的氣息，臉上紅霞滿飛，隨即一把將影子推開，整了整衣服，不敢再看影子，支支吾吾地道：「誰……誰像女人？我看你才像……女人！」

影子恢復原先的模樣，繼續平躺著曬太陽，道：「是的，我像女人，老喜歡臉紅。」

可瑞斯汀咬了咬自己的嘴唇，突然一本正經地道：「朝陽兄是不是真的認爲我像一個女人？」

影子瞄了可瑞斯汀一眼，漫不經心地道：「我只是開玩笑而已。」

可瑞斯汀道：「如果說，萬一我是個女人呢？」

影子閉著眼睛道：「男人便是男人，女人便是女人，哪有什麼萬一不萬一的，要是可能，我倒寧願自己是一個女人。」

可瑞斯汀顯得有些悻悻然，他道：「每次跟你說正經的，你總是把話題岔開，如果……」

影子突然睜開眼睛，打斷可瑞斯汀的話道：「我今晚帶你去一個地方，你想不想去？」

「去一個地方？什麼地方？」可瑞斯汀顯得有些莫名其妙地道。

「妓院。」影子道。

可瑞斯汀一愣，隨即明白影子是在捉弄他，沒好氣地罵了影子一頓。而這時，他想從影子那裡得到的回答也給忘了。

突然，影子從屋頂上站了起來，他道：「我等的人已經來了。」說完從屋頂上一躍而下。

是的，影子所等的人已經來了，他不是影子所認識的任何人，但影子知道，在今天，一定會有這樣一個人來找自己，而且影子還知道，這個人是來殺自己的，而影子也在等著殺他。因為在早晨醒來的夢中，他見到了一團模糊不清的東西迎面撞來，他的心差點從身體內跳了出來。

如果有宿命之說的話，影子相信，這個人與他前世便是對手。

這是逃避不了的宿命之戰！

法詩蘭來到了武道館。

她的大哥——殘空答應過她，落日一定會在日落之前來武道館，而她也相信，朝陽也一定會在武道館出現。不知爲什麼，她對這個人充滿了信任。

是他不敢看自己的眼神嗎？還是他一腳讓方圓百米內發生地震般的震動？又有可能是他自罵時淒然的模樣，搖晃離去時的背影。

總之，她相信了這樣一個人會在武道館出現，而且深信不疑。

就在法詩蘭出現在武道館的時候，武道館內外已被圍得水泄不通。

僅僅一天的時間，似乎整個皇城都知道了朝陽所殺的只是一個假冒的落日，而真正的落日會在武道館內與朝陽一戰。

朝陽戰落日，這肯定是一個非常好的噱頭，甚至被人渲染成爲世紀性的生死決戰。

法詩蘭沒有料到事情會弄成這樣，這並不是她心裡所想，她所想到的只是一場純粹的劍術切磋，而現在的情況似乎演變成了一場表演，甚至她還見到一些人以此場比試作爲一場賭博。大大的字牌上顯示著：朝陽戰落日，七比一。大多數人還是看好落日。

法詩蘭知道，這定然是她的二哥斯維特所爲。她阻止了斯維特追殺朝陽，但斯維特卻要讓朝陽在整個皇城的人面前丟臉，她知道二哥是爲了維護暗雲劍派的地位，雖然自己阻止了他殺朝陽，但他必定不會輕易放過朝陽。

法詩蘭心中不覺隱隱有些擔心了，她擔心朝陽會在這樣一場比試中失敗。另外，她又擔心如此場景，真的落日會不會出現？

時間悄然而過，很快已至黃昏，晚霞之光映滿天際，而太陽本身卻透出血的顏色。

朝陽與落日都沒有出現。

第六章　現實夢境

影子走進了劍士驛館的大門，奇怪的是平時的遊劍士一個都不見了，連店夥計也不見了蹤影。有的，只是空蕩蕩的店堂，冷清的桌椅，還有空中的兩隻吊籃在輕輕搖晃著。再多的，便只是一個人了，一個背對著影子的白衣人。

影子的腳步在大門處停了下來。

劍士驛館兩扇沈重的黑色木門自動地關上了，聲音低沈回響。門外的可瑞斯汀想敲門，卻被一股無形氣勁注入穴道，頓時昏在了地上。

驛館內靜如死寂。

白衣人轉過身來，道：「你是朝陽？」

「不錯。」影子回答道。

「你不是朝陽。」白衣人又道。

「正確。」影子又回答道。

白衣人一笑，道：「你是古斯特？」

「不錯。」

「你不是古斯特。」

「錯！」影子斷然道。

白衣人頗感意外：「是麼？」

「你說是嗎？」影子也道。

「哈哈哈……」兩人同時大笑起來。

白衣人突然道：「我見過你。」

「我也見過你。」

「是在夢中。」

「我也是在夢中。」

「就在今天早晨的夢中。」

「我也是。」

「我是睡在太陽底下做的夢，在夢中，你穿的是黑衣，與你現在不一樣。」

「我也是睡在太陽底下做的夢，在夢中，你穿的是白衣，與現在一模一樣。」

「你長得很像我，如果去掉臉上那些東西。」

「你也長得像我，如果我臉上沒有這些東西。」

「所以，我要殺你，這世上不能存在兩個一模一樣的人！」

「我也不能讓你活著！」影子道。

白衣人手中出現了一柄劍，劍長四尺，劍柄黝黑，劍刃卻是赤紅如血的顏色，透過張狂與詭異，更有無限的霸殺之意。

影子手中出現的則是一柄飛刀，是他一直所用的那種普通的飛刀，它靜靜地躺在影子的手心，沒有顯示出一點與眾不同。

「那些不是你的，這些東西才是你的。」白衣人將手中的那柄劍以及一件黑色衣服遞給了影子，不！準確地說，應該是那柄劍以及一件黑色戰袍。

影子接過，穿上，竟然感到它們有著無比的親切感，彷彿它們是自己身體的一部分。

而他再抬眼看時，白衣人已經穿上了一件白色戰袍，手中握著的是一柄與自己手中一模一樣的劍。

影子頓感在哪裡見過這等場景，卻沒有去細想，因爲他感到殺意正如狂潮般向自己湧來。他手中的劍發出一聲龍吟，他感到一股強悍無匹的力量從身體深處爆發開來，與手中之劍融爲了一體。

劍芒大盛，劍光所過之處，所有桌椅全部摧枯拉朽。

影子大喝一聲，手中之劍化作一道赤紅的驚鴻向白衣人狂劈而下。

而這時，白衣人之劍也向影子暴劈而下，驚鴻直穿長空，氣浪翻滾如海潮。

影子疾速閃身而過，手中之劍變劈爲削，而白衣人也做出同樣的變化。

劍氣將驛館內所有的立柱攔腰切斷，整個劍士驛館隨著「轟……」地一聲，坍塌下來。

影子與白衣人從廢墟中一竄入空！半空中，兩柄同樣的劍交擊在了一起，虛空中發出一聲猛烈的爆炸聲，出現了一個漩渦般的黑洞。

影子發現自己遇上了一個與眾不同、不能以常理揣之的對手。

他的每一個舉動，彷彿都在對方的意料之中，無論他做出怎樣的變化，對方都能夠從容自若地將之化解，並且再施以更爲猛烈的攻擊，似乎他是在與一個幻影作戰。

每一次，那白衣人都在自己的劍勢所指範圍內，白衣戰袍不斷飄動，但每次劍勢或劈、或砍、或刺、或削……擊中的全都只是空氣，彷彿本身的存在就是虛無。

虛空中出現了兩團一白一黑的光影，不！它只是一團光影，如同太極八卦般陰陽相生的黑白圖案，互爲滋長。

影子的力量向四方激射，無限地擴展，就算白衣人與他有著同樣的速度，就算對方跳出了他劍勢所包裹的空間，但在影子力量所及的每一寸空間，白衣人都不應該逃脫掉。

因爲影子的攻擊已經化爲與虛實同在了，只要白衣人存在於虛空中，便逃脫不了被擊中的命運。

但白衣人的存在真的就是虛無，無論影子的力量如何擴散，都不能傷他分毫。事實上白衣人又真實地存在著，這一點毋庸置疑。

兩種矛盾同時出現！

突然，影子眼前一亮，他明白了，白衣人不是真的變得虛無，他不但存在，而且在做著猛烈的還擊，只是他的攻擊與自己一樣已達到不可思議的化境，與虛空同在。

兩種同樣的攻擊肯定不會讓對方有機會滲透進來的。

影子心中陡然感到萬分的恐懼，他彷彿是在與自己作戰。

難道白衣人就是自己？

難道白衣人就是自己的另一種存在？

這樣下去，永遠都不可能分出勝負，就算自己刺中了對方，死的是他，也便是自己。

但怎麼可能有兩個自己的存在呢？

影子的大腦忽然如被什麼劈開了一般，一道雪亮的光芒射了進來，像自天而降，又像自心而出，直將他射得透明。他欣喜若狂，待想看清裡面到底是什麼時，突然又變成了一片黑暗，什麼都沒有，什麼都不存在……

「不……」影子大叫一聲，在屋頂上，他坐了起來。

此時，太陽已經西沈。

「做夢，又是在做夢！」影子喃喃自語道，他不明白，爲何自從來到幻魔大陸以後，整天便在夢與現實之間徘徊，他分不清到底哪一個更真實。而且，他清楚地記得，在上次的那個夢中，他見到的是與自己一模一樣的兩個人在決戰，他們的裝束與手中之劍與剛才夢中的情景一模一樣，只是這一次換成了自己與一個白衣人，對此他感到萬分不解。

他忽然想起了什麼，在褒姒離開之後，他老在思索著一件事，那就是應不應該去武道館與落日見面，結果他便睡著了。在夢中，他以爲自己醒了過來，其實他一直都置身夢境。只是這個夢顯得太真實了，而且這一覺也睡得太長。

影子看了看天，見太陽已經西沈了，心中頓時如失去了什麼一般。

他現在知道，自己有必要去一趟武道館，不爲別的，就爲了法詩藺。

如果說，剛才的夢，是兩個自己，兩個不同的聲音在叫自己淡去法詩藺在心中的地位的話，那現在他知道，自己是不能夠忽視法詩藺的存在的。

影子從屋頂上飛躍而下，向皇城中武道館的方向急掠而去。

幽暗的石室內。

莫西多陡然睜開眼睛，「噗……」地吐出了一口鮮血，隨即極爲虛弱地倒在了地上，冷汗不斷地從額頭上冒出，濕透衣衫。

良久過後，他才從地上掙扎著坐了起來，石室內幽暗迷離的火光將他的臉照得異常蒼白，彷彿剛才患了一場大病一樣。他閉上眼睛，暗暗將渙散的精神力重新彙聚，經過一周天的調息，臉上才漸漸浮現出一絲血色。

莫西多的眼睛又緩緩睜開，自語道：「沒想到我的『精神遙感入夢術』利用可瑞斯汀竟然不能夠完全進入他的夢中，反而在夢中被他所制，若非有主人的護體真氣，恐怕此刻自己已經『神遊體外』而亡，這實在太可怕了。」

原來，影子在屋頂上睡去，竟然被莫西多以「精神遙感入夢術」，利用意志精神力較爲薄弱的可瑞斯汀進入他的夢中，以窺探影子的真實身分，卻不想影子有天脈護體，無形中抗拒了「精神遙感入夢術」，並且把幻化成可瑞斯汀模樣的莫西多的精神力給制服，從而引發了兩個模樣相同的影子自己的夢。若非影子及時發現在夢中是自己與自己作戰，恐怕他早已累死在自己的夢中。

這種「精神遙感入夢術」最怕的是遙感之人的精神牽引力失去作用，而致使當事人沈迷在夢中缺乏自我意志力，醒不過來，成爲永遠的夢境中的俘虜，好似植物人，與外界隔斷任何有意識的聯繫。

這種邪異的入夢術又與花之女神及歌盈以夢的覺示讓影子進入一個幻境，企圖喚醒影子的記憶有所不同。夢的覺示是以強大的修爲作爲後盾，製造一個夢的幻境作爲平台，再通過這個平台尋找出藏在記憶深處的片斷。而「精神遙感入夢術」則是企圖入侵別人的夢，破壞別人自然的夢的狀態，引導別人的夢，從而獲得自己要想的資訊。

莫西多的這次貿然入夢則導致了他自己的元氣大傷，這就是他遲遲未對影子使用入夢術的原因所在，萬一出現什麼意外，連他自己都不可控制。

不過，莫西多這次入夢也並非完全沒有收穫，他至少知道影子在等著殺一個人，但是在等著殺誰呢？難道是落日？他卻不知道。這種在夢中等人的跡象雖然在現實生活中不會原版出現，但這是一個覺示，也是一個信號，這說明影子至少是在等待著什麼。

另一個收穫則是，莫西多知道可瑞斯汀的真實身分是一個女人，他不明白她為何要打扮成遊劍士的模樣，而影子似乎也知道可瑞斯汀的真實身分，卻沒有點破。

莫西多歎了一口氣，顯得有些無奈地自語道：「看來，只能最後試探他一次了。」

法詩藺坐在武道館最中央的那塊場地上，看著天上的星星。

空蕩蕩的武道館中只有她一個人，不再有黃昏那時候的人山人海，喧嚷嘈雜。

「他媽的，這是一個騙局。」

法詩藺還記得許多人離去時憤怒的謾罵之聲，他們都在罵暗雲劍派傳播假消息，大肆斂財，收了他們五十個金幣。

這又是斯維特藉機所爲，結果反倒偷雞不成蝕把米，更丟了暗雲劍派的臉面。

更直接的結果是，斯維特惱怒地看著法詩蘭，怒吼著道：「你不是說他們兩個一定會來嗎？」並且給了法詩蘭一個耳光。

這是斯維特第一次打她，奇怪的是法詩蘭竟然感覺不到痛，是斯維特下手不夠重嗎？顯然非也，因爲在法詩蘭的玉頰上，清晰無比地留下了五道格外顯眼的手指印，這足以證明斯維特當時下手的分量。法詩蘭清楚地記得當時自己對他笑了一下，然後轉身便離開了。

對於這個二哥，法詩蘭已經沒有什麼話好說。每一次，都是斯維特找她，說是爲了暗雲劍派好，需要她怎麼樣怎麼樣，與三皇子莫西多的見面也都是這個理由。

「一、二、三、四、五、六……」法詩蘭數著天上的星星，她知道每個人都有自己的守護星，每顆星星都是一種宿命。她想知道今晚最明亮的又是哪幾顆，猜測著那些被它們守護之人一定遇到了莫大的幸事，所以它們才顯得如此耀眼奪目。

「數星星？」一個有些熟悉的聲音在法詩蘭背後響起。

法詩蘭連忙回過頭來，她以爲是大哥，但事實上看到的卻是一個顯得有些瘦小的、陌生的遊劍士打扮之人，是落日。

法詩蘭淡然一笑，道：「是的，數星星。」

落日在法詩蘭身邊坐了下來，自我介紹道：「我叫落日。」

法詩蘭沒有感到意外，道：「我猜也是你。」

「有沒有怪我今天沒有準時出現？」落日道。

法詩蘭道：「沒有，是我也不會出現。」

「但我來了，因爲我答應過你大哥殘空。」落日道。

「可惜他還沒有到。」法詩蘭有些失落地道。

「你是說朝陽嗎？也許他不敢來。」

「不！」法詩蘭斷然道：「他會來的，我現在就是在等他，我相信自己的眼睛！」

落日頗感意外地道：「你爲什麼如此自信？」

法詩蘭看著落日，道：「你有沒有看過一個當著眾人之面，謾罵自己之人？你有沒有看過一腳可以讓方圓百米之內發生地震之人？你有沒有看過這樣的人失魂落魄、搖晃不定離開的背影？這樣的人應該是一個極度自傲之人，所以他必然會來！」

「這樣的人也是極容易產生自卑的人，不過，我相信你，他一定會出現。」落日誠懇地道，他能夠理解法詩蘭所描述的這樣一個人。

法詩蘭一笑，道：「大哥說你是他的好朋友，現在我知道你爲什麼會成爲他的朋友了。」

落日也笑道：「那你把我當朋友麼？」

「如果你願意的話。」法詩蘭道。

落日伸出一隻手握住法詩藺的手，大聲道：「很高興能夠成爲雲霓古國第一美女的朋友。」

法詩藺也大聲道：「很高興能夠有幻魔大陸最著名的遊劍士這樣的朋友。」

隨即兩人發出會心的大笑。

這時，空蕩蕩的武道館內有一個孤獨的腳步聲在回響，並且一步步走近法詩藺與落日。

影子來了！

影子的腳步在兩人對面相隔五十米之距停了下來，落日與法詩藺的笑聲也戛然而止。

暮色讓彼此只看得見對方的身影。

「是朝陽麼？」落日大聲道。

「是朝陽。」影子道。

「落日已經在此恭候閣下了。」落日與法詩藺從地面上站了起來。

「我遲到了。」影子道。

「但並不晚，法詩藺說，你一定會來的。」

影子一笑，道：「連我自己也只是剛知道我會來。」

「但無論如何，你還是來了。」頓了一頓，落日又接著道：「能告訴我，你爲什麼叫朝陽嗎？」

「這很重要?」

「只是想知道。」

影子道:「有一個女孩說,幻魔大陸有一位著名的遊劍士叫落日,她希望我能夠勝過他,所以給我取名爲朝陽。」

落日一笑,道:「原來是一個女孩給你取的名字。」

影子略爲沈吟,道:「但或許,這也是宿命一種有意的安排。」

落日不能再笑了,他從影子的話中已經聽到了來自生命中宿敵的宣戰,正如大自然所昭示的那樣:落日與朝陽不可共存,有了朝陽,落日就必不能存在的道理。又如影子所說,這是上蒼的一種安排,無論是有意還是無意。

第七章　宿命之戀

落日相信宿命，正如他相信海市蜃樓中出現的那個女子的背影，他確信那女子一定在現實生活中存在，而且決定一定要找到她一樣。他相信，有些敵人是天生的，是上蒼早已安排好的，無須仇恨名譽之爭，需要的僅僅只是一個相遇的機會。

既然上蒼安排他們相遇了，就必須有落日與朝陽之戰。

但落日還是笑了，他道：「看來，幻魔大陸等待這樣的一場決戰等了很久，所以才安排了你我的相遇，我們應該珍惜。」

「是的，我們應該珍惜。」影子道。

空氣突然變得有些肅殺的味道了，空蕩的武道館內迴盪著寂靜。

這時，法詩藺說話了，她以與她的美貌一樣不能令人拒絕的語氣道：「你們不要急著開始這場決戰可以嗎？」

影子與落日皆沒有說話。

法詩藺接著道：「我只是希望你們彼此有一次相互認識的機會，所以我準備了酒。」

法詩蘭的手中果然有著一壺酒，她知道這是一場宿敵之戰，還知道也許僅有一個人能走出武道館，所以她預先準備了酒。

是她爲兩個男人準備了這場戰事，她相信能夠來的，都是真正的男人，這酒是爲男人所準備的。

落日與影子走在了一起，兩人席地而坐，法詩蘭在兩隻白淨的酒杯上爲兩人斟滿了酒。

月光灑在酒水中，蕩漾著一種醉人的芬芳，唯美至極。

第一杯酒，兩人都沒有說話，一乾而盡。

待法詩蘭再度將兩人的杯子斟滿，落日端起酒杯，看著夜空，道：「朝陽兄喜歡這夜麼？」

影子也抬頭看著夜空，道：「有人跟我說，每一個人都有他的守護之星，而她告訴我，在這夜空下沒有屬於我的守護之星。所以，我不知道自己應不應該喜歡它。」

法詩蘭看了影子一眼，眼中有一絲詫異。

落日道：「我很喜歡這夜，因爲它可以讓我靜下心來思考。在我遊歷幻魔大陸時，一天之中感到最愜意的事情就是躺在樹枝上，在夜色的沐浴中，靜靜想著自己的心事，然後甜蜜地睡去。如此一來，第二天一定擁有一份不錯的心情。」

影子道：「我沒有落日兄這般豁達，夜雖然很美，但它也極容易讓人產生過多的思緒，把塵封在記憶深處的，不願見到陽光的事情，無情地翻起，讓人不得不去面對它，這有些殘忍。相較而言，在天空中有太陽的時候，我就能夠明確地知道自己要做些什麼。」

落日道：「這就正如你我的名字，落日是黃昏，更趨向於夜；而朝陽則是趨避於夜，是一天的開始。」

影子一笑，不置可否，此刻在他心中出現的則是那個坐在孤峰之上看著漫天彩霞的少年。

他不知道一個人是不是非要喜歡點什麼不可，他只知道，在白天他清楚地知道自己要做點什麼；在夜晚則是屬於夢，而在夢裡面，他總是分不清自己是誰。如果說，一個人非要喜歡一點什麼不可的話，那他就喜歡在沒有睡去的時候。這樣，他才能夠真正地感到自己是掌握在自己的手中。

落日看了影子一眼，道：「朝陽兄在想心事？」

影子道：「是落日兄的話讓我想起了一些什麼，我總覺得人不是喜歡什麼，而是在等待什麼，或者說，是因爲等待而喜歡。我認識一個人，他很小，卻喜歡每天在黃昏的時候坐在孤峰之上看著漫天的霞彩，別人說他是因爲喜歡這霞彩的絢麗多姿、幻化無窮，才會十年如一日地觀看漫天霞彩，可只有他自己知道，他是在等些什麼，可到底在等些什麼呢？他不知道，他只知道內心深處有一個聲音叫他這樣等著，也許永遠都不可能出現什麼，但他仍在等待著。」說完，影子端杯一飲而盡。

落日與法詩藺卻有些愕住了。

落日思忖著：自己是真的喜歡夜麼？其實他每天等待夜的來臨，是爲了有時間可以想「她」，告訴自己不要忘記，第二天便可以繼續著自己的遊歷，尋找著她，等待著她的再度出現。

法詩藺的眼前出現的則是母親所講的聖魔大帝小時候的故事，他在等待著霞之女神。

法詩藺收回了自己的思緒，道：「朝陽兄也是在等待著什麼嗎？」

影子深深地吸了一口氣，道：「不！我應該做的是創造！等待是因爲人喜歡什麼，而我卻不知道自己喜歡什麼。」

落日一笑，道：「一個沒有等待的人是幸福的，但也有可能是最痛苦的，只是他自己不願意看到自己是在等待，而選擇了逃避。抑或，他恐懼著等待。」說完，落日也喝完了手中的那杯酒，他發現在大戰之前竟然被對方攪亂了心神。

影子心中一震，但他臉上看到的只是笑，道：「或許正如落日兄所言，等待本身就是一種恐懼，恐懼著隨著歲月的逝去，終將是一場空。」

「但人本身就應該恐懼點什麼，難道不是嗎？」落日道。

「如果非要恐懼點什麼不可的話，那我們今晚應該恐懼的是不能把這壺酒喝完。」

影子和落日均大笑。

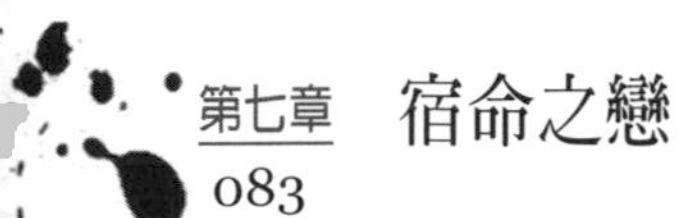

法詩蘭見兩人手中之杯是空的，俏臉一紅，忙將兩人之杯斟滿酒。

今晚的月色很柔和，柔和月光下的武道館不時傳來喝酒碰杯之聲，談笑之聲，還有斟酒之聲。

酒，並不多，一人不過十來杯便完了，這樣的酒是不能夠讓人醉的，不能夠讓人醉的酒總讓人感到有些不足。

所以，最後發出之聲是兩隻酒杯摔在地上的粉碎之聲，這樣，才讓人感到了一種暢快淋漓。

這樣，才是一件事的結束，另一件事的開始。

酒喝完，法詩藺也離開了，她讓兩人有相遇認識的機會，剩下的就是兩個男人自己的事了，與她無關。

至多，也只需等待明天有一個消息。

武道館，建於兩千年前，據說，當時是出於在幻魔大陸頂盛的武道世家——天問落星閣之手。它起源於人族爲祭天、觀天象之用，當時名爲祭天神台，後經聖魔大帝一統幻魔大陸，廢其舊址，重新擴建，命名爲武道館，成爲劍士名家論武之所。

而此刻，武道館回歸了「自我」，在柔和的月光映襯下，變成了單純的一所建築物，不再與歷史有關。

是一個女人的離去，帶走了這裡的生機與曾經的故事；也是兩個男人醞釀的決戰沖淡了其他的一切，它只屬於——

朝陽與落日！

朝陽與落日靜靜佇立著，武道館寬大的場地是兩人之間的空間。他們站在兩端，柔和的月光與昏暗的暮色籠罩著他們，斜斜的暗影拉得很長很長，投在寂靜的地面上，顯得有些誇張、空洞。

虛空中沒有風，空氣在兩人之間似乎靜止了，沒有流動，空氣中也沒有決戰來臨前那種肅殺的氛圍，一切都顯得很平和，似乎根本不存在一場有關於宿命之戰。

兩人都在等待著，等待著失去後的一種充盈，等待著失去的殺念重新聚起。

對於一名曾經的殺手，一名享譽幻魔大陸的遊劍士，這種等待未免是可笑的。如果殺人不需要任何理由的話，那便只有他們了，可此刻的他們卻也需要等待失去的殺念重新充盈心間。

一陣疾風吹來，不！是兩陣疾風同時從兩個相反的方向吹來，相會於武道館最中央。

疾風相撞回捲，整個武道館剎那間便被肅殺之氣充斥著。

空氣迴旋流動，顯得異常沈重。

柔和的月光被隔絕在武道館之外的夜空，不得寸進。

落日一聲長嘯，躍身而起，單薄瘦小的身形在虛空中陡然變得偉岸高大，那柄隱藏在身體某處的烏黑之劍破空射出。

層層氣浪翻滾，一道長逾十丈的黑芒射向影子。

影子佇立當場，勁風狂吹衣袂，獵獵作響。

一股力量被這強攻而至的殺勢所激發，影子雙眸之中陡然閃過無限幽冷肅殺的寒芒，渾身猶如燃燒著一層無形的魔火，氣勢瘋狂暴長。

掌心飛刀更如飛輪般快速旋轉，帶動氣流，瞬間變成銀月般的圓盤。

黑芒突破百米之距，迫在眉睫，銀月般的圓盤飛旋而出。

黑白交會，發出一聲刺入骨髓的「鏘」鳴，無數銀星火光散落虛空。

而落日之劍竟然毫不受阻，繼續挺進。

影子幽冷的目光被壓縮成一條直線，身子疾如迅風般倒退。

而落日之劍卻以更快的速度逼進。

突然，影子停了下來，身後已是死地，退無可退，而這時，影子嘴角卻露出一絲笑意，極爲冷酷的笑意。

手中飛刀再度射出。

刀如雪芒，貼著落日那柄散發幽暗劍芒的劍面疾速飛掠。

刀。

落日心中一緊，他感到的並非是眼前飛刀的存在，在他身後有著一柄來勢更爲迅猛的飛刀氣，不是一柄，而是十柄，抑或是二十柄！

不，不僅僅是身後，身體四周皆有凜冽的刀氣侵逼入體，是他剛才所擊落的飛刀所形成的刀氣，不是一柄，而是十柄，抑或是二十柄！

那銀月般的圓盤是由多柄飛刀所組成，此時，它們竟似有著生命一般從地面彈射而起，極爲不可能，但又確實自四面八方對他形成合圍的攻勢。

這一切似乎都是經過精心計算的。

落日也笑了，是那種極爲爽快的狂笑，因爲他看到了一個真正對手的存在，這對他來說是一種興奮。這並非完全因爲對方的刀，而是對方縝密如水的思維。

狂笑聲中，落日消失在一片黑色的幻影中，化成了一陣風，一陣旋轉的風，那如流星般對落日形成合圍之勢的飛刀，刺中的只是虛無的空氣。

影子竟然不知道對方是怎樣避開的，他只是歎道：「好快的反應！好快的速度！」

而這時，那一陣旋轉的風開始變得瘋狂起來，彷彿將四周的空氣都吸納其中。

影子見得此景，體內被激發而出的那股力量更如決堤洪水爆發了。

他竟然毫不顧忌，以人化刀，迅步如飛般衝進了那團疾速旋轉的風中。

寒芒閃過，旋轉的風球被一分爲二。

那些射空的飛刀重新煥發靈動性，接觸地面再度彈射而至，射入裂開的風球當中。

「叮叮叮……」十幾柄飛刀紛紛墜地，風球消失。

影子與落日相對而立，一柄飛刀插進了落日的胸口，而那柄烏黑之劍也刺穿了影子的腹部。

落日驚訝地看著影子道：「你竟然根本就不會導氣之法，甚至連武技也不會?!」

影子道：「不錯。」

「你會的僅僅是飛刀之技？」落日顯得有些不可思議地道。

影子沒有出聲。

「而你卻可以用你的刀傷我。」落日搖了搖頭道：「你是一個可怕的對手。」

落日拔出了影子腹中之劍，影子也拔出了手中的飛刀。

落日從懷中掏出一瓶藥粉塗在了傷口上，血立刻止住，他又把那瓶藥遞給了影子。

兩人坐了下來。

落日看著影子道：「你不會是一名遊劍士，你到底是誰？」

影子一笑，道：「我是誰並不重要，重要的是我們今天有了這樣一場比試。」

落日由衷地道：「我怎麼也沒有料到你竟然連導氣之法也不會，卻可以傷我，這是我遊遍幻魔大陸感到最不可思議的事情。」

影子道：「我會的只是殺人的方法。」

落日想了想，點了點頭，道：「你知道憑武技根本不可能勝過我，所以你選擇了以殺代殺！以身涉險，用你的飛刀分散我的注意力，再以你的身體控制住我的劍，最後用你的飛刀插進我的身體。你完全有機會殺我，但你並沒有用你的刀插進我的心臟，而是偏離了心臟，這顯然是故意的。最可怕的是你準確的計算，始終冷靜地掌握著全局！」

影子道：「我不知道爲什麼不殺你，但我知道，如果我的刀插進你的心臟，死的不只是你一個人，還有我！你並非已經完全受制於我，你還有還手的餘力！你殺人的技巧並不少於我，同時你更知道在回天乏術的情況下，怎樣與對手同歸於盡。」

落日會心一笑，道：「看來，在開戰之前，你已經將我分析得很透徹了，這比任何武技都更爲厲害。」

「我只是看到，在殺人的時候，你與我具有相同點，我是瞭解我自己而已。」影子說道。

「所以，如果哪一天我們真正成爲對手的話，那你將會是我生命中最爲可怕的敵人。」

影子看著落日，反問道：「我們現在不是敵人麼？朝陽與落日不可共存。每一個人都這麼認爲。」

「如果你不把我當敵人的話，我想，我們不是敵人。我相信宿命，但當你的刀刺進我的胸口，而不是心臟的時候，我知道你並不是我宿命中的敵人，這一場爭鬥也並非宿敵之戰！」

影子一笑，他突然道：「你知道我爲什麼要殺那假冒你之人麼？」

落日一愣，他顯然沒有明白影子問這個問題的本意。

影子道：「因爲我想成名，我要讓幻魔大陸每一個人都認識我。」

說完，影子便站了起來，往武道館的出口走去。

落日目送著影子從眼前消失，他以爲自己認識了眼前之人，卻發現愈認識便愈覺得眼前之人的不可揣度。

他重複著他的話：「……我要讓幻魔大陸每一個人都認識我。」

影子走出了武道館，他低頭看了看腹部的傷口，由於落日的藥，傷口已經止住了血，並且有了癒合的跡象，而體內，奇怪的是也沒有什麼疼痛感，只是有著薄荷般的清涼。

沿著寂靜無人的街道，影子往前走著。

他想：「該是莫西多找自己的時候了。」

不知爲什麼，影子總覺得自己整個晚上都有點失落，這是他努力避免的情緒，可它總是困擾著自己。他想：也許是下午所做的那個夢使然吧。

他就這樣一直沿著這條街道往前走著，讓自己的心緒不再想些什麼。前面走來了一隊人，是天衣以及十名貼身的一級帶刀禁衛。

影子與天衣擦身而過，相互卻都沒有看上一眼，絲毫不受影響地繼續腳下的路。

待彼此擦肩而過，天衣才感到有些奇怪，「爲什麼會像感覺不到對方的存在一般？也許他只是一個普通人，並不符合自己心中壞人的標準吧。」天衣替自己解釋著。

影子繼續走著。

「聖主。」一個陌生的聲音突然在影子耳邊響起。

影子抬頭朝四處望了望，卻沒有發現任何人，但他知道這話是對自己說的，否則，不會有種就在耳邊對自己說的感覺。

影子對著夜色道：「剛才是有人跟我說話嗎？」

「是的，聖主，是我在和你說話。」那聲音顯得有些欣喜。

「你是誰？」影子問道。

「我是暗魔宗的無風，聖主。」那聲音道。

第八章　魔法結界

影子又朝四處張望了一下，尋找著聲音傳來的方向，卻無任何發現。

他道：「我看你是認錯人了，我並非什麼聖主。」

那聲音忙道：「不，你就是我們魔族的聖主，只是現在你並不知道自己的身分而已。」

影子覺得有些奇怪，不過，自從來到幻魔大陸之後，各種奇怪的事情見得多了，也不覺得特別出奇，他道：「我想你是認錯人了。」

說完，繼續走著自己的路。

那聲音繼續在影子的耳邊響起：「你確實是我們魔族的聖主。經過千年的輪迴，讓你的元神重新回到這片大陸，帶領我們魔族重新光復。」

影子停下腳步，道：「既然我是你們所謂的聖主，爲何你不現身一見，卻在我耳邊嘮叨個沒完沒了？」

那聲音忙解釋道：「不是屬下不現身相見聖主，而是屬下無法現身相見。聖主所處之地乃雲霓古國皇城重地，虛空中到處結有魔法結界，除開神族及人族，魔族之人根本就不可能入內，因爲這些結界都是針對魔族而設。」

影子道：「那你現在哪兒？」

那聲音道：「屬下現在城外，好不容易才選得這樣一次寂靜無人的機會與聖主對上話。」

影子曾在一些亂七八糟的書籍中聽說過「千里傳音」這種功法，卻不想現在有機會親身體驗。

影子道：「你現在是用『千里傳音』在與我說話嗎？」

那聲音道：「『千里傳音』？屬下不知何謂『千里傳音』，屬下現在能與聖主對上話，是由於我們魔族特有的『音波共振』，只有魔族之人才能夠相互聽到並且進行交流。」

影子道：「可我並不會什麼『音波共振』，說話你又怎能聽見？」

「因爲屬下與聖主說話的同時，能夠收到聖主音波對空氣的振動，而並不需要兩人同時運用『音波共振』。」那聲音解釋道。

影子覺得好笑，道：「那你找我又有何事？」

那聲音道：「屬下找聖主，是希望聖主能夠出城與暗魔宗族人相見，而且暗魔宗魔主明晚會來朝見聖主。」

影子道：「我又怎麼能相信你的話？你又憑什麼能證明我便是你們的聖主？」

那聲音道：「屬下現在無法拿出什麼證據，但你乃我們的聖主是毋庸置疑的，對於這一

點，黑魔宗的黑翼魔使漠便可證明。」

「漠？」影子腦海中出現了那個沒有殺心，卻要殺自己的人，沒想到他是什麼黑翼魔使，這個內心有著痛苦掙扎之人會是一個魔？在自己看來，他太過人性化了，如果他是魔族之人的話，那法詩蘭又怎會與他攪在一起？影子知道，在幻魔大陸，人魔兩族是不能共存的！

影子道：「你認識漠？」

那聲音道：「屬下豈止認識？而且與他有過數次交手。」

「那你應該知道他爲何要殺我，而且法詩蘭爲何會與他攪在一起吧？」影子道。

那聲音道：「此事說來話長，若是聖主明晚能夠來城西石頭山神廟，屬下必當詳實相告。」

影子知道石頭山神廟這個地方，影曾經帶他去過，他見過裡面那面目模糊的神像。

影子道：「我不知道我該不該去，但我會考慮，我不能明確的答覆你。」

那聲音道：「聖主定然要來，暗魔宗魔主與屬下等一定會在神廟恭候聖駕，共商魔族復興大計。」

影子沒有與那聲音再說話，他覺得自己的身分愈來愈可笑，影是神族的花之女神，她說爲了什麼姐姐，要讓自己憶起以前的事；此刻之人卻又自稱爲魔族，說自己乃魔族的聖主，擔負著魔族復興的希望；另外還有一個身分是人族的一個皇子，而且可笑的是，這樣一個皇子以

「企圖褻瀆皇妃」之罪被莫名其妙地「賜死」……這些實在顯得有些荒唐。

現在，唯一屬於自己的便是這叫做「朝陽」的遊劍士了。所以，自己要讓每一個人都記住這個身分，就像記住每天的陽光一樣。

影子回到了劍士驛館，而迎接他的卻是一個不太好的消息。

小藍道：「可瑞斯汀突然不見了，在他房裡有一張紙條，上面說：要想見可瑞斯汀，明天相見於『幽域幻谷』。」

影子聽小藍說完，輕輕一笑，他知道，這是三皇子莫西多所爲，不過這一切都在他的預料之中。影子忖道：「這是他對自己最後一次試探了吧，不知他第一件要自己幫他做的是什麼事？」

小藍看著影子臉上的笑，不解地道：「難道殿下不爲可瑞斯汀擔心？」

影子道：「擔心？我爲什麼要爲他擔心？」

小藍道：「殿下可知『幽域幻谷』？那是一個能夠讓人迷失自我，所見皆是虛幻的地方。」

「這樣一個地方不是很有趣麼？」影子道。

「可是殿下你自己……」小藍顯得無比擔憂。

「哈哈哈……」影子大笑，雙手握住小藍的香肩，道：「小藍不要顯得愁眉苦臉的，你知

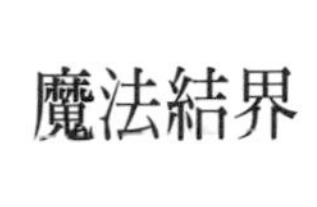

道，我最希望看到的是你的笑，你已經很久沒有笑給我看了。」

小藍的眼淚突然大顆大顆地掉了下來，委屈地道：「我以爲殿下這些天把小藍給忘了。」

影子心中一陣歉疚，自從上次自己殺了假落日，小藍提到影後，他就一直有意冷落了她。他不希望自己成爲別人眼中的自己，而是完全自我的。不過影子知道小藍是爲自己好，不由覺得自己這樣對她實在有些太過分，便一把將小藍攬入懷中，動情地道：「對不起，小藍，是我冷落了你，今後不會再發生這種事了。」

小藍，這個愛笑的女孩，此刻在影子懷中放縱地痛哭了起來。

影子輕撫著她烏黑的秀髮，安慰著。

在前往幽域幻谷之前，影子決定先去一個地方——流雲齋，在那裡，有一個人在等著他。對於幽域幻谷，他實在極爲陌生，他相信這個人能夠幫助他。

穿過羅浮大街，走進流雲齋所在的那條幽靜的巷道，藍水湖遙遙在望。

走過與流雲齋相連的吊橋，經過二道迴廊，影子來到了一個小包廂面前。

還未進包廂，影子便已經聞到了自裡傳出「藍水之星」的香味。

「好香啊！」影子用誇大的聲音說道。

「既然聞到了香味，還不進來?饞貓。」裡面傳出的是羅霞的聲音。

影子掀簾而進，只見羅霞香汗淋漓地在烹煮「藍水之星」，樣子甚爲專注，連影子進來也不看他一眼。

影子趁機在羅霞的臉上香了一口。

羅霞嬌嗔道：「叫你來吃魚，誰叫你來吃我了？」

影子在羅霞身邊坐下，摟過羅霞的腰肢，邪邪地道：「今天，我兩樣都要吃。」

羅霞也不再像以前那般矜持，任憑影子在自己身上亂佔便宜，感受著那份特別的愉悅。

影子把頭埋在羅霞高聳的酥胸前深深地嗅了一口，道：「真香！」

羅霞咯咯笑道：「到底是我香，還是魚香？」

「兩樣都香。」

「誰更香一點？」

「當然是魚比你更香一點，你身上盡是魚腥味。」邊說，影子邊在羅霞身上嗅著。

羅霞直感到渾身酥酥癢癢的，道：「你不要這樣好不好？弄得人家都沒有辦法專心燒魚了，你可知道烹調『藍水之星』需要的就是誠心？」

影子仍然不放過羅霞，邊大肆佔便宜，邊道：「知道，聽說這種魚是女人專門燒給心愛的人吃的。」

羅霞實在不能夠再專心「工作」了，她放下手中用來燒魚的工具，擦了擦雙手，然後扳正

影子的頭，道：「看著我的眼睛。」

影子只得乖乖地看著羅霞的眼睛。

羅霞突然狠狠地在影子鼻子上咬了一口，道：「告訴我，你神神秘秘到底想幹什麼？」

影子摸了摸自己被咬的鼻子，卻道：「你幾天不見，怎麼變成一隻老鼠了？竟咬人家的鼻子！」

羅霞道：「不要打岔，回答我的問題。」

影子正色地看著羅霞，道：「真要我回答？」

「對！」羅霞鄭重地點了點頭。

影子道：「你不是說，莫西多想跟我搶皇位嗎？我想知道他到底想怎樣登上皇位。」

羅霞道：「那你為何要挑戰暗雲劍派？你不是喜歡法詩藺麼？」

影子道：「這兩者並不矛盾。挑戰暗雲劍派是我繼殺死假落日要走的第二步棋，我知道那假落日的身分遲早會被揭穿，爲了讓整個幻魔大陸記住『朝陽』，唯有擊敗暗雲劍派。只可惜終究因為法詩藺而沒有成功，但我的目的已經達到了。」

羅霞道：「你是說，昨晚之戰，莫西多也知道了結果？」

影子道：「不錯，他昨晚也來了，讓他看到了結果後，就更加證明了我的價值，因此他才會想盡辦法讓我成為他所用之人。而且，我給他造成的印象是：我所做的一切都是爲了名利。

對於想登上皇位的他來說，正好可以利用這一點，承諾我，給我所需要的。」

羅霞這才明白，道：「原來如此，這樣，他就不至於太過擔心你別有企圖了。」

「也不盡然，莫西多是一個十分謹慎之人，在他沒有百分之九十的把握之前，他絕對不會做出貿然的行動。今天，他挾持了可瑞斯汀，約我去幽城幻谷見面，想最後一次摸清我的底細。」

「幽域幻谷?!」羅霞的臉色陡然變得十分可怕，彷彿聽到的是一個沒有生還可能的死亡之地。

影子看了羅霞的反應，並不感到詫異，道：「今天，我來找你，就是爲了瞭解幽域幻谷到底是怎樣的一個地方。」

「不，你絕對不能去幽域幻谷！」羅霞以絕對沒有商量餘地的口氣道。

影子將羅霞的手從自己的眼前拿開，笑了笑道：「是不是怕你相公有去無回啊?」

羅霞卻一臉嚴肅，道：「我沒有心思與殿下開玩笑。幽域幻谷不但會讓人迷失自我，看到的全是幻覺，更可怕的是有一處地方叫『幻鏡』，站在它面前，心靈的弱點便會全部自動暴露出來，看到的是自我最恐懼、最不願見到的一面。再牽由自身，控制人的心靈，做出連自己都無法明白的事情，甚至於自殺。」

「這是否說，對任何人都一樣?」影子問道。

「對！」羅霞毫不猶豫地回答道。

「那是否說，也包括莫西多在內？」

「任何人都包括在內，它是自然而成的，誰也無法控制。」羅霞道。

「沒有任何例外？」影子再一次問道：「我是說，如果沒有例外，外人怎麼會知道有這樣一處奇異地方的存在？必定是有人親身經歷以後，才告知別人，有這樣一處地方叫幽域幻谷，還有『幻鏡』。」

「這……」羅霞不知如何回答，影子的分析推理確鑿無疑，若是沒有人親身經歷過，豈會知道存在這樣一個地方？若是進去經歷後不能夠全身而退，外人又怎會知道？這其中有兩個可能：一，是以訛傳訛，事不屬實；二，確實有人進去後，能夠全身而退。羅霞之所以知道幽域幻谷，是有人親口告訴她幻魔大陸存有這樣一處禁地，萬萬不能亂闖。不過她當時並沒有細細問明詳情，但可以肯定的一點就是，告訴她這些話的人毋庸置疑。

影子這時又道：「既然莫西多可以進去，想必我也是能夠進去的。」

羅霞無言以對，但她的心卻更爲擔心了，若是莫西多能夠進退自如，那說明他完全可以克制幽域幻谷「幻鏡」對他的作用，這樣起作用的只會是影子。羅霞道：「要去，我與殿下一起去，我不能讓殿下隻身涉險！」

影子道：「你是要告訴他，我是雲霓古國沒有死的大皇子古斯特嗎？」

羅霞道：「可殿下若是去，到時身不由己，也不等於告訴了他你的身分？」

影子道：「可那個叫可瑞斯汀的女孩現在莫西多手裡，他如此也是爲了試探我，他要是不能夠徹底的放心，接下來要做的便是不能讓我存在於這個世上！我不能讓前面所做的一切都白費，所以我要賭上這一把！」

羅霞沒有再說什麼，她知道影子去意已決，他此行並非來徵求自己的意見，只是來讓自己知道這件事。羅霞的激動之情變得平緩了許多，她平靜地道：「我有什麼能夠幫助殿下的嗎？」

影子道：「你只要告訴我該怎麼走就夠了。」

羅霞道：「幽域幻谷位於城西五十八里處的原聖靈大殿的廢墟裡。」

「聖靈大殿？」影子想起這是聖魔大帝當初所選的宮址，後來毀於聖魔大帝消失後一場莫名其妙的大火中，這些也是羅霞曾經對他講的。

影子看了看羅霞，展顏一笑，雙手緊緊讓羅霞的嬌軀貼著自己的身體，道：「不要爲我擔心，我會照顧好自己的，今晚你只要在這裡燒好『藍水之星』等著我回來就是了。你看現在的魚都燒焦不能吃了。」

說罷，在羅霞的俏唇上親了一口。

而羅霞卻突然雙手如水蛇般緊緊纏住影子的脖子，香唇吸住影子的嘴巴不放，巧舌伸進影子大嘴內，與之舌頭交纏在一起。

影子從未見過羅霞有這般瘋狂的舉動，以往都是自己主動挑逗才會燃起她的激情，可這次卻變得不同，影子知道，這是羅霞對自己的擔心所使然，她要通過這靈與肉的交融將兩人緊緊連在一起……

影子的思緒中斷了，熾烈的情欲如野火般點燃他身體的每一寸肌膚，使每一個細胞都充滿了亢奮，大腦只有一個念頭，那就是佔有這個女人，瘋狂地佔有這個女人！

「嘶……」衣衫撕裂之聲在虛空中響起。

兩條赤裸裸的軀體交融在了一起……

影子騎著馬出了西城門，他渾身感到了一種舒暢。正如當殺手時，每次殺人前一樣，這次他又從女人那裡得到了釋放後的輕鬆。

這種釋放很重要，不但讓他的狀態調整到最佳，也讓他感到了勝利在望。因爲每次釋放後的行動迎接來的是成功，他相信這一次也不例外，儘管環境有所不同。

影子低頭在胸前看了看，在胸前晃動著的是一個類似平安符的東西，這是剛才羅霞交給他的。此前影子每次見到她的時候，它總是放在距羅霞的心最接近的地方，可見其對羅霞的重要性。

而現在，影子卻看到它掛在了自己的胸前。

影子清楚地記得羅霞將之取下時的神情，那是將身體最重要的一部分、將自己的靈魂寄放在一個男人身上最複雜的神情，那裡面所包含的東西是無法用言語來表達的。

當時，羅霞只是淡淡地道：「如果殿下不能夠回來，那我便不能在這個世上存在了。」

想到此處，影子一笑，一帶韁繩，加快了馬速。於是，在通往聖靈大殿廢址的路上，掀揚起一片灰黃的塵埃。

當馬停下來時，已是一個小時以後了。

展現在影子眼前的是廢墟的殘垣斷壁，幾根巨大的石柱孤單地立著，地下到處都是破碎斷裂的磚石和瓦礫，其間生長著雜草，不時有著鳥、兔在其間飛掠、跑動的身影。

一派荒涼的景象，已經不能夠讓人想起聖魔大帝在時的輝煌。

這是一千年的風霜雪雨所給予這裡的一切，望著這些，影子不由得有種嗟歎之感。

當初聖魔大帝建造這聖靈大殿的時候，又有誰能夠想到會有今天這一派景象呢？看來歲月是最無情的，也是最公正的。

影子下了馬，在他眼前的一塊石碑上有一段銘文，也不知是何人所刻，上書：一千年前你不認識我，我不認識你；一千年前你不懂我，我也不懂你；一千年前你不是你，我也不是我；

一千年也許什麼都不是，一千年也許只是一千年……

影子發出一聲輕笑，刻這些字之人，未免太有些感懷傷世了，這些徒勞無益的感慨難道就能夠喚回曾經的歷史？歷史是由人創造的，緬懷不是歷史的全部，更不能夠改變歷史，它只代表過去。

影子繞過那塊石碑，繼續往前走去，羅霞告訴他，幽域幻谷就在聖靈大殿廢墟原址的後面，沿著一條平緩流動的小溪走便可以到達。

聖靈大殿的面積還真夠大，至少有五千多平方米，影子走了好半天，才走過廢址原跡，看到了一面小湖，湖水是由一條小溪注入，雖然溪水不斷流進，但湖水卻不滿不溢。

小湖看上去有很濃的人工痕跡，顯然是千年前與聖靈大殿一起建造的，引小溪之水注入，之所以不滿不溢，肯定是內有可以自行控制調節的平衡系統。

第九章　幽域幻谷

影子也不多想，他知道這給小湖注水的小溪定是羅霞所講的那條小溪，便繞過小湖，沿著小溪往上走。

大概又走了三四里路，穿過一帶密林，小溪便到了盡頭。而此刻出現影子眼前的是一座高山，這是雲霓古國最高的雲峰山，因峰刃直插雲霄不見其頂而得名。

在影子的左邊，他看到了危岩突兀、幾乎毫無落腳之處的山谷，不由忖道：「所謂的幽域幻谷也就是這裡吧？」

影子不知，此時他所處之地，乃是位於雲峰山腹的一處凹地，四周全都是高聳的峭壁，怪石林立，幽域幻谷就在這凹地的中央。

影子走進山谷，赫然在峭壁上看到了「幽域幻谷」四字。這幽域幻谷好像是突然陷落的山地，周長不過一里之地，卻是深不見底，其間長滿了各種茂盛的草木。站在影子所處之地望去，好似一小塊碧綠的水塘，不時有迷霧從中升起。

影子看了看，也便走了下去。既然來了，就要一探究竟，沒有後退的餘地。況且，這對於酷愛探險的他來說，也未嘗不是一種挑戰，在地球上，他可從未見過有這等奇妙的所在。

下得谷地，才感覺到此地的兇險，四周的峭壁好像圍牆一般將影子團團圍住，給人一種強烈的壓迫感。谷地長滿了參天的松柏巨木，粗有數人可抱，繁盛的枝葉遮天蔽日，所立之地完全是一片陰鬱，眼之所視不過數米。下來不久，便感衣衫有潮濕之感。

影子繼續往前走去，愈往前，帶有潮濕感的陰風就愈來愈重，彷彿是從冰山雪域所吹來的。影子豎起了衣領，裹緊了身上的衣服，雖然這裡顯得怪異陰森，但影子尚未感受到羅霞所說的迷失自我，或者是有危險的存在。

這不免讓影子心裡感到有些奇怪，而且到目前爲止，影子尚未看到有任何人所留下的痕跡。如果說，莫西多將可瑞斯汀挾持至此處的話，應該在四周有痕跡可尋，而影子所走過的地方彷彿幾千年也無人跡，這讓影子又感到了不解。

他停下腳步，考慮要不要進一步深入。

而這時，影子的耳朵突然側動了一下，他聽到——與其說是聽到，倒不如說是感覺到——有帶著陰鬱氣息的生命體在向他靠近。

一道寒芒劃破迷霧。

就在影子感覺到的時候，他手中的飛刀也射了出去，可射出去的飛刀卻如石沈大海，沒有發出一點聲響，就像憑空消失，這就不得不讓人感到奇怪了。

影子讓自己的心神處於高度戒備狀態，靈敏地捕捉著周遭的動靜。

但四周卻靜謐如故，沒有任何可供影子覺察的，剛才感覺到的生命體也沒有了蹤影。

影子甚至有些懷疑自己剛才的感覺，但他的感覺一向是對的，況且他的飛刀射出去是確鑿無疑，不應該沒有任何反應。

危險是存在的，但讓人無所覺的危險，才是最可怕的，這是影子生平第一次體驗。

突然，影子看到垂至眼前的髮絲沿風朝相反的方向掠動。

他心中一緊，正欲拔出飛刀，卻發現在自己的掌心已經有著一柄飛刀，而且正是自己剛才所射出去的。

飛刀上還有著溫度！

「這是怎麼回事？」影子看著掌心的飛刀，心中感到極爲疑惑：「難道是剛才有人在神不知、鬼不覺的情況下將飛刀放回自己的手心？這未免也太不可思議了！」

而令影子感到可怕的不只這些，他竟然已經不能夠確定自己的飛刀是否曾經射出過，或者說飛刀只是在想像中射出過，而事實上它並未射出，因爲它此刻仍然存在於自己的掌心，並沒有動。

種種跡象表明，這種可能性極大，因爲飛刀射出去自己不可能任何感覺也沒有；沒有人可以在自己神不知鬼不覺的情況下將飛刀放還自己的掌心，至少目前自己尚未發現；另外，就是飛刀上的溫度，飛刀上的溫度與自己的掌心溫度一樣，而且飛刀在自己掌心所處的位置，正是自己所習慣的握刀方式，就算是有人以幾乎覺察不到的速度將飛刀放回自己的掌心，也只有微乎其微的可能將飛刀放在自己所習慣的位置，因爲自己的出刀方式從來就沒有別人知道。

「你是不是在想你的刀有沒有射出過？」一個得意的聲音在影子耳邊響起。

影子心中一震，竟然被人看穿了自己心裡所想，這人實在太可怕了。

影子連忙定了定自己的心神，不再讓自己多想，專注於眼前所見到的景象。

幽域幻谷內古木依舊，迷霧依舊，風依舊，潮濕的空氣依舊，什麼都沒有改變，更不見有人。

「如果你想知道你的飛刀有沒有射出的話，就繼續往前走，答案就在前面！」那個聲音在影子耳邊又道，聲音中透露的得意之情依舊。

這讓影子想起了昨晚在大街上和自己說話的，那個叫無風的暗魔宗之人，「難道是他所爲？」這顯然不可能，因爲這不是無風的聲音，影子馬上又否定了，「那麼是和無風一樣的魔族之人在與自己說話？但他又怎麼知道自己心裡所想呢？」影子弄不明白。

那個聲音這時又道：「你再怎麼想也是沒有用的，只有自己親眼所見，才能夠知道自己剛才有沒有將飛刀射出。繼續往前走，一切答案就在前面。」

「我爲什麼要往前走？」影子冷冷地反問道。

那聲音道：「是你自己要往前走啊，我可沒有叫你往前走，是你自己要知道答案而已。」

「剛才不是你叫我往前走麼？」影子續問道。

「剛才？剛才我沒有說話，剛才是你自己在說話，你自己說話怎麼怪到我的頭上？你這個人真奇怪。」那個聲音回答道。

「我自己在說話？」影子不禁有些疑惑了，但他馬上讓自己恢復冷靜，道：「你休想騙我，剛才明明是你在說話。」

「是我在說話嗎？哈哈哈……」那聲音大笑道：「我怎麼不記得？一定是你弄錯了，把你說的話賴在我頭上。這種情況經常發生的，我經常都這樣。」

影子冷笑道：「你休想騙我，我頭腦清醒得很，又怎會不知道自己說過什麼話？」

「哈哈哈……你頭腦清醒得很？你頭腦清醒怎麼會不知道自己的飛刀有沒有射出過？我看你的頭腦比我還要糊塗。」那聲音道。

影子心裡不由得自問：「難道剛才真的是自己叫自己往前走？」但影子馬上又給予堅決的否定，自己怎麼會無緣無故地叫自己往前走呢？一定是他在故意迷惑自己。羅霞不是說過，這裡會讓人迷失自我麼？一定是他在暗中搗鬼，所以才會這樣，他休想以此來讓自己喪失判斷的能力。

雲霓古國皇城。

可瑞斯汀拍了拍自己的腦袋，走進了劍士驛館。

小藍看到她，驚駭不已，道：「你怎麼回來了？」

可瑞斯汀感到莫名其妙，道：「我怎麼不能夠回來？我不是住在這裡麼？」

小藍心中大急，道：「我是說，殿……」小藍見自己說漏了嘴，忙改口道：「我是說朝陽怎麼沒有跟你一起回來？」

可瑞斯汀摸了摸小藍的額頭，道：「你沒有發燒吧？我又沒有和他在一起，怎麼會與他一起回來？」

小藍急得直跺腳，道：「你是說你沒有見過朝陽？」

「當然。」可瑞斯汀毫不置疑地道。

「那……那你昨晚去了哪裡？」小藍忙問道。

「昨天遇到一個朋友，他請我喝酒，喝多了也就沒有回來，現在都還頭痛。」可瑞斯汀又拍了拍自己的腦袋，見小藍急切的樣子，又道：「幹嘛？是不是發生了什麼事？」

「當然發生了事情，朝陽以爲你被人挾持，現在救你去了。」小藍急切地道。

「被人挾持？救我？」可瑞斯汀聽得一頭霧水，他道：「你能不能說清楚一些？我不明白你到底在講什麼。」

小藍一時之間也不知到底從何說起，急得走來走去，喃喃道：「完了，完了，朝陽這一次一定被人騙了。」

可瑞斯汀見小藍的樣子，知道事態嚴重，醉酒後的腦袋也清醒了許多，道：「到底發生了什麼事？」

小藍道：「什麼事情？這一次朝陽被你害死了，他去幽域幻谷救你去了。」

小藍這時記起那張紙條現在還在自己口袋中，忙掏出來給可瑞斯汀。

可瑞斯汀接過一看，臉色立刻大變，他自是知道什麼叫做幽域幻谷，也知道幽域幻谷是一個什麼樣的地方，進入裡面會發生什麼樣的事情。他心中駭然忖道：「朝陽到幽域幻谷救自己，這實在太可怕了！」連忙轉身往劍士驛館外跑去。

小藍在後面喊道：「你要去哪裡？」

可瑞斯汀來不及作任何回答，只是沒命般地衝出劍士驛館。

這時，正好一個遊劍士裝束的人剛好從所騎的馬上下來，準備進入劍士驛館。

可瑞斯汀一把奪過他手中的韁繩，飛身上馬。

「駕！」也不與那人打招呼，便策馬疾馳而去。

那遊劍士裝束的人看著可瑞斯汀策馬而去，搔了搔頭，感到有些莫名其妙，自語般道：「怎麼雲霓古國的人借馬也不說一聲？」

見可瑞斯汀和馬從眼前消失，也不再看，似什麼事情也沒發生般地走進了劍士驛館，大聲道：「老闆，給我開間上房。」

「不管是誰說的，只要往前走便是。」影子冷靜下來後，冷哼一聲，便默不作聲地往前走去，而那個聲音也沒有在他耳邊嘮叨了。

影子往前走了幾步，在他眼前出現了兩道削壁而成的羊腸小道，僅容一人側身通過，在巨石的上方有縱橫交錯的石筍搭成的石穹頂。

影子毫不遲疑地側身沿著羊腸小道而行，從裡面吹出的刺骨陰風也愈來愈重。

影子只是側著身子，一步一步地移動雙腳，什麼也不想，什麼也不問。

穿過羊腸小道，經過一片奇石怪林之後，出現的是一片空地。空地上除了一些石子之外，什麼都沒有，而在空地的正前方，有著兩個洞口，一個洞口裡面冒著黑色的霧氣，而另一個洞口裡面則冒著白色的霧氣。

冒著白色霧氣的洞口顯得比較溫和，冒著黑色霧氣的洞口顯得陰冷，那羊腸小道中穿過的陰風顯然是從這有著黑色霧氣的洞口吹出來的。

影子身不由己地停了下來，他不知道自己該選擇哪個洞口而進。

那個聲音這時又在他耳邊響起了：「左還是右？左邊冒著黑氣，右邊冒著白氣。」

影子沒有出聲。

「我看還是右吧，右邊沒有那麼冷，冒著白色霧氣，裡面也看得清楚。」那聲音又道。

影子想也不想，便往冒著寒冷黑氣的洞裡面走了進去。而他的耳邊卻傳來那聲音得意的笑聲，彷彿是在笑他中了激將法。

影子毫不理會，他似乎已經知道，只要自己一思考，只要自己心中存著疑問，那個聲音便會趁機擾亂自己的心神，將自己引入歧途。

冒著黑色迷霧的洞內果然極冷，簡直是一個冰窖，愈往裡走，也就愈冷，黑色霧氣也就愈重。

影子緊緊裹著那襲破爛的遊劍士服飾，忍受著這極寒的考驗。他知道自己來了就不能夠回頭，只要稍有遲疑，那聲音便又會引導自己進入一個極爲可怕的夢魘之中，這種情況要是發生第二次也就不再像第一次這般簡單了。羅霞所說的迷失自我，甚至於自殺，是絕對有可能的。

正當影子一步步向前走著的時候，突然，他腳底一滑，身子便急速地往下降，彷彿是在冰面上滑行，風在耳際疾掠而過。

他看不到前面有什麼東西，黑色的迷霧濃得連自己的雙手都看不見。

影子在瑞士度假的時候曾經滑過雪，他知道在這種情況下最重要的是保持身體平衡和心態的冷靜，千萬不能急躁。

「砰……」影子的屁股重重地摔在了地上，除了屁股有疼痛感之外，所幸並沒有發生其他事。

當他四顧之時，濃重的黑色迷霧卻已經消散了，在他眼前出現的是一個寒潭，在寒潭的上空七八米處縈繞的是黑色的迷霧，迷霧不斷地向外飄散。

顯然，這黑霧與寒氣正是由這寒潭中所散發出來的。

影子再四顧張望，到處都是石壁，不見出口。

影子再往自己滑下來的地方望了望，那是一個幾乎達到九十度的斜坡，高不見頂，要想爬出去，那幾乎是不可能的。

影子想起此行的目的，也想起是誰讓自己來這裡的，而莫西多到現在連蹤影都沒有出現，更別說可瑞斯汀了。他不得不重新考慮起可瑞斯汀房間裡所留下的那張紙條，到底是出自何人之手？「難道不是莫西多所留？」影子為自己心頭突然出現的念頭嚇了一跳。

而這時，那寒潭傳來了水花之聲，影子的思忖立時被打斷。他轉頭望去，那寒潭之水在慢慢的升起，不是整個寒潭之水在升起，而是在寒潭中央，有一奇怪形狀的水在升起，彷彿是由一無形、透明的東西將水托起，但實際上什麼都沒有，只是奇怪形狀的水在升起。

漸漸地，那水在虛空中聚斂，聚斂成一個清晰的形象，是人的形象，是一個漂亮至極的女人的形象。

是可瑞斯汀，不，是法詩藺！或者說，剛開始是可瑞斯汀，而刹那間卻變成了法詩藺。

影子驚駭不已，他想起羅霞口中所說的「幻鏡」，難道這寒潭便是所謂的「幻鏡」？

因爲影子剛才心中確實想到了兩個女人，一是可瑞斯汀，但當由水聚斂而成的女人曼妙的身姿形成的時候，他的大腦中霎時出現了法詩藺的形象。

這「幻鏡」竟然可以反應人的心聲，而且可以導引出對人影響最深的、最重要的人。

影子看著這由水幻化而成的法詩藺，他的腦袋拿他的眼睛沒有一點辦法，也就是說，他的腦袋叫他不要看，而他的眼睛卻不聽話。

由水聚斂而成的法詩藺輕輕眨動了一下那鑲嵌著黑色寶石的美眸，晶瑩剔透的臉上就蕩漾開了笑的漣漪。

天哪！她是那麼美，以至於讓影子心生擁抱她的衝動。他的手伸了出去，攔腰將法詩藺抱住，而法詩藺卻給攔腰抱斷了。

第十章　觸摸虛無

影子什麼都沒有抱到，他的手觸摸到的是虛無，而被攔腰抱斷的法詩蘭又是如此真實地存在，那腰完好無損。

晶瑩剔透的臉上笑意更盛了，居然還有一絲紅潤，非常動人的紅潤，有著桃花一般的嬌豔，卻比桃花更讓人充滿遐想。

法詩蘭動了起來，更準確地說，她是舞了起來，在寒潭上舞了起來，就像凌波於水面的仙子，秀足輕踏蓮步，曼妙的嬌軀隨步而舞。

寒潭水面因秀足輕點，一圈圈漣漪紛紛蕩開，而她的身姿卻像水面上的一片飛花，一片落雪，一片飄絮……隨波而動，隨風而舞，萬種風情隨著秀足的動、隨著一顰一笑的表情而讓人魂牽夢縈，不能自拔……

影子醉了，是的，他醉了，他又怎能不醉？

他看到法詩蘭在寒潭上舞蹈麼？不，他看到的是法詩蘭在自己的心中舞蹈，她的秀足輕點之處便是自己的「心」最敏感的地方，是自己的「思」最多情的地方。她的舞已經與夢幻中的身影融合成了一體，不再是局限於形體的表現，而是感情的訴說，是她的感情，也是影子的感情，更多的、更完全的是兩種感情的訴說所產生的共鳴，是兩顆心，兩個身形共同結合，合二爲一的表現。

影子走了上去，他的雙腳踏在寒潭之水走了上去，他與法詩蘭一起舞了起來，他們幻化在了一起。舞，已經不再讓他們分彼此；舞，已經真正讓他們相融合了，是身形的融合，更是生命的融合。

他們如雙蝶一起翩飛於花叢間，他們如比翼鳥雙雙暢遊於虛空中，他們如鴛鴦雙雙戲水於湖面上……生命中最美好的、最激動的、最讓人感到幸福的一切都不再是一種夢想，而是可觸可感的實物。

天啊！讓時間永遠停留在這一刻吧！

「嘩啦啦……」一聲清脆的聲響響起。

是玻璃碎了？不！是法詩蘭碎了，是水幻化而成的法詩蘭碎了，更是影子的心碎了。

影子感到自己的心一陣劇烈的疼痛，就像是一隻手伸向自己的身體，將心撕成兩半。

影子站住了，他是站在原地，而並非立於寒潭的水面之上，剛才只是他心神出竅與夢幻的結合，法詩蘭並沒有存在過，但他的心被撕開的疼痛感是確鑿無疑的。

他感覺到，在自己的體內有一種不屬於自己的生命存在，它正在撕開自己的心臟，抓住了他剛才在夢幻激情的根源所在，是幸福感的最巔峰。

影子不知，這正是他身體內潛藏的神魔寄居的天脈，夢幻般的激情將天脈引至最敏感、最興奮的心臟，然後將之抓住。

這是有人在暗中作祟，而且深諳怎樣擒獲天脈的方法，這絕非一般人所爲。

影子動彈不得，他生命最本源的東西已輕握在了身體內那隻無形的手中。

這時，他體內七經八脈中所存在的力量全部向心臟部位彙聚，似乎在與那隻無形的手進行抵抗，以保護天脈。

體內刮起了強烈的震盪風暴！

「火之精靈，快出手！」影子體內傳來一聲吼叫。

「水火交融，冰火兩重天！」

那個一直在影子耳邊響起的聲音與影子體內那聲音同時暴喝。

虛空中陡然爆出了赤紅的炎流，繞著影子疾如迅風地旋舞起來，愈舞愈疾，愈轉愈猛，當旋滿影子的周身後，猛然間化作一道赤練從影子的百會穴竄入他的身體內，其勢有若暴烈的龍捲風，驚怖駭人。

而影子體內，一道冰寒至極的水流已經竄遍影子的經脈，並且凝成冰鏈。

當冰與火交融的時候，影子體內燃燒了起來，是冰與火交融的燃燒，一個至寒，一個至熱，雙雙聚於影子的心臟部位，形成一個煉爐，影子體內與之抗爭的力量漸漸在瓦解。

原來，一直在影子耳邊嘮叨的是火之精靈，而影子在寒潭所見的幻化成法詩蘭模樣的是水之精靈，它們一直在幻化欺騙著影子，不著痕跡。

這「冰火兩重天」更是火元素與水元素化水火歷來不相融的道理爲相融，是兩種元素合力打造的巔峰之作，可以毀滅任何普通神魔級別的修爲。只有自然界存在的兩者之精靈的傳承者才可以破壞水火不相融的極限，使出「冰火兩重天」。

只是兩大元素的精靈一直以來皆是魔族的一個派系，自從聖魔大帝消散後，便不見其蹤影，不知爲何要對影子下手，奪取影子體內神魔寄居的天脈。

在水之精靈與火之精靈以「冰火兩重天」的煉化下，影子體內保護天脈與之抗衡的力量已瓦解至無。

天脈已完全地與影子的心分離出來，握在了那隻無形的手中。

「哈哈哈……」影子體內傳出水之精靈與火之精靈得意的狂笑。

「還不給我拿出來！」這時，一個低沈沙啞至極，但卻不能讓人抗拒的聲音在石洞內響了起來，伴之而出現的是一身形高大魁武、長髮垂肩、身披黑色斗篷之人。

而無風卻恭敬地出現在他的身側。

此人正是魔族暗魔宗的魔主驚天。

無風阿諛道：「恭喜魔主獲得天脈，重整魔族，統領天下！」

暗魔宗魔主驚天毫不客氣地道：「你這話不是說得太早了麼？」

無風討了個沒趣，只得立時閉嘴不言。

一道赤紅的炎流又從影子的百會穴竄了出來，在虛空中又化為虛無，不見其影。

只聽火之精靈在虛空中道：「驚天魔主現在總算能夠得償所願了吧？」

「哈哈哈……」驚天仰天狂笑，道：「有了天脈的聖力，我便可以像聖魔大帝當初一樣，統領整個幻魔大陸，傲視天下！」

火之精靈也在一旁隨之而笑。

這時，一股水柱伴隨著五彩的霞光從影子的百會穴緩緩升起。

驚天看著這五彩的水柱，是水之精靈正帶著天脈從影子體內出來，他的臉上現出期待已久的表情，他的心有著較為急促的跳動。

為了這一刻的到來，他實在等了太久。

消失在虛空中的火之精靈與無風也專注地看著五彩的水柱緩緩升高。

突然，在他們的上空傳來一聲嬌斥。

「以天地的名義，以萬物的祈願，以遠古的契約，打開聖光，封印一切魔咒——聖光封魔！」

虛空中，彷彿自九天之上打開了一道神門，神聖的光彩自九霄傾瀉而下。石洞內孕育著一團祥和之光，照亮了石洞內的一切，使任何神魔妖孽都無法掩身，使天地萬物都歸於寧靜與真實。

暗魔宗魔主驚天忙以黑色斗篷掩住聖光對他的普照；無風則用雙手掩住雙目，嘴裡大喊「不要」，身子萎縮成一團；在虛空中無法視見的火之精靈也現出了一個矮小、渾身赤裸，如嬰兒形狀的形體，其身四周彷彿燃燒著一團若有若無的火焰，它四處逃竄著，在聖光的普照之下，竟然找不到可以躲藏的地方，最後無奈只好鑽進了驚天的斗篷之內。

影子頭頂的那道五彩水柱早已被一道疾閃而下的電光擊中，回入影子體內。影子倒在了地上，而這時一個人在空中飄然落下，出現在他的身邊，是可瑞斯汀！

聖光漸漸淡去，驚天掀開斗篷，雙目如電般逼視著可瑞斯汀，厲聲道：「你是何人？為何會魔族的『聖光封魔』？」

可瑞斯汀抬起鳳目，迎視著驚天的目光，將臉上用來偽裝成遊劍士的鬍鬚盡數撕去，然後冷冷地道：「驚天魔主，你說我是誰？」

驚天大吃一驚，道：「你……你是安吉古麗皇妃？你不是已經死了嗎？」

無風與火之精靈也吃了一驚，眼前的面容他們再熟悉不過了，只是他們不敢相信，被聖魔大帝的萬鈞之力化為烏有、元神俱散的安吉古麗皇妃，怎麼會出現在這洞中？

可瑞斯汀道：「我不是安吉古麗皇妃，我乃魔族新一代聖女可瑞斯汀，沒想到你竟敢對聖主動手，妄圖奪取天脈！」

「聖女？」驚天審視著可瑞斯汀道：「我可從未聽說過魔族何時有了新聖女，我只知道聖女早在聖主消失之前便已死去。」

可瑞斯汀撕開胸前的衣襟，在滑如凝脂的肌膚上，驚天、無風及火之精靈看到了一個黑色的月牙形徽記。

不錯，這正是魔族每一代聖女的標誌。

驚天冷哼道：「就算你是聖女又怎樣？魔族已經一分爲三，已經不是當年的魔族，『聖女』只不過是有名無實的封號，又豈能再號令魔族？魔族現在需要的是新一代聖主的出現，而不是一個聖女！」

可瑞斯汀冷然道：「不錯，魔族現在需要的是新一代聖主，而你卻妄圖將聖主毀去！」

驚天一聲冷笑，道：「就憑他任人宰割也可成爲魔族新一代的聖主？他連自己是誰都不知道，怎麼配成爲魔族的聖主？還不如將他體內的天脈移至我的體內，開啓神力，號令魔族，一統幻魔大陸！」

「聖主之命，乃由天定，豈可讓你任意更改？你身爲暗魔宗的魔主，豈能說出這等大逆不道的話來？」可瑞斯汀憤怒地冷斥道。

驚天不屑地道：「我不想與你作無謂的爭執，什麼天定，一切盡在人爲！我若是得到天脈的神聖之力，我便是魔族的聖主，你若再囉嗦，就休怪我不客氣了！」

驚天最後一句話的聲音陡然變大，從他口中呼出的真氣，頓時使整個石洞內的空氣變得沸騰激蕩起來，衝撞石壁，竟然發出無數爆炸聲，細石駁落，紛如雨下。

無風感到體內氣血翻騰，驚駭不已，他沒有想到這一千年來，魔主的功力竟然達到以聲傷人，不著痕跡，看來這一千年來他的閉關自修，一定參透了「暗魔啓示錄」上的武功魔法。

可瑞斯汀身處聲場的中心，更是感到有無數細若游絲的力量紛紛鑽進自己的身體，耳膜則如針刺一般疼痛難忍。

以她的修爲，自是不能與擁有兩千年功力修爲的驚天相比，幸好這次前來尋找聖主之前，得魔族護法元老悟空以畢身功力相傳，但這並不說明她的功力可以與三大魔主之一的驚天相抗衡。

可瑞斯汀冷笑一聲，道：「別忘了，我是聖女，聖女的職責便是保護聖主的轉世之身，對每一個魔族之人而言，『封魔靈印』皆是他們不願見到的，元神被困於幽境的滋味，我相信驚天魔主也不願體驗。」

是的，「封魔靈印」是自魔族創立以來，便一直單傳於聖女的一種武技魔法，便於震懾其他魔族之人有逆反之心者，保護聖主的轉世之身。

驚天確實對「封魔靈印」心有顧忌，否則他早就不用與可瑞斯汀廢話，將其擊殺。但他並非是懼怕「封魔靈印」，他完全可以擊殺可瑞斯汀，可如此一來所付出的代價是被封印封住五成的功力，這是他不願見到的，到那時他便沒有能力將天脈內的神聖力量開啓，歸爲己用。

驚天不屑地一笑，道：「你以爲用『封魔靈印』就可以嚇倒我嗎？這未免太天真了，以我的絕世修爲，靈印根本就不可能沾上我身，你相信自己可以用『封魔靈印』將我封住麼？」

可瑞斯汀知道驚天是在進行心理戰，她冷冷一笑，道：「驚天魔主要是不相信我的實力，不妨一試。」

驚天臉色立時沈了下來，當下冷冷地道：「你倒是很聰明，但聖女似乎忽略了一點。」

「忽略了一點？」可瑞斯汀不解。

驚天的臉上突然綻放出燦爛的笑容，道：「不錯，你忽略了一點。」

正在這時，可瑞斯汀感到一股熾熱的氣流從背後侵至，迅若疾風。

可瑞斯汀立刻想起了火之精靈，剛才她一心注意著驚天，卻忽視了眼睛看不到的火之精靈。

看來眼睛是最容易欺騙人的。

是的，火之精靈已經無形地侵至可瑞斯汀的背後，對她進行了突襲。

火之精靈已經化作了一束猛烈的火舌，越過兩丈空間，襲向可瑞斯汀。

「轟……」可瑞斯汀嬌軀微轉，手按靈印狀，玉指輕彈。

一道無形氣勁頓時竄入火舌中，那道火舌四散成萬點火星，濺得石洞內一片零亂。

火舌一散，可瑞斯汀身子略進，手按靈印再向火舌之中最耀亮的核心攻去。

火之精靈似乎早已洞悉可瑞斯汀的攻勢，突然間幻化成一個火球，躍高一米，以萬鈞之勢撞向可瑞斯汀。

可瑞斯汀靈印擊空，她感覺到了來自火球之中張狂而有野性的氣機，那個火球蘊含著火元素最爲灼烈的魔法，是火之精靈的核心所在，是天地間火之精魂。

空氣變得異常乾燥，彷彿也隨著火球燃燒起來了一般。

這天地間守護著五大元素的宿主之一，果然非一般易與之輩，可恨的是他與驚天攪在了一起，企圖幫助驚天奪取天脈。可瑞斯汀不知自己該不該將之用「封魔靈印」封死，畢竟，火之精靈對日後聖主重新振興光復魔族有著重大的作用，而且她若對火之精靈使出「封魔靈印」，驚天必然會趁機出手，而她卻沒有足夠強大的餘力來應付驚天的突擊，那是她最爲擔心的。

驚天面現得意之笑，看著可瑞斯汀如何應付火之精靈即將爆發出的攻擊，他在等待著。

「轟……」一聲強烈至極的爆響，猶如兩個炸雷在虛空中相交。

火之精靈突然發動了攻勢，可瑞斯汀被火球吞沒，但她又自火球的背面穿了出來，火球頓時成了一個橢圓的形狀。

可瑞斯汀身上不沾絲毫火星，而火球似乎沒有占到什麼便宜，火光有著瞬間的暗淡。驚天知道，那是火之精靈剛才受了可瑞斯汀攻擊的緣故，所幸受傷不重，沒有大礙。

可瑞斯汀剛剛轉身，火之精靈幻化成的那團火球迅速恢復成了渾圓的球狀。

可瑞斯汀尚未出手，卻發現自火球中射出一道火舌，火舌似乎帶著萬鈞的力道衝出。火球開始滾動，生出灼熱的氣流，四周的空氣竟然真的有一大片燃燒了起來。很快，虛空變成了一片火海，驚人至極。

驚天身體四周自然形成一道防護氣流，環身縈繞。無風則是運功，將真氣行遍全身，阻隔著火熱的攻進。

可瑞斯汀閃開那道火舌，整個人若遊魚般向火球滑去，而燃燒著的虛空卻被可瑞斯汀的身形如刀一般從中撕開。

火之精靈似乎知道了可瑞斯汀的厲害。

「呼呼呼……」數十道火舌同時噴出，在虛空之中交織成一道火網，火網之間更有許多帶著強猛勁氣的火束穿插，完完全全封死了可瑞斯汀的進攻路線。

可瑞斯汀突然身形幻動，在數十道火舌的交織進攻下倏地消失，而這時，一道強大的氣勁劃破了交織的火網，直取火球的核心。

「忽……」火球驀地擴張開來，由渾圓變橢圓，隨即橢圓又變成一張巨大的火盾，將火之精靈隱在其後。

這時，驚天的額頭輕皺，他沈聲喝道：「上！」

無風動了，他手中的劍如毒刺一般刺向了一個若有若無的虛點，他知道那是可瑞斯汀。

那道氣勁將火盾一劈爲二，整個火球頓時消失至無，虛空中除了有些灼熱的味道之外，連一點火星都沒有看見，顯然是火之精靈遭到了重創，將他的魔法功力完全破壞。

而驚天並沒有看到可瑞斯汀使用「封魔靈印」。

無風的劍刺中了那點若有若無的虛影，但那並不代表刺中的是可瑞斯汀。

一根玉指彈在了刺空的劍身上，無風手中的劍發出強烈的震動。

那並非玉指輕彈那麼簡單，那玉指之中蘊含的是封殺功力的靈印，雖然不是「封魔靈印」，但足可透過劍身在一定的時間內抑制住無風的功力運行。

無風手中的劍果然滯緩了一下。

但僅僅只是那麼一刹那，其時間甚至少於眼睛眨動的一刹那，無風的劍就像是貼著光滑的水面一樣，平滑而過，可速度卻是疾如驚電，他的目標是攔腰斬斷可瑞斯汀的身形。

反應可謂快至極致。

「哈哈哈……」驚天這時大笑，他似乎看到了解決之道，於是大聲道：「好了，聖女就交給你們了，我帶著他先走。」

驚天說罷，便如一陣疾風向影子所躺之地掠去。

可瑞斯汀只能眼睜睜地看著驚天將影子的身子提起，況且這時，重創之後的火之精靈又捲土重來，加之無風的劍同時攻至，將她可以移動的方位全部封死。

驚天剛將影子的身體提起，他看到了一雙眼睛，一雙充滿殺機的眼睛。

是影子的眼睛，他醒了！

影子的眼睛突然睜開，他手中的一柄飛刀往驚大的心臟部位猛刺而去。

驚天一愣，但隨即一笑，道：「你根本傷不了我的。」

「鏘……」飛刀如同刺在了鋼板上。

影子的飛刀根本無法傷得驚天分毫。

白芒閃過，影子的飛刀急轉，以快如迅雷的速度向驚天的脖子上劃去。

但結果仍是一樣，不見絲毫的血從驚天的脖子上流出。

兩擊不中，影子根本想也不想，第三擊又攻了出去。

這次，是他的左腳以不可理解的方式踢了出去。這是他自然本能的一種反應，根本就沒有經過他的大腦，也就是說，這一腳沒有任何蓄意的成分存在，只是踢出了一腳。

但這一腳讓驚天捉住影子的手鬆了一下，影子「砰」一聲摔在地上。

驚天一動不動地站著半天，那一腳踢中的是他的下陰部，也是他的氣門所在。幸好，影子是無意識的一腳，並沒有多少力量。

驚天的眼中閃現出殺意，他狠狠地盯著影子，道：「你是第一個被我抓到後逃脫之人。」

影子掉在地上之後，就勢一滾，已經離開驚天四五米，再從地面站起，與驚天拉開距離。剛才兩刀沒有傷對方分毫，影子已經知道了他的厲害。

影子不知眼前是何人，但他顯得很冷靜，他現在才知道那紙條並非莫西多所留，而定與眼前之人有關。他道：「只是以前你沒有碰到我而已。」

這時，可瑞斯汀雙手在虛空中幻動變化，虛空中隨之出現了兩隻巨大的玉手，而且兩隻玉手在虛空中不斷擴大，待大得在虛空中消失的時候，火之精靈與無風突然感到了迎面撲來的不可抗拒的巨大罡氣。

第十一章　聖靈手印

火之精靈與無風突然停住了，他們的心感到茫然，他們找不到出手的機會，更不知如何出手，他們所能夠做的便是等待著無奈的結果。

在這一刻，他們似乎認識到了魔族的聖女為何可以擔負三大魔主也無法擔負的責任——保護聖主！協助聖主一統魔族！

這個世界上任何事情都不如表面看來那般孤立的，就像聖女，不能只把她當作一個初經人事的女孩一樣。聖女就是聖女，聖女不是一般魔族之人，她擔負著上天賜予一個人的使命和責任。

所以，沒有人可以小瞧聖女。

虛無的空氣中傳來可瑞斯汀的嬌喝聲，也許不是傳來，似乎聲音本就存在空氣中每一個分子當中。

「聖靈手印！」

是的，可瑞斯汀這時使的正是「聖靈手印」，雖然不及「封魔靈印」那般超強霸道，封殺一切魔神，但是足以應付無風與火之精靈。

金光一閃，石洞內頓時變得異常光亮。

消散在虛空中的兩隻巨大玉手還原成可瑞斯汀俏手的模樣，莫名其妙地印在了無風的胸前，以及那團燃燒著的火球的最中央。

金光消散，手也消失。

而無風則被冰凍般站立不動，他的精神力和功力已經處於「假死」狀態，不能夠再受他的支配，就連說話也不行，唯有意識還存在。

火之精靈現出了原形，他只不過是身材不足兩尺的小孩模樣之人，頭髮赤紅，似乎有著火焰在燃燒一般，他的隱身魔法已完全被破除。

驚天當然看到了這一幕，所以他半天沒有說話，但沒有說話並不代表他無話可說，而是不知從何說起，這或許可以證明眼前的可瑞斯汀是真正的聖女，也許在他看到那個月牙形徽記的時候，他就知道，但此刻才像是真的。

有時候證明一種身分，不僅僅是標誌或稱謂，而是實力，只有實力才不會讓人產生懷疑。

驚天終於還是說話了，此時，聖女可瑞斯汀已經與影子站在了一起，他道：「果然不愧是魔族的聖女，年紀輕輕，修爲卻已不能讓人小覷！」

可瑞斯汀傲然道：「驚天魔主現在應該知道，沒有人可以傷害聖主！」

這是影子清醒後，聽到的兩人第一次對話。

他當然認識這沒有鬍鬚的遊劍士是可瑞斯汀。從他第一次見到她的時候，他就知道可瑞斯汀是女兒之身，她的裝束相比於那些電影中化妝大師的「作品」不知遜色多少，只是他一直沒有點破而已。令影子感到不解的是，她的身分竟然是什麼聖女，而且武功魔法修爲高得出奇，而他卻一直沒有看出，這不能不說是他分辨能力的一種失敗。

另外還有一點，沒有鬍鬚的可瑞斯汀竟然美若天仙，是可以讓每個男人見到後都產生衝動的那一種，相比於法詩藺一點兒都不遜色。

而且，影子聽到從她口中吐出的「聖主」二字，這顯然是對自己的一種稱謂，這也是他第二次聽到有人稱自己爲「聖主」，而眼前這個身材高大魁梧的男人卻是什麼「魔主」。

他記得影曾經對他說過，他本屬於這裡，是宿命讓他來到這裡，爲了「姐姐」，她要幫助自己恢復記憶。他知道影是神族之人，是花之女神，而眼前的魔主顯然是魔族之人，可瑞斯汀似乎也與他有著千絲萬縷的關係。

驚天笑，很狂妄的笑，笑過後，道：「聖女也未免太小看我驚天了，陪聖魔大帝征戰天下的暗魔宗魔主豈是這樣輕易被人唬住之輩？」

他斗篷輕掀，兩道暗淡的黑氣似針一般從火之精靈及無風眉心鑽入，而他卻是看也不看。霎時，兩人身上傳來冰塊被打碎般的聲音，凝滯瞪著前方的四隻眼睛開始有了靈氣。

被可瑞斯汀「聖靈手印」封住功力及精神力的火之精靈及無風，不過片刻便恢復如常。

可瑞斯汀心中吃了一驚，但臉上並沒有顯露出來。她微微一笑，道：「驚天魔主還記得自己當初陪聖魔大帝征戰天下麼？本聖女還以爲你忘了！」

驚天臉現無比崇敬之情，道：「聖主威蓋天下，我怎會忘記？我今天就是爲了聖主的威儀再度重現大陸，才要從他體內取出天脈，因爲唯有我才可以重現聖主威儀！」

「聖主之身，乃由天定，豈能更改？如果驚天魔主要逆天而行，本聖女也再無話可說。」可瑞斯汀盡現冷然之情，她知道今天再多的口舌也只是浪費，驚天是蓄謀已久的，絕不會輕易放棄。

驚天這時閉上了眼睛，他雙手合十，嘴裡喃喃自語似在祈禱著什麼。

可瑞斯汀知道他是在作心靈的禱告，這也是驚天動殺念之前對心靈的祭示。

魔族每一個魔主都有著心靈的宿主，這種禱告是在完成與宿主心神的完全合一，只有這樣才能夠獲得超越自然的力量。

這是來自上古的契約，是魔族與人族、神族的本質區別所在。

這種契約被謂之爲黑暗的，是違反了某些自然的天定，獲得了超越自然的力量，被視之爲邪惡的，所以魔族謂之爲魔族。

魔族的本質便是離經叛道！

聖女可瑞斯汀手捏手印狀，她也打開了自己的心靈，一道靈光直透她心底最悠遠的地方。沈睡中的力量被呼醒了，它漸漸升騰，從心底最悠遠的地方慢慢將心包裹，與心融在了一起。最後，無限的力量從心向四周輻射，滲透進她身體的每一個角落。

最遠古的契約完成了它最初的儀式。

影子看到，可瑞斯汀的周身隱約泛著白光，彷彿是一個全新的人，而驚天的身體周圍有無限暗淡的黑氣在向四周瘋狂地擴散。

整個石洞在瞬間便被這暗淡的黑氣所充斥。

影子感到自己的心被一團巨大的陰影所籠罩，有種喘不過氣來的感覺。無風與火之精靈也感到了這暗淡的黑氣所帶給他們的壓力。

驚天放下合十的雙手，眼睛緩緩睜開。

突然，他的雙眼射出兩道如電般的極光，森寒凜冽。

極光穿透暗淡的黑氣，射進了聖女可瑞斯汀的雙眸，向內疾速伸展。可瑞斯汀的雙眸變得虛無空洞，透過瞳孔，如同是深不見底的海洋。而那兩道極光就融入了這深深的海洋當中。

兩人都站立著沒有動，暗淡的黑氣不斷加重，可瑞斯汀周身的白光依然若隱若現。

不知為何，影子感到自己的身體有種異樣的反應，一點點的就像是有一棵新芽在慢慢地欲突破土壤的束縛，破土而出。可每當突破土壤最後一層防線的時候，便有一股無形的力量總是將新芽突破的力量瓦解，回歸原樣。一次是這樣，第二次也是這樣，如此屢次反覆，令他感到百思不得其解，好像體內有兩種不同的力量，一種在想方設法突破，而另一種在極力維持著這種平衡，相互制約。影子感到，似乎隱約由這暗淡的黑氣籠罩的氛圍所導致，但他又不能確定。

在影子體內，被聖女可瑞斯汀用「聖光封魔」封住的水之精靈這時也有了反應，但這種反應很輕緩，就像是一個呼吸有些困難的人。

「聖光封魔」已經完全瓦解了她的精神力和功力，她的魔法已經不能夠再施展，被困居在影子體內。當然，她不是一個有形的人，而是精魂，水之精靈的精魂，精靈本是一種無形的精神體，只有在遭受魔法攻擊時才會顯出一種思想概念中的原型。

影子體內的天脈，在水之精靈受到「聖光封魔」攻擊的時候已經遁跡在影子身體的每一個角落，影子所感到的所謂新芽的突破，正是寄居在天脈內的魔性力量，它得到了暗魔宗魔主驚天黑暗魔法的刺激，所以蠢蠢欲動。

此時，驚天雙眼所射出的兩道如電的極光在可瑞斯汀體內不斷地深入，不斷地延伸，但那道極光碰到的似乎總是虛無，沒有任何實在的實體。也就是說，這兩道極光在可瑞斯汀體內還沒有發生破壞作用。

可瑞斯汀已經將體內的實體煉化爲虛，「迎接」著兩道極光縱橫交錯，沒有章法的極速穿梭。

而驚天似乎沒有停止自己的精神力和功力煉化的極光的意思，他似乎已胸有成竹。

突然，他冷酷的臉上浮現出一絲笑意，在他的腦海中，已經遙感看到了所要攻擊的目標，一顆白色的虛點，那是聖女的元神和宿主的結合體。

驚天將自己的功力和精神力加強一倍，兩道極光被注入了全新的力量，似流星般交錯直撞向那一顆白色的虛點。

就在兩道極光以相反的方向撞向那顆虛點的時候，虛點突然消失。

兩道極光似兩顆流星撞在了一起。

「轟……」星芒四射，在可瑞斯汀體內炸開了。

「噗……」可瑞斯汀噴出了一口鮮血，但她臉上泛現了笑意，這正是她所要看到的，儘管受了傷。

驚天可就沒有這麼走運了，他的身子禁不住搖晃震動，身上虛汗如雨，臉色蒼白如紙，剛才的自毀行爲，至少讓他損失了兩成功力，沒想到可瑞斯汀竟是如此狡猾。

他冷冷地道：「我低估了你。」

可瑞斯汀只是一笑。

無風及火之精靈雖然不太明白到底發生了何事，但他們能夠感覺到剛才所發生之事的兇險，他們還從未看到驚天有著如此強烈的反應。

只有影子看上去顯得很平靜，這種平靜不知是來自他的表情，還是他的內心。

驚天閉上眼，深深吸了一口氣，這口氣直透他心底，道：「其實我不想殺你，但我知道我今天已經沒有了選擇。」

一陣風將驚天臉上的長髮吹起。

緊接著一聲嘶吼穿雲裂帛，斷金碎玉，狂暴的風似洪水般向可瑞斯汀撲去。

虛空內突然失去了可瑞斯汀與驚天的蹤影，彷彿他們根本就沒有存在過，抑或他們已經遁入了另一個空間，總而言之，他們消失了。

似乎沒有人看清到底發生了什麼事。

影子的眼睛依然很冷靜，他盯著那寒潭的水面，水面之上有一根長長的髮絲隨波蕩漾。

一個水泡自寒潭水面冒出，緊接著，寒潭竄起數十丈高的水柱。

水柱像龍捲風一般在虛空中旋轉，水柱內有兩道暗影在交纏，層疊變幻。

「轟……」水柱炸開，水珠四濺。

每一顆都蘊含著巨大的力量，撞上石壁，竟然深入石壁之內。

影子只得不斷躲閃，但紛如雨下的水珠讓他躲不勝躲，身上的遊劍士裝束被水珠濺得更破碎零落，身上數處都被水珠劃破。

驚天與可瑞斯汀現出身形，分了開來。

驚天屹立不動，氣勢逼人，而可瑞斯汀卻嬌喘不已，氣血難平。

兩人進行了最爲猛烈的功力較量，顯然可瑞斯汀沒有占到半絲便宜。

就在這時，一聲長嘯，直沖九霄，石洞內石壁又被震得亂石飛濺。

驚天不讓可瑞斯汀有任何喘息的機會，又發起了進攻。

他的身形化爲一團旋風，消失在石洞內，緊接著，旋風爆裂，出現了無數幻動的暗影分佈於可瑞斯汀的四周。

層層疊疊，似真似幻，不可分辨，彷彿每一處都是驚天的存在，又彷彿每一個都不是驚天。

可瑞斯汀極力保持著靈台的一片空明，她甚至閉上了雙眸，排除視覺的干擾，用自己敏銳的感觸，捕捉著石洞內任何細微的變化，這也是她目前唯一可以做的。

一顆顆香汗自她的額頭滲出，沿著玉頰滑落，落入塵土。

無風與火之精靈感到了輕鬆，他們看到了大局已定，現在所要做的便是等待結果的出現。

沒有誰比他們更清楚驚天這攻勢的厲害了，也沒有誰可以逃過這樣的攻勢！

突然，可瑞斯汀的大腦中閃過一道亮光，她終於看到了驚天，她終於看到了驚天的殺勢所在。在她左側四十五度的地方，空氣出現了異常的波動，那不是順著幻影變動的方向，而是從斜角刺入，有著輕微的逆向角度。

可瑞斯汀知道，這是驚天在幻影的快速變幻的掩飾下發動攻勢的跡象。是的，這是不會錯的，而且她還知道這一擊必是毀滅性的。

她將自己的心神鎖定了這一點，打開自己的心靈，按照遠古的契約所賦予聖女的職責，催動了魔咒。

「無盡的悲傷，至深的哀怨，掌握毀滅之權的主宰，魔族的主人，願你從無間之處醒來，以神聖的職責引路，封印叛逆的通道……」

可瑞斯汀終於啓動了「封魔靈印」，雖然她不願，但她不得不如此，從此驚天的魔法靈力將至少被禁錮一半。她本不想做這樣的決定，但爲了遠古的契約所賦予的使命，她已經沒有其他選擇。

「封魔靈印！」可瑞斯汀終於喊出了最後一句。

站在一旁的無風及火之精靈突然臉色大變，他們沒有想到被驚天困住的聖女還可以有自主意識使出「封魔靈印」！

大地深處開始顫抖，虛空中開始炸雷連連，層層雲浪紛紛退開，連綿的衝擊波由最遠處開始臨近。一道靈印從雲層的最深處乍現而出，排空馭氣奔如雷，疾泄而下！

的麥粒。

靈印與可瑞斯汀合二爲一，可瑞斯汀身上散發出萬丈光芒。

一個巨大的、閃著金光的靈印向可瑞斯汀判斷的方位罩了過去。

「轟……」石洞內發出火山爆發般的巨響，搖晃不斷，讓人不得有立足之處，跳動如篩中的麥粒。

而這時，可瑞斯汀突然發現自己犯了一個致命的錯誤：她中了驚天所製造的假像，她被驚天所設之計欺騙了……

「砰……」以驚天的巨大精神力和功力凝聚成的一掌擊在了可瑞斯汀的背心。

可瑞斯汀整個人頓時像斷了線的風箏般飛了起來。

「封魔靈印」擊空，可瑞斯汀的心神所捕捉到的攻擊點只不過是驚天故意製造的假像，他就是爲了引可瑞斯汀使出「封魔靈印」，再施以殺手。

而事實正如驚天所願，可瑞斯汀被他欺騙了。

可瑞斯汀被擊中的身形從空中墜了下來，影子將她接住，抱在了懷裡。

可瑞斯汀充滿痛苦的眼神看了他一眼，隨即便昏死了過去。

一切虛幻的景象散去，石洞回歸平靜。

第十二章　火之精靈

無風及火之精靈不可思議地看著這個與他們意料相反的結果，百思不得其解，但結果讓他們感到了興奮，沒有比這更好的結果了。

驚天傲慢地看著影子，冷冷一笑，道：「我看你還是不要作無謂的抵抗，束手就擒吧！」是的，影子不會作無謂的抵抗，他與驚天的實力實在是相差太遠了，但這並不代表他會束手就擒。

他抱著可瑞斯汀向前走了幾步，冷然望著驚天，然後一笑，道：「我忘了告訴你，沒有人可以抓住我，第一次你不行，第二次也不例外！」

驚天仰天狂笑，道：「是麼？你這麼自信？」

影子又是一笑，搖了搖頭，道：「不是我自信，而是你太蠢了，用我們那裡的話說，你是『弱智』、『白癡』，你玩不過我的！」

影子說完，抱著可瑞斯汀跳進了寒潭之中。

寒潭蕩起巨大的漣漪，接著冒出幾個水泡，然後，便什麼都沒有了。

驚天驚愕地看著寒潭，是的，他沒有想到影子竟然會跳進寒潭。他自信地認爲，沒有了聖女可瑞斯汀，影子是插翅難飛！

無風與火之精靈來到了寒潭邊，無奈地看著水波漸漸平復，他們誰也不敢往下跳。對於寒潭之水，他們十分瞭解，除非是水之精靈，以他們的修爲是根本不能忍受的，而此刻的水之精靈又被束縛在影子體內，也就是說，影子跳進寒潭內，無形中有著水之精靈的幫助，若是影子死去，水之精靈也必定永遠消失，他們的命運連在了一起。

驚天當然也明白這一點，故而看著影子跳進了寒潭內沒有任何反應。全天下，沒有人比水之精靈更熟諳水性。

無風望著驚天問道：「魔主，我們現在該怎麼辦？」

驚天微微偏過頭來，冷冷地看著無風，道：「你說我該怎麼辦？你沒聽說我是『弱智』、『白痴』麼？」

無風連忙低下了頭，不敢再看。

驚天望著平靜的水面，狠狠地道：「我看你在水裡能夠待多長時間！」

接著，便又是神秘莫測地一笑。

法詩藺被一個惡夢驚醒了。

現在是白天，她竟然睡了過去。

待她醒來坐在鏡前想著夢中的情形時，卻發現什麼也記不得了，只覺得背心有陣陣涼風直透心骨。

「真奇怪，怎麼無緣無故會做一個惡夢？」她自問著，問著自己也得不到的答案。

她用銀簪梳理了一下如雲的秀髮，便步出了自己的房間。

當她走出暗雲劍派的時候，卻突然顯得茫然了，她不知道自己到底要往哪裡去。

她就站在原地看著馬來車往，看著人來人往，沒有一個明確的目標。

當一輛馬車如疾風般在她面前馳過的時候，她的腦袋才被風吹醒。

她發出一聲自嘲的苦笑，不知爲何，她發現最近總是顯得有些失魂落魄，好像丟了什麼東西似的。她仔細梳理過自己的思緒，也沒有發現問題的所在。

以前，她只是容易睹物思親，產生感觸，所以顯得比較憂鬱，而現在，連她自己都不知道爲何有時會顯得精神恍惚，如同置身夢境，所見、所聞都似隔著一堵無形的牆。

她深深地吸了一口氣，儘量讓自己的腦袋保持著清醒，邁步向前走去。

當她發現自己無意識地走出了皇城的時候，她知道自己又要去見漠了，只是這一次的心情顯得異常平淡。

石頭山神廟內，漠不在，只有神像孤獨地「坐」在裡面。

她仔細看了看神像那斑駁至虛無的臉，一點一點努力添畫著，依著輪廓，她想看看這神像原來是什麼模樣。

可在心裡默默刻畫了半天，怎麼也不能夠讓自己滿意。

大概過了一個多小時，漠沒有出現，她又走出了神廟，下了石頭山，回了城。

以前，她總是希望能夠在神廟內找到自己所需要的，以填充內心的孤獨，可她發現現在已經不能夠在這裡找到什麼了，這種微妙的情感轉移讓人感到不可思議。

「劍士驛館。」是的，法詩藺的心中陡然想起了劍士驛館，想起了朝陽。

大哥殘空早晨告訴過她，落日與朝陽之戰打成了平手，當時，她並沒有感到意外，彷彿這樣一個結果早在她心裡出現了一般，只是在現實中晚了些時間發生。

正當她踏進劍士驛館的時候，她迎面撞上了一個人——褒姒公主。褒姒公主是來找影子的，卻沒有找到。

當兩人彼此看到對方的一剎那，雙腳不由得都停了下來，心中暗暗驚呼：「天下竟有如此出色之女子？」雙眼停在了對方的臉上。

還是褒姒公主首先一笑，她道：「能夠一起喝點東西麼？」

法詩藺也會心一笑，點了點頭，這也正是她心中所想，只不過換了一張嘴道出。

兩人要了一些酒菜，坐定。很快，酒菜便擺在了桌上。

兩人的出現使劍士驛館蓬華生輝，那些穿著破爛的遊劍士，雖然依然固守著自己面前的一張小桌子，但他們的心思已經飛出了身體之外，落在法詩藺和褒姒兩人身上，他們的筷子舉在半空中，忘了往自己的嘴裡夾菜，不時地拿眼睛瞄著兩人。

法詩藺與褒姒對眾人的反應並沒有放在心上。

褒姒極爲有涵養地道：「不知怎樣稱呼？」

「法詩藺。」法詩藺微微一笑道。

褒姒並沒有感到意外，道：「我想，也只有雲霓古國第一美女才有這等絕世之貌。」

法詩藺對褒姒的讚譽並不謙讓，道：「謝了，想必小姐也並非普通之人。」

「褒姒。」褒姒同樣簡潔地回答道。

「是否是西羅帝國最富才情的褒姒公主？」法詩藺聽到這個名字，不由想起了記憶中的這個人。

褒姒輕點螓首。

「嘩……」整個劍士驛館頓時沸騰了，所有遊劍士都在側耳聞聽兩女的談話，卻不敢想及這兩位有著絕代之姿的美女是雲霓古國和西羅帝國最傑出的女人，就算再怎麼幸運，也不可能同時一睹兩人的風采。而今天，在這種不敢置信的情況下，他們看到了兩位絕代美女的相遇，這可謂是人生的一大幸事。

所有遊劍士都不再掩飾，轉身看著兩人，這種機會是怎麼也不容錯過的。

褒姒與法詩藺對此毫不在意，當作沒事一般，讓眾人不得不歎服她們的涵養。要是換成一般女子，在這等眾目睽睽之下，要麼溜之大吉，要麼怒目而視，更甚者還會出口動粗。

褒姒與法詩藺聊了起來，聊的都是一些女人的問題。

她們借用了一個人的話，一個有著先知先覺之人的話，先知總共用了六天說了六句話。

第一句話先知是這樣說的：給女人光，女人就明亮了。

第二天，先知說：給女人水，女人就滋潤了。

第三天，先知說：給女人養份，女人就青春了。

第四天，先知說：要有形，女人就活現了。

第五天，先知說：要有地，更有飛鳥，女人就有天堂了。

第六天，先知說：要有智慧，女人就完美了。

她們說，先知第六天說的話是可怕的，不是說女人不能擁有智慧，而是說，女人天生不是完美的，完美是一種痛苦，是對人精神的一種束縛，是一種窒息的美。

所以，褒姒道：「我不要第六天。」

法詩藺道：「我也不要第六天。」

這是否證明第六天先知所說的話是錯誤的呢？兩人沒有答案。

也許，先知在第六天說出這句話的時候，連他自己也不知道他所說的話是正確的，還是錯誤的，因爲先知比天底下每一個人都清楚：人，沒有完美！

於是兩人都笑了，是放聲的大笑。

那些聽著兩人說話的遊劍士也笑了，他們是爲兩人的話而笑，也是爲兩人的笑而笑，更是爲兩個女人的智慧而敬佩地笑，他們有幸認識到了最美的女人不光是用眼睛看到的。

接著，法詩藺講了一個故事，是一個關於飛鳥與魚的故事。

一隻飛鳥愛上了一隻魚，飛鳥只能在空中飛，魚只能在水裡遊，這個愛情剛開始便注定沒有結果，但牠們還是相愛了。飛鳥說，我只要每天能夠看到你一眼就夠了。魚感動得流下了眼淚，是透明的眼淚，融於水裡，什麼也看不見。魚說，我也是，我們是在不同的兩個世界產生的愛情，超越了空間的限制。飛鳥說，這樣的愛情是永恒的，它沒有任何承諾，它只是心的相通。魚說，這樣的愛情也是最美的，我們彼此觸摸不到對方，但在我們的心裡，對方都是最完美的……飛鳥與魚深深地陷入了愛的海洋，每天堅持著看對方一眼，無論颳風下雨，矢志不移。直到有一天，牠們實在忍受不了日月積累的相思之苦，都希望能夠觸摸到對方，哪怕只是百分之一秒的接觸，牠們也心滿意足。於是牠們相互約定，在飛鳥掠過海面時，魚奮力躍起，完成牠們百分之一秒接觸的宿願。

飛鳥滿懷著激動的心情，平滑著美麗的翅膀貼著海面飛行，就在魚看到飛鳥與自己最接近的一剎那，牠使盡渾身的力量，奮力彈起。

魚終於衝出了水面，牠的頭與飛鳥美麗的頭碰在了一起，也就是那麼一剎那間，百分之一秒的時間，但一個悲劇就這樣發生了，飛鳥的頭流出了血，是魚奮力躍出水面所撞出的血。

飛鳥死了，死的時候牠臉上有著笑，因爲牠終於體會到觸摸最心愛之人的感覺，那就是死亡，生命的飛翔。

這種結局對牠們來說，不知是不是一種完美？

劍士驛館內發出一聲長長的歎息，那是許多人同時發出的一聲歎息，不知是爲飛鳥還是爲魚而歎息，或者都不是，只是爲法詩藺的訴說而已。

褒姒也講了一個故事，她的故事與法詩藺不同。

她說，一個男人要尋找一個女人，他打算花一輩子的時間去尋找那個女人，女人也要尋找屬於她生命中的男人。於是他們從同一起點出發了，但走的卻是相反的方向。

男人和女人在路上遇到了他們從未想像到的困難，洪水、山崩、酷熱、極寒……等等，但他們各自在路上堅持著心中的信念，從沒有因爲困難而放棄，每天踏著太陽而行，枕著月亮而憩，始終如一。

除此之外，在路上他們還各自看到了美麗的風景，遇到了許多難以割捨的人。有時，他們發現自己愛上了那些人，但當每天的太陽升起的那一刻，他們知道無法停下各自的腳步，那些人和風景並不是他們真正希望得到的。

於是年復一年，日復一日，時間無情地流逝，他們的臉上都刻上了歲月的痕跡。他們突然發現不知道自己要尋找的人是什麼模樣，他們也不知道自己要尋找的人在這個世界上到底存不存在，但他們還是沒有停下各自的腳步，因爲這種尋找已經是他們生命的支柱，他們怕萬一停下來，生命也就離他們而去了。於是，他們依然一如既往地走著，不僅僅是爲了尋找各自心目中的人而走著，也是爲了生命的意義。

終於，他們再也走不動了，倒在了地上。當他們抬頭四處張望時，兩人驚訝地發現，他們竟然回到了年輕時最初的起點。他們，男人和女人從自己的眼睛裡看到了對方，也從對方的眼睛裡看到了自己。

這一刻，他們恍然大悟，原來他們一直在尋找的都是最初所擁有的，只是繞了一個大圈，從起點到終點，再從終點回到了起點。

於是男人和女人笑了，他們擁在了一起，看著夕陽西去，欣賞著漫天絢麗的晚霞。

聽完褒姒的故事，驛館內很靜，每一個遊劍士臉上和眼中蕩漾著一種幸福感，他們彷彿看到了那令人憧憬的一幕。

講完故事，法詩藺與褒姒相視一笑，然後離開了各自的座位。兩人正欲走出劍士驛館的大門時，一個人擋住了她們的去路。

他道：「我想兩位來此是爲了找人吧？」

當影子感到自己身上有溫度的時候，他的神志也清醒了過來。

此時，他正緊緊抱著可瑞斯汀，嘴對著嘴，緩緩不斷地度氣給她。有了水之精靈在影子體內，兩人之間形成了一個有效的內在循環，只是可瑞斯汀仍是昏迷不醒，氣息微弱。

從跳下寒潭的那一刻起，他就不斷地讓自己下潛，他知道若是不能夠通過寒潭找到出口，就唯有死路一條。面對驚天，他千分之一的勝算都沒有。憑他對地理知識的理解，斷定這種寒潭必定有一條與之相通的地下河床，通過地下河床找到另一個出口，是他唯一的希望。

但他沒有料到寒潭之水竟是如此刺骨，剛跳下去，整個身體便失去了知覺，只是憑著不能落在驚天之手的意念迫使著自己不斷下潛，但愈往下潛，他的神志也開始變得模糊。當他一口氣用完，正處於徹底崩潰之際，他的體內卻及時地生出一股氣來，將他從死亡的邊界拉了回來，當然，他不知道這是來自於體內被束縛的水之精靈作出的反應。水之精靈當然明白，若是影子死掉，自己也沒有生存下來的可能。

第十三章 魔氣之引

影子緩過氣來，憑著尚未被極寒凍得完全消失的神志，將自己的嘴對上了可瑞斯汀的嘴，他知道可瑞斯汀此時比他更爲危險。

於是在兩人體內形成了一個有效的內在循環，而他的神志卻不可思議地因此而清醒，身體四肢也產生了一股熱量，抗拒著極寒之氣的入侵，所以也讓他恢復了活動功能，得以繼續下潛。

原來，除了水之精靈在最關鍵的時候度氣給影子，讓他能夠生存下來之外，更重要的是，在這接近死亡的關鍵時刻，激發了他體內天脈及時產生自救，釋放出一部分能量，而給可瑞斯汀度氣，兩人之間產生有效的內在循環，卻給這部分能量產生了導引的方向。

可瑞斯汀本爲魔族的聖女，這從遠古時期傳承下來的職位，其最根本就是爲了相助魔族的聖主在轉世之期重新回歸認識自己。她體內有著最原始最純正的「魔氣之引」，是魔族得以延續的根本之氣，其作用便是爲了導引出魔族聖主的強大魔氣，重新讓聖主的轉世之身認識自我。簡單地說，「魔氣之引」便是完成上古給魔族聖主所訂契約的導引之道。沒有「魔氣之引」，就無法解開上古時期、天地初開之時給魔族聖主所訂下的契約。

可瑞斯汀與影子嘴唇相對，由於影子體內釋放出來的能量，很自然地引起了聖女體內的「魔氣之引」作出反應，與那部分能量相結合，產生出了抗寒之力，也讓影子體內有了一股可以供自己支配的巨大能量。

但這並不表示已經解開了上古時期所訂下的契約，讓影子得以認識自己乃魔族的聖主，事情的完成並沒有如此簡單，這只不過是完成了最初的胚胎孕育。

花之女神當初想以「萬花之精魂」喚醒影子的記憶，卻沒有成功，就是因爲沒有一個類似在娘胎裡的胚胎孕育過程。而影子此刻與可瑞斯汀處於極寒的寒潭內，就好比是在完成娘胎裡的胚胎孕育，與外隔絕。

對於影子體內的天脈而言，其寄宿在內的並不僅僅是魔族的聖主。

影子抱著可瑞斯汀不斷地下潛，終於到了寒潭底，也就是說，他找到了自己要找的與寒潭相連的地下河床。

沿著地下河床，影子快速游動著。他驚訝地發現，在黑暗的河床底下，其視覺距離可以達到十米，體內的那股能量讓他絲毫不感疲憊。以往，總是在受到外來某種因素刺激的時候，體內會莫名地產生一股力量，待刺激對他大腦的影響過去，又恢復成了平常。而現在體內的那股能量，是實實在在地存在的，可以隨自己的意念需要而支配。這讓他感到百思不得其解，又感到莫名地興奮。

他導引著這股力量至自己的雙腳，輕輕彈動，竟然似箭一般地在地下河床飛了起來，速度驚人至極。

就在影子與可瑞斯汀雙唇相對，在河床內快速暢遊之時，從側面一個方向突然沖來一股激蕩的水流，他身不由己地隨著這激流而改變了方向，進入了另一條地下河道。

當激蕩的地下水流變得平緩之時，影子看到自己所處的，是一條人工開鑿的河道。

影子感到十分詫異，人工開鑿的地下河道顯然是極爲罕見的，但這也讓影子感到了希望。既然這地底河床有人工施爲的痕跡，那說明出口也就在望了，有了出口也便有了生還的希望。

可瑞斯汀在昏迷中醒了過來，原來兩人口嘴相對所形成的胚胎孕育，不但有益於影子，也將她因驚天一擊而受的重創得以快速修復，實在是奇妙至極。

當她發現自己正被影子緊緊抱住，肌膚相貼，口嘴相對的時候，她的心裡陡然升起一股莫名的緊張，雖然在水裡，但臉還是條件反射似地紅了。

從影子口裡緩緩度過來的氣，讓她明白了這到底是怎麼回事，心裡倒也顯得安詳。作爲魔族的聖女，她早有心理準備爲聖主奉獻一切，就連自己的身體也是其中的一部分。因爲若想完成聖主轉世的契約，便必須經歷這樣的一個過程。

況且，在這一段時間的相處中，這個愛作怪的男人也讓她內心產生了最原始的情愫。

她的手竟有些不自覺地攬上了影子的腰。

影子也感到了可瑞斯汀的醒轉，但他只是眼睛望著前方，雙腳不停地游動著。

這種游動卻讓醒來後的可瑞斯汀感到生理上和精神上有種特別的愉悅感，因爲兩人緊緊抱在了一起，游動使影子的身體與可瑞斯汀的嬌軀產生了磨擦，這種磨擦又刺激著可瑞斯汀嬌軀某些很敏感的部位，酥而麻，觸動著可瑞斯汀大腦中敏感的神經。

對於第一次感受男人帶來特別愉悅感的可瑞斯汀來說，這種刺激是要命的，雖然身在水裡，卻仍讓她有一種口乾舌燥的感覺，她不禁動了動。

影子忍不住笑了，終於忍不住笑了，他豈會沒有體會到可瑞斯汀微妙的反應？他只是在等待著更大的反應，而現在時機終於來臨了，可瑞斯汀的反應吏引起了他的慾念。

可瑞斯汀感到自己徹底地醉了、碎了，直入雲端，變得不再存在，唯有精神和生理上的快感達到一次次不可企及的高峰。

就在這時，生命的最終交融開始了。

是風?!是雨?!是霧?!是一切迷離和不真實?!一切都變得不再重要……

就在兩人達到激情的巔峰之時，奇妙的變化在兩人體內同時進行著。

「魔氣之引」通過生命之源快速竄入，如箭一般地找到了天脈，對天脈進行沖激引導。

天脈緩緩有了反應，似乎有一扇門在徐徐開啓，如狂潮的能量乍現洩出。影子的腦海中現出無數陌生的記憶碎片，快速閃過。

可瑞斯汀腦海中陡現解禁遠古契約的咒語：「天之爲物，地之爲物，生命之爲物，洪蒙初開，創世之兒女，讓你的生命呼請出天下間最偉大的能量，解開創世之契約……」

就在這最關鍵的時候，一束強光在兩人心靈最深處乍現，剛剛開禁的天脈之門陡然關閉。

兩人睜開眼睛，卻發現已經從地下河道浮出水面，張眼望去，卻發現身處在宏偉雄奇的地下宮殿被水淹沒的台階之上。

「魔氣之引」迅速回歸可瑞斯汀體內，兩人神志也已爲之清醒……

擋住褒姒和法詩藺去路的是一名遊劍士，是那個被可瑞斯汀搶走馬的遊劍士。

他的樣子看上去有些憨厚，透著讓人容易親近的誠實之感。

他搔了搔自己的頭，顯得有些不好意思地道：「不好意思，我並沒有別的意思，你們的故事讓我感動，也讓我自愧不如，我想請你們喝一杯酒，可以嗎？」眼睛中充滿著期望。

褒姒揚起高傲的頭，望著他道：「你憑什麼請我們喝一杯酒？」

看上去有些憨厚的遊劍士忙從口袋裡掏出了一塊金幣，看上去他也只有一塊金幣，道：「我只有這塊金幣了，所以只能請你們喝一杯酒。」樣子顯得有些無助。

褒姒心中不由得好笑，這樣憨厚的人她倒是第一次見到，不禁產生了幾分好感，但她繼續揚著高傲的頭，道：「你應該知道我乃西羅帝國的褒姒公主，你以爲我會接受你一杯劣酒的邀請嗎？況且本公主連你姓甚名誰也不清楚。」

那人又搔了搔頭，道：「不好意思，我叫銘劍，有很多人也叫我傻劍，我知道……」

還沒等他把話說完，「嘩……」地一下，整個劍士驛館又一次沸騰了。

在幻魔大陸最負盛名的遊劍士之中，落日居其一，傻劍居其二，整個幻魔大陸，沒有人不知道這兩名遊劍士的。

劍士驛館剛剛鬧完落日之風波，沒想到又來了一個傻劍。不過，幻魔大陸從來沒有人冒充傻劍的，因爲在眾人眼中，像傻劍這樣的人不適合成爲一名遊劍士，也沒有遊劍士應有的個性，但世事往往出乎人的意料。

褒姒頗感意外，望著他道：「你是傻劍？」

他又搔了搔頭，顯得有些不好意思地道：「我想還沒有誰會冒充我吧？」

褒姒看著傻劍的樣子，終於忍不住笑了，笑聲就像銀鈴一般在驛館內響起，讓人感到了一種蝕骨的銷魂之感。

傻劍也笑了，他道：「公主的笑聲真好聽，我從來沒有聽過這麼好聽的笑聲。」

褒姒把目光投向法詩藺，徵求法詩藺的意見。法詩藺明白她的意思，對著傻劍道：「你怎麼知道，我們來此要找人？」

傻劍道：「因爲我知道，幻魔大陸兩個最美的美人，是不會無緣無故來到這種地方的。」

這話雖然有點傻，但是顯得實在。

法詩藺又道：「那你知不知道我們在找什麼人？」

「朝陽。」傻劍道。

法詩藺心中一驚，褒姒也感到了意外。在場的遊劍士也非常意外。在帝都的人都知道，朝陽所殺的只是一個假的落日，欺世盜名，與真落日相約於武道館，卻又不敢出現，雖然真的落日也沒有出現，但這足以證明他是不敢接受落日挑戰的（除了有限的幾個人之外，沒有人知道朝陽與落日在那晚有一戰）。在場的遊劍士怎麼也不敢相信，這兩位絕代美人會是來找欺世盜名的朝陽，更沒有想到的是法詩藺的回答。

法詩藺知道眾人的反應，毫不避諱地道：「不錯，那你又是如何知曉的？」

法詩藺雖然不會爲眾遊劍士道出朝陽與落日的一戰，但她的話無疑表明了她對朝陽的看法並不同於一般人。

褒姒也沒有想到法詩藺來此的目的與自己相同，但仔細一想也就不足爲奇了，劍士驛館是沒有人可以與朝陽相提並論的，況且，傳出朝陽與落日之戰在武道館的人正是法詩藺，也是她訂下這場戰事。只是褒姒有些不明白，朝陽前去暗雲劍派搗亂，而法詩藺卻親自上門找他，樣子顯然不是爲了尋仇。

傻劍回答道：「因爲那晚，我剛好自武道館路過，看到了法詩藺小姐與朝陽、落日一起暢談，並且也見到了朝陽與落日之戰。至於褒姒公主，我是見她從朝陽所在房間方向走出來的，所以……」

今天，令人意外的事情真是太多了，先是兩位絕代美人的出現，接著是傻劍的出現，而此刻傻劍又說，親眼見到落日與朝陽曾有一戰，並日有法詩藺在場，他當著法詩藺的面說出，顯然這事是不會假的，這實在是太耐人尋味了，更讓人對這場戰事的結果充滿了好奇。

於是，當場有人問道：「銘劍，朝陽與落日之戰的結果怎樣？」

傻劍呵呵一笑，道：「兩人戰成了平手，並且成了朋友，暢談至深夜。」

結果讓每一位在場的遊劍士感到了意外，可想而知，「欺世盜名」的朝陽在眾遊劍士心中瞬間產生的變化，朝陽既然可以與落日戰成平手，並成爲朋友，這樣的人是絕對値得推崇的。

可以預見的是，在接下來的日子裡，朝陽又將會成爲整個皇城帝都眾人談論的焦點，這不但是因爲朝陽與落日戰成了平手，並成爲朋友，更重要的是，朝陽獲得了幻魔大陸兩位最優秀的女子的青睞！這無疑是一種莫大的榮幸，也許，當男人在談起他的時候，不免會帶上個人的嫉妒之心。

法詩藺看著傻劍道：「你只是想請我們喝一杯酒嗎？」她知道傻劍並不傻。

傻劍又呵呵一笑，搔了搔頭，道：「如果能夠與兩位大美人成爲朋友就更好了，傻劍每到一個地方都喜歡結交朋友。」

褒姒也一笑，道：「既然想請我們喝酒，可不能讓我們站在這裡，本公主與法詩藺小姐可都是千金之軀。」

「這傻劍當然知道，兩位請！」

影子與可瑞斯汀分離了開來，可瑞斯汀頓時滿臉緋紅，她總是喜歡臉紅，剛才之事讓她記憶猶新，此時卻又顯得如此不可思議。

也許她不知，她在水中的反應並非僅僅來自情欲的刺激，更多的是「魔氣之引」與影子體內的天脈在胚胎般的環境中產生共鳴，急於想解開遠古所訂立的契約，完成魔神之靈的徹底解放，但世事往往出乎人的意料。

影子看著可瑞斯汀害羞的表情，想起她與驚天相戰時的凜然之氣，心中頓時大爲憐愛，輕輕托起她的下巴，在她緋紅誘人似蘋果般的俏臉上親了一口。

可瑞斯汀心中湧起甜蜜之意，她感到了身爲女人被人憐愛的幸福。

這時，影子突然用力一握她的小蠻腰，故意道：「一個『男人』怎麼老喜歡臉紅？」

可瑞斯汀正有嬌嗔之意，卻突然想起了自己的身分，於是下身半跪道：「聖女可瑞斯汀參見聖主！」

影子當然知道可瑞斯汀這句話的意思，但他卻道：「我不知道你這話是什麼意思。」也不管可瑞斯汀的反應，沿著被水淹沒的台階向地下宮殿走去。

可瑞斯汀知道影子一時之間無法接受，也沒有辦法讓他接受，於是道：「跟你開玩笑的，你以爲你真是魔族的聖主？那我們魔族可就倒楣了。」

影子回頭一看可瑞斯汀，笑著道：「沒想到你一個會臉紅的『男人』也知道開玩笑，我倒是沒有看出來。」

可瑞斯汀連忙跟上影子，道：「難道就只許你開玩笑，而不能讓人家開玩笑？天下哪有這個道理！況且，跟著你這個壞男人，學也學會了。」

影子抱著可瑞斯汀的香肩，意味深長地道：「會臉紅的『男人』，你學得倒是挺快的嘛。」

可瑞斯汀想起剛才在水中相歡之事，本應又一次臉紅的，但她這一次卻沒有讓自己的臉紅，而是高挺著酥胸道：「『男人』會臉紅怎麼啦？難道『男人』就不允許臉紅嗎？」

影子看著她的樣子，裝著訝然道：「看不出來『男人』倒是愈來愈厲害了，佩服佩服。不過，『男人』的這地方倒是挺得太高了。」趁機在可瑞斯汀高聳的酥胸上占了一大把便宜。

可瑞斯汀身體又傳來異樣的震蕩，在這個「壞男人」身上她總是占不到半絲便宜，只得嬌嗔道：「你老是這樣欺負人家。」

影子哈哈大笑，這讓他感到輕鬆。與可瑞斯汀在一起，每一次總是能夠有特別的感受，彷彿這個「男人」是他生命中的調節劑，難道自己真的與魔族有著千絲萬縷的關係？他不願意去想這個問題，只遵從著自己內心的真實意願，一切看事情的發展。

第十四章　封魔靈印

影子與可瑞斯汀沿著淹沒在水裡的數百級台階，走上了岸，在他們面前是兩扇十米高的巨門。

巨門是用一種幻魔大陸獨有的金屬所打造，上面雕刻著遠古時期的各種圖案，襯托出不可侵犯的尊嚴和威武，極爲雄壯氣派。而由於歲月和潮濕的原因，這種雄壯氣派之中更添加了一種深沈，一種讓人看不到邊的深沈。

如果一種事物的存在總要讓人想到一點什麼的話，那麼，影子在看到這兩扇緊閉的巨門時，心裡想的就是：打開這兩扇門會看到怎樣的一派景象？會否是滔滔不絕的歲月時間迎面撲來，讓人體驗到一種無法承受的重？

影子在這兩扇巨門前站住了，他不是對任何事物都容易產生感慨之人，正如他看到聖靈大殿廢址上那塊石碑的不屑一樣，但在遇到真正震撼人心的事物時，他是不能夠忽視的，正如這兩扇緊閉的巨門！

可瑞斯汀看了看門，又看了看影子，沒有說話。

影子的目光移到了地下宮殿巨門的上方，那裡有一塊牌匾，本應署上這地下宮殿的名稱，但牌匾上卻是空白的，沒有一個字。

沒有名稱的宮殿，這顯然有些不可思議，抑或，它在等待著人給它名字。

良久，站在這巨門的面前，影子始終沒有勇氣去推開它，手幾次抬起又放下，這種情形對他來說，尙屬第一次。

他突然扭過頭來，對著可瑞斯汀一笑，道：「這門真奇怪，我們看有沒有其他可以出去的路。」說完，四處張望尋找。

可瑞斯汀凝視著他，一本正經地道：「爲什麼？我倒覺得沒有什麼奇怪的，普普通通的兩扇門，只是大了點而已。」

這種表情對於影子來說，尙是第一次見到，他笑著道：「你的臉怎麼與這兩扇門一樣奇怪？」說完，還左右看看，仔細端詳了一番。

可瑞斯汀臉上的表情仍是不苟言笑，道：「你連兩扇門都不敢打開麼？」

影子道：「誰說我不敢？我只是不想驚擾它而已，那樣顯得不禮貌。」說完，又四處尋找是否有出路。

可瑞斯汀十分肯定地道：「這裡沒有其他的出路。」

「咦？」影子顯得很奇怪地道：「你怎麼知道？」

可瑞斯汀突然一聲冷笑，道：「因爲我曾經來過這裡！」竟然是一個男人的聲音。

影子也一聲冷笑，道：「驚天，我知道你的元神藏在了可瑞斯汀的體內。」

從可瑞斯汀嘴裡發出的確實是驚天的聲音，只是不知爲何會有兩個驚天的存在？

驚天一笑，抑或是可瑞斯汀一笑，接著便道：「你倒是不笨。」

影子道：「我當然不會像你一樣白癡、弱智，在你與可瑞斯汀一起消失於石洞，沒入寒潭的時候，你就趁機進入了可瑞斯汀的體內，否則以『封魔靈印』怎麼可能封不住你？只是這連可瑞斯汀自己都不知道而已。」影子有過被人侵佔心神的經歷，故而他知道被人侵佔心神後的微妙變化，而他真正發現驚天的存在，是在露出水面之後，那純粹出自於一種感覺，否則他也不會與可瑞斯汀在水裡做愛，而驚天也似乎是在露出水面之後才控制了可瑞斯汀的身體。

驚天一聲冷笑，道：「你連魔法都不會，而這秘密卻竟然被你看穿，看來你的眼睛倒是挺厲害的。」

「有些事情是要用心去感悟的。」影子道。

「但看穿了又怎樣？以你的修爲能奈我何？」

影子道：「我當然知道自己的修爲與你比起來相差太遠。」影子接著指了指自己的腦門，道：「但你沒有腦子。」

「你……」驚天顯然很是氣忿，他接二連三、莫名其妙地被這個人罵爲白癡、弱智，豈會不惱？但他很快控制了自己的情緒，道：「我倒沒有看出，你哪一點比我聰明？」

影子並沒有理睬他的話，淡淡一笑，自顧接道：「只是我有些不明白，你爲何能夠一分爲二，就算一個人再怎麼精通魔法，也不可能同時擁有兩種完全獨立的意志。」

驚天得意一笑，道：「這是我的秘密，你是永遠都不可能知道的。」

影子繼續道：「除非你是兩個人，同時寄居在一個身體之上。」

可瑞斯汀的臉色大變，驚天道：「你……你是怎麼知道的？」

影子一笑，道：「我只是猜猜而已。」

驚天這才知道自己上了當，自己的反應足以證明這一點，不用說明，自己確實有點弱智、白癡。

是的，在驚天的軀體內，同時存在兩個元神，另一個是他弟弟驚地。驚地在剛出生時便死去，而他的父母卻通過一種特殊的魔法，將驚地的元神移植到驚天的軀體內，這個秘密從來沒有人知道，就算是當初的聖魔大帝也不知道。驚天深深知道，多一個秘密，就是爲自己多留下一條生存的道路，沒想到這一點卻被影子一語點破。

驚天道：「知道了又怎樣？不，這個世界上永遠都不可能有人知道，就算是知道，也是不會說話的死人！」

影子毫不介意，輕鬆地道：「不錯，我現在落在你手裡，你確實想怎樣便可怎樣，但你別忘了，你要的是我體內的東西，如果我死了，你肯定是什麼也得不到。」

是的，要想得到影子體內的天脈，就必須要水之精靈與火之精靈以「冰火兩重天」進行煉造，而且還必須通過手段，將人的激情調動起來，讓天脈居於最敏感的心臟部位，才可以進行，這也是驚天費盡心機將影子引至幽域幻谷的原因，而現在當然不具備這個條件。

驚天冷哼一聲，道：「你倒是很清楚自己的優勢所在，不過，只要你落在我手裡，我總有辦法得到你體內的天脈，完成我稱霸幻魔大陸的宿願！」

影子無所謂地道：「好啊，那你就動手吧，對我來說無所謂，大不了一死。從我出生的第一天起，我就做好了這個準備。」

驚天道：「你休想用這種伎倆來騙我，在這個世上，我還從未見過不怕死之輩！」

影子道：「不是我不怕死，而是我無論怎樣都得一死，既然遲早都必須死，不如死在自己手中，倒也顯得痛快些，也不用死了以後找人報仇。」

驚天一聲狂笑，道：「你想死麼？只怕你連死的機會都沒有！」

說完，空氣發生了一陣劇烈的震蕩，似被擠壓了一般。

可瑞斯汀的身體陡地在眼前消失，彷彿被分解消失於空氣中。

影子什麼也沒有看到，但僅憑著心裡的直覺，他本能地將自己的身體偏移了一下，並且急速倒退。

而令影子沒有想到的是，自己的身體卻像刀一樣劃破了虛空，被劃破的空氣也似有形的利刃，讓自己的身體有一種被侵割之感。

速度絲毫不比驚天慢！

驚天的這一擊當然撲空，而影子倒退的身形立於水面之上。

這一變化讓影子感到極爲不可思議，他唯一可以覺察的是，當自己的大腦有退的念頭時，體內那股有形的力量便快速地支配著身形急退；當大腦發出停的指令時，自己的身形便迅速停了下來，雙腳被那股力量輕托著，似輕羽般能夠立於水面。

驚天更是大吃一驚，他當然不知道，可瑞斯汀的「魔氣之引」在與影子交合、解禁契約的時候，雖然沒有能夠徹底完成，卻釋放出了一股巨大的能量，儘管這股能量與天脈所擁有的能量相比不足一哂，但足以讓影子做出超出平時數十倍的反應。對於這一點，驚天雖然已經入侵到可瑞斯汀體內，卻根本不能在那種情況下主宰可瑞斯汀的思維，他只是蟄伏著，等待著機會的到來。故而，他根本就不知道影子體內所發生的變化，直到浮出水面，呼吸順暢。

驚天冷冷地道：「你獲得了天脈內的巨大能量？」目前，他也只能這樣猜測了。

影子突然冷喝一聲：「大膽驚天，見了本聖主還不速速跪下！」

驚天雙腳一晃，差點站立不穩，欲行跪拜之禮。可他立刻明白了影子是在威嚇他，道：「你少在我面前裝蒜，你若是真正獲得了天脈的巨大能量，又豈會躲避我的攻擊？聖主威蓋天下，絕不會做出這種怯場反應的！」

影子傲然地看著驚天，眼神極度凜冽，道：「本聖主只不過是給你一次機會，沒有人敢對本聖主無禮！」

驚天心中一緊，他發現影子的眼神與聖魔大帝是如此相似，心中忖道：「莫非他真的擁有了聖主的記憶？」心裡不由得驚疑不定。

影子繼續逼視著驚天，道：「你若是知道自己是誰，就馬上離開聖女的身體！」

驚天突然一笑，他道：「你不用演戲了，你若是聖主，我就馬上死給你看！」

影子冷笑，反問道：「那你說我是誰？」

驚天道：「你他媽的是一條狗，真當我是白癡啊，我若是離開聖女的身體，豈不煙消雲散？聖主豈會不知若是沒有身體寄居，元神便會消失？」

影子顯得十分憤怒地道：「你難道還想欺騙本聖主？看來你連最後一次機會也不要了，沒想到我醒來的第一件事便是擊殺暗魔宗的魔主！」

「砰……」驚天突然雙腳跪了下來，「他沒有被自己的辱罵所騙，又知元神入侵會害被入侵者的身體，看來他是真的獲得了聖主的記憶。」思罷，驚天道：「請聖主開恩，屬下只是一時糊塗而已。」

影子厲喝道：「還不快離開聖女的身體？」心裡這才放鬆下來，剛才差點就頂不住了，還以爲自己真的被驚天看穿，若非曾看過這樣一部電影，堅持到最後，恐怕已經中了驚天之計，舉手投降了。

而就在影子心神一鬆之時，形勢突變。

跪著的驚天突然向影子發出了狂暴至極的進攻，影子所站立的水面突然湧起了無數水箭，織成一張密不透風的箭網，從四周向影子疾射而至。

破空之聲猶如風雷鳴響，又如銀瓶乍破。

影子手中陡然出現一柄飛刀，舉刀疾劈而下。小小的飛刀竟然暴長出數米長的刀芒，刀芒劃破水箭所織成的密網。

左足輕點水面，影子借勢突破水箭之網所包圍的空間，落於台階巨門之前。

可這時，他卻發現驚天已經消失，正待有所反應之時，可瑞斯汀的玉手擊在了他的背心處。

一股澎湃至極的力量迅速竄入了他的身體，瞬間又變成無數道細密的力量分別攻擊體內各個部位，此招可謂陰險歹毒至極，這種攻擊的破壞力不知比攻向一點強大多少倍。

影子的身體向前，如斷了線的風箏般飛了起來。

「轟……」一聲巨響，影子撞在了兩扇巨門的中間，噴出了一口鮮血。

「軋軋……」兩扇巨門受力緩緩開啓。

影子落在了地下宮殿裡面，陰冷的空氣讓受傷的他感到一種淒然。

他迅速支撐著站了起來，拭去口角的血跡。

驚天主宰著可瑞斯汀的嬌軀走了進來，冷冷地望著影子，狠狠地道：「你以爲你是聖主，恢復了記憶我就不敢殺你麼？不過，以你剛才的反應，看來我又一次被你欺騙了！」

影子嘿嘿笑道：「我早說過，你是弱智、白癡，你玩不過我的！」

驚天冷笑道：「你儘管罵吧，如果罵我可以讓你逃掉的話。」邊說，邊一步一步向影子逼近。

影子後退著，用眼角的餘光觀察著周圍的環境。

地下宮殿內空空蕩蕩的，只是掛著無數白色的帷幔，似絹非絹，絲質柔軟，觸之類似女人的肌膚。

一陣陰冷的風吹過，帷幔輕蕩，有若波浪輕伏，竟然沒有一絲聲響。

大殿內唯一的聲音便是影子與可瑞斯汀的腳步聲，並且回響不絕。

影子迅速退入帷幔中間，以作掩護。

這時，「轟……」地一聲巨響傳來，大殿的巨門又關了起來。

驚天冷聲道：「在這裡你以爲逃得了嗎？沒有人比我更熟悉這裡！」邊說，邊加快腳步，緊緊逼視著影子，不讓影子有在眼前消失的機會。

影子輕輕一笑，道：「是麼？那我們便來玩玩捉迷藏的遊戲。」言畢，身形閃過，一下子便淹沒在一塊帷幔之中。

驚天快速掠至影子剛才所站之位，並且憑空劈出一掌。

暗影飄動，強大的掌勁破空劈在帷幔之上，帷幔高高揚起，影子卻已經消失，不見蹤影。

驚天迅速回頭，同時又劈出一掌。

帷幔背後又是一道暗影閃過，不見蹤影，掌勢又告落空。

驚天不再貿然出掌，大聲喝道：「你跑不了的，我勸你還是乖乖與我合作，待我取出天脈，饒你不死。」眼睛極爲敏銳地四處搜尋影子的行蹤，可他每次看到的都是一道暗影稍瞬即逝。

地下宮殿內沒有一點聲音，帷幔的起伏愈來愈大，似被風吹動著，但驚天沒有感到一丁點風吹過的痕跡。他知道這是影子在故弄玄虛，卻一時之間沒有什麼良好的應對策略。

於是，驚天繼續道：「你應該知道，以你的修爲是絕對逃不掉的，況且，我現在佔據著聖女的身體，我想你不會希望聖女有事吧？如果你能夠與我合作，我保證你與聖女都沒有事，我要的只是天脈，何況對你而言，天脈的作用並不大，而且只會讓你捲入理不清的是非當中，我此舉也是爲你著想。」

驚天說完，靜待著影子的反應，可影子似乎早已看穿了他這拙劣的心理戰，根本就不中計，他甚至連影子飄動的身影也沒有看到。

驚天心裡暗罵不已，可也只得硬著頭皮又道：「我知道你受了重創，如果體內的傷得不到及時的救治，必會淤血積加，氣血翻騰，接著會是血液流動受阻，經脈不暢，不出一個小時，你的大腦便會供血不足，發生休克，神志也就完全迷失。你要是與我合作，我保證很快將你的傷治好。」

驚天此話倒是不假，剛才影子所受的那一掌，其破壞力就是讓影子體內的氣血壞死，然後失去神志，可他卻不知，影子體內的天脈能夠迅速恢復外力重創，特別是對經脈氣血。當初花之女神破壞了影子體內全部經脈，就是天脈重新打造的。

驚天見影子半天還是沒有反應，已經沒有耐心這樣糾纏下去，他冷聲道：「你以爲我真的找不到你麼？我只是怕自己一不小心殺了你，才遲遲沒有下手。既然你冥頑不化，不識好歹，那就休怪我不客氣了！」

於是，驚天關閉了可瑞斯汀的感觀六識，以心細察著整個地下宮殿的動靜。

他的修爲本已經達到神魔級的頂峰，心靈的感應能力更是超過一般人。

須臾之間，他很快感應到整個地下宮殿所有的動靜，包括纖塵落地之聲，帷幔舞動與空氣所產生的磨擦而發出的聲音，空氣中的粒子相互之間的碰撞而產生的波動……等等這一切，他都一覽無遺。

這其中當然包括影子的存在！影子的存在是心跳，是血液的流動，是體內的循環，是他在虛空中的飄動而產生的磨擦，所有這一切都沒有逃過驚天的感應。

於是，在可瑞斯汀的俏臉上，出現了驚天的微笑。他鎖定了影子在虛空中不斷變換移動的位置，真氣不斷暗暗聚於掌心，如此一擊，他誓在必得，他要將影子打得動彈不得，然後再想辦法取出其體內的天脈，這是目前最切實可行的辦法，他已經浪費了太多的時間。

可瑞斯汀的右掌因爲驚天功力的不斷彙聚而漸漸變了顏色，那不再是細膩柔滑的嫩白，而是變成了暗淡的黑色。

這種黑色透過掌心又慢慢擴散，將空氣凝固，變成了有兩尺見方的黑色巨掌，散發著張狂的魔殺之意。

驚天功力一吐，那隻黑色巨掌似電般印入了虛無的空氣中，直奔向他心神所鎖定的影子的位置。

而空氣看來卻沒有任何的反應，似乎這一掌消散在了空氣當中，不復存在。

眨眼之間，「轟……」地一聲巨響傳來。

第十五章　暗魔宗主

驚天以快不可言的速度瞬間突破響聲與他所在的五丈空間。而他看到自己所擊中的卻是雕刻著怒海狂龍的金屬立柱，掌印深入至少五寸，絲毫不見有影子的蹤影，更別說擊中他的身軀了。

「怎麼回事？」驚天驚駭不已，還未讓他來得及想明白其中的原因，一道凜冽至極的破空之氣已經從背後深入了可瑞斯汀的身體。

驚天怒不可遏，他反手就是一掌，狂暴的掌勁頓時瓦解了這凜冽的破空之氣，一柄飛刀從空中掉落下來。

但掌勢似乎並沒有因此而停止，竟然撕破了柔軟至極、似絹非絹的帷幔，擊向了影子所在的位置。

幸好影子早有防備，就在飛刀射出的同時，他的身子已經躍入了另一塊帷幔的掩護之中。

原來，驚天之所以沒有擊中影子，是因爲他在感應著影子存在的同時，影子也在感應著他，雖然他已經關閉了六識，但他在運功成掌的時候，卻引起了空氣的異常變化，而這異常變化就引起了影子的警覺。就在驚天劈出那一掌的時候，影子借著立柱的掩護得以逃遁。

這一掌又擊空，驚天已經完全失去了耐心，他暴吼一聲，道：「我將這帷幔統統廢掉，看你往哪裡躲！」

暴吼聲中，雙手揮成刀狀，躍身而起，成刀狀的雙手狂舞橫劈。

刀氣彌漫，別說帷幔，就連空氣也被這刀氣割劈成絲條狀。

大殿之內，帷幔被刀氣割破的嘶嘶聲不絕於耳，無數布條就像是無數隻蝴蝶在虛空中四處飛舞，又像是漫天白色的雪花，透著一種慘澹的淒美。

「嘶……」最後一塊帷幔被刀氣所劃破，大殿真正變得空空蕩蕩，透著一種安靜的死寂。帷幔、碎片從虛空中似水般柔軟滑落，依舊沒有半點聲響，飛舞的「蝴蝶」此時也已死絕。帷幔鋪滿宮殿的地面，可依舊沒有影子的蹤跡。

不知何處吹來的冷風掀動了可瑞斯汀的秀髮，幾綹髮絲飄在了眼前。可瑞斯汀的美眸佈滿血絲，透著濃重的殺伐之意，顯得極爲恐怖。

驚天支配著可瑞斯汀美麗的雙腳一步一步踏在柔軟的帷幔上，向前移動著。

每一步都很均勻，每一步都很緩慢。

突然，可瑞斯汀腳下一塊大的帷幔有了靈動性，猶如一座山般向驚天支配的嬌軀劈頭蓋來，其勢兇猛至極。

驚天似乎早有準備，一掌擊在帷幔之上，整個一大塊、足有十平方的帷幔頓時在極短的時間內受到極度力的張力，化整爲零，碎片到處飛舞。

可就在驚天廢掉身前一塊帷幔的時候，背後又一塊帷幔向他劈頭蓋了過來，前後相差的時間不足一秒，這一下大出驚天意料之外，而此時，他也知道中了計。

前面的那塊帷幔是由影子射出飛刀，張開而起，而影子真正的殺招是藏在隨後的帷幔之中。

影子的飛刀已經不能夠讓驚天有任何回手還擊的機會，完全籠罩了驚天的變化範圍。

可就在影子即將刺中目標的一剎那——

刀，凝滯住了，完完全全地凝滯住了，是影子讓它凝滯住的，因爲影子突然間明白到，自己這一刀刺出去一點用處都沒有，它唯一的作用只是傷害可瑞斯汀的身體。他有過這樣的經歷。

所有一切精心的設計和等待，不想在剎那間土崩瓦解，毫無意義，可想而知這是何等的悲痛。

驚天緩緩轉過身來，道：「殺啊，你怎麼不殺？你不是自以爲很聰明麼？怎麼做的是我這白癡、弱智都不會做的事？哈哈哈……」

得意的笑聲在大殿之內回響不絕。

影子手中的飛刀很無奈地掉在了地上，他實在想不出有何種方法可以對付這侵佔了可瑞斯汀嬌軀的惡魔。如果他像羅霞一樣會風系魔法，或許還有計可施，可他偏偏連魔主是怎麼回事都不太清楚，這是何其的無奈和悲哀。

「你贏了。」影子垂頭喪氣地道。

「什麼？你再說一遍！」驚天十分得意地道。

就在這時，突然傳來可瑞斯汀的聲音：「全力擊我大腦氣海穴。」

影子一怔，隨即明白是怎麼回事，上次他被別人的元神控制身體的時候，那股力量也是在氣海穴控制著自己。可瑞斯汀借驚天片刻間的得意大意，重新主宰了自己的大腦思維。

影子心隨意動，體內那股強大的力量全力貫於手指，疾點而出。

「砰……」就在手指點中可瑞斯汀氣海穴前的半秒，可瑞斯汀的玉腳重重地蹬在了影子腹部。

影子又一次失去控制地飛了起來，這已經是第二次被驚天所擊中。

可瑞斯汀雖然通過努力，借驚天大意之際重新主宰了自己大腦的思維，但就在影子一怔的極短時間內，驚天的元神控制了可瑞斯汀的右腳，並且及時踢中了影子。

影子摔在了地下宮殿最上方、高高在上的座椅之上，雖然受力很沈，但寬大的座椅卻沒有受到絲毫的震動。

這座椅也是這寬敞的大殿內除了立柱之外唯一的物件。

它高高在上，睥睨著大殿內的每一個角落，體現著不可侵犯的威儀。

此時，大殿的四壁盡顯出巨幅的浮雕，每一幅畫面都栩栩如生，躍然壁上。

影子看著大殿內的一切，竟發現有種熟悉的感覺，只是不知曾在何處見過。

這種念頭一閃而過，影子的目光重又投在可瑞斯汀身上。

只見可瑞斯汀正雙手緊抱著自己，顯得極爲痛苦地掙扎著。

可瑞斯汀厲聲道：「驚天，你好大的膽子，竟然敢侵佔本聖女的身體！」

接著，又見可瑞斯汀的雙唇動了動，傳來的都是驚天的聲音，驚天道：「這只能怪你的修爲太淺，技不如人，我早說過，你不是我的對手……」

還未聽驚天說完，可瑞斯汀的聲音又道：「你若是不離開我的身體，就休怪我用『封魔靈印』將你永遠封在我的體內！」

驚天的聲音又道：「只要你不介意，我倒無所謂，到那時，被封死的不只是我，還有你的元神，大不了，我們的元神一起消失。」

「你……」可瑞斯汀氣得無話可說。

驚天的聲音又起，顯得極爲得意地道：「怎麼樣？無法取捨了吧？能夠佔領聖女如此美妙的嬌軀，也未嘗不是一種享受。」

「下流！」可瑞斯汀一時之間無可奈何，只得罵出一句極爲蒼白無力的話。

「嘿嘿……」驚天的聲音有些無恥地笑著，接道：「作爲聖女，早就做好了爲聖主犧牲的準備，如果我得到天脈，也便是聖主，傳承魔族上古旨意，你永遠只能是本聖主之人，有何下流可言？」

可瑞斯汀突然變得十分冷靜了，她道：「你以爲獲得天脈就可以稟承上古之意，成爲魔族的聖主麼？你想得也太簡單了！」

驚天的聲音毫不在意地道：「我當然知道，要想辦法獲得天脈的異能，得到聖主的記憶才行。」

可瑞斯汀發出一聲冷笑，道：「若是如此簡單，天下任何一個人都可以成爲魔族的聖主了。」

驚天的聲音大感意外，道：「難道還有其他的玄機？」

可瑞斯汀道：「這是魔族至高無上的秘密，除了聖女，任何人都不能夠知曉。」

驚天的聲音道：「你別騙我了，我不會上你的當的，獲得了天脈就等於獲得了一切！」

可瑞斯汀歎息了一聲，道：「本來這些話是不該向你提及的，我只是不想你暗魔宗的族人走得太遠，做出不可回頭之事，到那時……」

驚天的元神從可瑞斯汀的話中聽到的並非是欺騙，他在可瑞斯汀體內，知道可瑞斯汀

「心」的反應。況且，他自己也曾經考慮過這一層，當時僅僅是一種猜測而已，雖然查找過許多典籍，但最終沒有得到絲毫線索。

可瑞斯汀見驚天半天沒有反應，又道：「你要是現在回頭，尚還來得及，魔族的光復，需要你和其他兩位魔主。」

驚天的聲音道：「你休要多言，我的主意已決，任何人休想改變！天脈我必須得到，若是有其他事情，我自然會另想辦法。」

「看來，驚天魔主是執迷不悟了。」可瑞斯汀的聲音顯得極爲無奈。

「執迷不悟又怎樣？我等待這一天，已經等了一千年，一千年的時間何其漫長？我每天都做著同一個夢！難道就憑你三言兩語，就意欲讓我放棄？未免有些癡人說夢了。我相信任何奇蹟都是由人創造的，成爲魔族的聖主也不例外。世事哪有天定，就算是天定，我也要逆天而行！我名爲驚天，存在世上，就是要做出驚天動地之事，人生當如此，才是價値的體現，才是一種至高的追求，才是一種極樂！」驚天飽含情感地說道，將鬱積在心中一千年的所思所想痛快淋漓地傾洩了出來。

「說得好。」影子從座椅上走了下來，拍著手，由衷地贊道。

可瑞斯汀的眼睛看著影子，也不知是驚天控制著她的眼睛，還是可瑞斯汀自己，但眼神中卻有著一種蔑視。

「爾等凡夫俗子，又豈可懂我心志？」驚天的聲音說道。

影子輕輕一笑，道：「我自是沒有驚天魔主這等豪氣干雲的志向，但我佩服真正的男人！驚天魔主在我眼中無異於是一個頂天立地的男人形象，剛才之話也只有一個頂天立地的男人才說得出口，才能讓人產生欽佩之意，所以我說『說得好』！」

驚天的聲音又道：「你休在我面前逢迎拍馬，你先前不是罵我弱智、白癡麼？我什麼時候又成了一個頂天立地的男人了？」

影子毫不忌諱地道：「先前之話是驚天魔主先前的表現，更帶有相激之意，驚天魔主應該知道『用兵之道，謀略爲上』。而剛才之話又確確實實讓我感到了一個頂天立地的男人氣概，我相信那不是驚天魔主故作矯情的表演吧？」

驚天的聲音冷哼一聲，道：「少在我面前耍小聰明，你到底想說什麼？」

影子又是輕輕一笑，道：「我是想與驚天魔主訂一個協定，不知驚天魔主可願聽？」

驚天的聲音發出一聲冷笑，道：「協定？你憑什麼與我制訂協定？你以爲你有能耐逃出我的手掌心？」

影子毫不在意，繼續道：「目前的形勢，驚天魔主應該比我更清楚，你雖然潛藏在聖女的身體內，可暫時控制聖女，但你應該知道與你想得到的天脈，還相差一段很大的距離。我的意思是說，就算你完全控制了聖女，也沒有百分之百的掌握得到我體內的天脈，至少我現在還有選擇自殺的能力。也就是說，驚天魔主費盡心機，花了一千年的時間，結果什麼也得不到。」

驚天的聲音不禁有些猶豫，影子所說也正是他十分擔心的，而影子又正好掌握了他內心的弱點。所以，到目前爲止，由於這些原因的牽制，他終究沒有真正痛下殺手。

影子見驚天聲音中有了遲疑，於是接著道：「驚天魔主知不知道雲霓古國帝都出現了聖魔大帝的聖魔劍與黑白戰袍這兩件聖器？」

驚天的聲音道：「這與你口中所謂的協定又有何關係？」

影子道：「當然有關係，我要與驚天魔主所訂下的協定就是：誰要是能夠獲得聖魔劍及黑白戰袍，誰就可以完全主宰另一個人，對另一個人唯命是從，包括生死。換句話說，若是驚天魔主得到了聖魔劍及黑白戰袍，我的命也就是你的，更別說所謂的天脈了。」

驚天的聲音道：「那這對你又有何好處？這協定不會是專門爲我而存在的吧？」

影子道：「這協定當然對驚天魔主也有制約，若是我有幸得到了聖魔劍及黑白戰袍，那魔主的生死就完全由我主宰，對我提出的任何事情都必須遵從，而你現在也必須離開聖女的身體，不知驚天魔主有沒有膽量與我玩這個遊戲？」

驚天的聲音笑了，道：「說到底，你是想我現在離開聖女的身體。」

影子無所謂地道：「如果驚天魔主沒有這個膽量，就當我剛才的話沒有說，反正大家就這樣繼續玩下去，看誰能撐到最後一刻。」

驚天這時卻又道：「你要是得到別人的幫助那又怎樣？比如說聖女。」顯然他已經被影子的話打動。

影子一笑，道：「這協定還有一條規定，就是不得有任何外人的幫助，全憑自己的能力。這當然不包括驚天魔主個人所擁有的暗魔宗的勢力，這也是你個人所擁有的資源。」

「這樣一來你豈不輸定了？」驚天有些警惕性地道，在他看來，天下沒有這等便宜的事，況且他已經有好幾次被影子所騙。

影子道：「那是我個人的事，不用驚天魔主操心。」

驚天不放心地道：「你不是尋我開心吧？這背後一定有著什麼陰謀詭計！」

影子道：「既然驚天魔主沒有膽量，那就算了，如果你這麼輕易就能夠被人所騙，這個遊戲玩起來也沒什麼刺激，還不如趁現在了結，各耍手段。況且，我與聖女兩人對你一人，並不一定處於下風。」

驚天的聲音道：「我如何才能相信你的話是真的？萬一我贏了，你到時候不認賬，不願讓我取出你體內的天脈，以死要挾，那又如何？」

影子望著可瑞斯汀的眼睛，正色道：「我不知道以什麼樣的保證讓你相信，但我可以告訴驚天魔主一點的就是，有些人許下的諾言，比他的生命還要重要。」

這話充滿著影子真實的情感，不給人任何置疑的機會。影子是一個殺手，殺手的承諾和信譽，確實比殺手的生命還要重要。

驚天的聲音半天不語，他在權衡著利弊，也在權衡著影子所說之話的可信度。

這時，可瑞斯汀的聲音卻突然響起，十分擔憂地道：「這件事你可要想好，以你個人的能力根本無法與驚天魔主的暗魔宗相比，況且此刻只要我們齊心而爲，一定有辦法將他的元神趕出我的體內的。」

這是可瑞斯汀忍了很久才說的話，從影子的話中，她確實沒有看出有任何一點對他有利，她知道影子是一個言出必行之人，這無異於將自己的性命百分之九十九壓給了驚天，而他的勝算最多也只占一成。雖然她知道，這個男人有時候的行爲舉止大異於常人，但在這一件事上，她對影子確實沒有多大的信心，況且這件事並非只關係到影子一個人，而是有關於整個魔族再度復興的希望，如果說他這樣做是爲了暫時將驚天的元神趕出自己的身體，怕傷害到自己，那這樣做的代價也實在太大了。

「好，我相信你的話，這個協定馬上生效。」就在可瑞斯汀說出那些話之後，驚天馬上應承道。

影子笑了，是發自心底無比輕鬆的笑，他道：「那好，你就出來吧。」

很快，在可瑞斯汀的氣海穴，一道無形氣束竄了出來，消散於空中。

可瑞斯汀身子一晃，站立不穩，剛欲倒下，影子及時將她扶住，抱在自己懷裡。

與驚天相比，可瑞斯汀的修爲實在尙淺，若非她的身體對外來元神的排斥，只怕很難與驚天強大的元神對抗到現在，但饒是如此，也已經極大地消耗了她的精神力。

影子望著可瑞斯汀，關切地道：「你怎麼樣？」

可瑞斯汀的臉勉力展現出一絲笑意，道：「我沒事。」可她的心又馬上被深深的擔憂所占滿。

影子自然看出了可瑞斯汀的擔心，伸手在她的小瓊鼻上捏了一下，道：「傻瓜，在結果沒有成爲現實之前，任何擔心都是多餘的，誰也不能肯定我一定會輸！」

「但是……」可瑞斯汀本想再說些什麼，但她終究什麼都沒有說，這個男人現在需要的是支援與信任。

第十六章　魔族聖女

地下宮殿內。

影子與可瑞斯汀找了半天，也沒有找到一個出口，整個地下宮殿看上去渾然一體，連一線縫隙也沒有。

影子向空氣中驚天的元神問道：「你不是說來過這裡麼？出口在哪裡？」

空氣中，驚天的聲音回答道：「我那是騙你的話，這鬼地方我也是第一次來。」

可瑞斯汀看著影子，問道：「怎麼辦？」

「再找找看，我相信這裡一定有出口。」影子回答道。

於是兩人又繼續尋找著，可結果仍是令人失望。

「看來這裡是真的沒有出口了。」驚天的聲音在空氣中響起。

影子看了看可瑞斯汀著急的樣子，微笑著道：「既然找不到就先休息一下，反正也累了，待休息好了再找，說不定有意外的發現。」

可瑞斯汀知道影子是在安慰自己，也不想因爲自己而讓他過於擔心，於是道：「一切謹遵朝陽兄之言。」

影子一笑，道：「你倒是挺上路的。」

說完，影子四處望了望，整個地下宮殿，唯有那寬大的座椅才可供人休憩。

於是，輕摟著可瑞斯汀在那高高在上的座椅上坐了下來。

座椅倒是挺舒適的，有著柔和的座墊，兩人坐在上面也綽綽有餘。影子乾脆就在座椅上躺了下來，欣喜地道：「這座椅倒是挺舒適的，躺在這裡別提有多愜意了。」隨即向可瑞斯汀問道：「你要不要也在這裡躺一下？」邊說，邊將身子往裡移。

可瑞斯汀臉一紅，有著驚天的元神在虛空中，她感到十分不自在，彷彿有一雙無形的眼睛在盯著自己的一舉一動，哪裡還敢與影子過度親熱？況且，不知爲何，她坐在這座椅之上，有種如坐針氈之感，於是忙道：「不不不，我就這樣坐著。」

當她抬眼向影子望去時，卻發現影子已經睡著了，她心裡感到很奇怪，忖道：「怎麼這麼快就睡著了？」但思及他抱著自己在寒潭、地下河道中潛行這麼長時間，也便沒有再多想。

驚天的元神在虛空中冷哼了一聲，道：「這小子倒是好福氣，在這裡居然還能睡著。」

可瑞斯汀見在座椅上不舒服，遂站了起來，她對空氣中驚天的元神道：「驚天魔主難道真的執意要得到天脈？」她始終放心不下影子與驚天所訂的協定。

驚天道：「聖女何以如此多廢話？你不是已經很清楚我的立場了麼？聖女是不是喜歡上了

這小子，所以希望他是真正的聖主？」

可瑞斯汀冷聲道：「我只是想告誡你，人要是得到了不該得到的東西，其結果只會很慘！」

「哈哈哈……」驚天大笑道：「多謝聖女爲我擔心，我驚天從不後悔所做過的每一件事。」

……

一顆水珠從虛空中落下，剛好落入影子的掌心，影子看著水珠在掌心滑動，然後將掌一斜，水珠順著指尖落到水面，濺起微小的漣漪。

影子這才發現自己是站在水面之上。

這時，在他面前，兩扇巨門緩緩開啓，影子又看到一個自己從巨門裡面走了出來。

那個自己道：「你來了。」

影子本想問：「你是誰？」卻聽到自己說：「我來了。」

「來了就進來。」那個自己道。

影子便跟著那個自己走進了那扇大門裡面。

大門裡面正是自己剛才已經進來過的地下宮殿，卻不知什麼時候自己又出去了，而可瑞斯汀又不知爲何不在。

「你知道自己是誰嗎？」那個自己坐在座椅上道。

「我是誰？那你又是誰？」影子反問道。

「我就是你。」

「你就是我？那我又是誰？」

「你也是我。」

影子不由得一陣冷笑，道：「什麼亂七八糟的，到底誰是誰？我與你又是什麼關係？」

那個自己道：「其實誰是誰，我與你有什麼關係都不重要，重要的是你今天終於來了，我一直都在等待著你的到來。」

「來了又怎樣？」影子搞不清那個自己到底在說什麼，冷冷地反問道。

「既然來了，我們就應該重新合爲一體。」

「我自己好好的，爲什麼要與你合爲一體？」

「因爲我就是你，你也就是我。」

影子不耐煩地道：「又是那個亂七八糟的問題，你能不能換點新鮮的，我都已經厭倦了。」

「因爲你還沒有認識自己，你我本爲一體，只是暫時分開罷了。」那個自己道。

影子極爲頭痛，道：「拜託，你不要再說了好不好？」

「行。」

「行就好，那你告訴我怎麼離開這裡，我不想在這個地方再待下去了，還有剛才兩位朋友，麻煩你幫我把他們叫出來。」影子道。

「那你必須先答應我一個條件。」

「又是這一套，有什麼話你就說吧，只要不要告訴我『我就是你，你就是我』，『與我合爲一體』這樣的鬼話就行。」

「我只要你跟我去見一個人。」

「見一個人？不會又是與我長得一模一樣之人吧？」

「是一個女人。」

影子一笑，顯得極爲輕鬆地道：「是一個女人就好。」

那個自己在座椅上站了起來，然後掀開座墊，座椅之上一扇門緩緩洞開了。

那個自己走了進去，影子覺得甚是奇怪，也就跟著走了進去。

而在裡面，影子看到了一幅完全不同於地下宮殿的景象。在一個透明的顯得有些不真實的世界裡，到處長滿了紅花綠草，群蜂亂舞，光線充足，一幅春光明媚的景象。

影子感到甚爲驚奇，他沒有想到地下還有這等好地方，而在這種地方，自己要見的又是怎樣一個女子？

令影子沒有想到的是，那個自己口中所謂的女人僅僅是一幅肖像畫，而且只是素描的肖像畫。

影子指著那幅畫道：「你帶我見的女人不會是她吧？」

那個自己點了點頭，一付很認真的樣子。

影子不由得苦笑，道：「你這個人倒是很奇怪，我還以爲是一個真正鮮活的女人呢。」

「她就是一個鮮活的女人，只是你的心還未開竅，所以看不到而已。」

「你才未開竅，你知不知道這是一句罵人的話？」

「我是說真的，並沒有開玩笑。」

影子見他一付正色的樣子，再仔細瞧了瞧那幅畫，卻發現畫中的女人是法詩藺，神韻極具，絕對錯不了。

影子驚訝地道：「怎麼會是她？」

「你見過她？」那個自己問道。

「當然。」

「你所見到的不是真正的她，因爲她已經死了。」

影子摸了摸那個自己的額頭，道：「你到底有沒有毛病，說話怎麼前言不搭後語？你剛才不是說她是一個鮮活的人麼？」

「我是說在我心裡。」

影子不知拿這個喜歡打啞謎的自己怎麼是好，他知道自己是在做夢，可他就是不明白，爲何每次做夢都會夢到和自己長得一模一樣之人，而且每一個都古古怪怪的。

「你到底想說什麼就說吧，我已經厭煩了你這一套。」影子沒好氣地道。

「我要你保護她，不讓她受到任何傷害，就算是你自己也不行！」那個自己極爲嚴肅地道。

影子哭笑不得，道：「拜託，我怎麼會去傷害一幅畫？你說話不要讓人不可理解好不好？」

「我說過她不是一幅畫。」那個自己突然聲音變得十分嚴厲，音量也拉高了很多。

「好好好……她不是一幅畫，我會好好保護她，不讓她受到傷害，就連我自己也不行，這總行了吧？」影子無可奈何地道。他在想這個長得像自己之人是不是有毛病，不然怎麼會要自己答應保護一幅畫呢？但他的樣子似乎比任何人都顯得正常。

影子看著他，只見他正一往情深地望著掛在牆壁上的那幅畫，良久不語，而且眼神中似乎有著一種深深的哀痛。

影子再一次朝那幅畫望去，只見畫中女人除了與法詩藺長得極爲神似之外，更有著一種「高山潔土晶瑩雪」的飄逸感，而且像極了第一次夢到兩個長得極像自己之人身旁的那個女子，不！應該是完全一模一樣。

更令影子感到驚奇的是，她正一步步從畫中走出，向自己走來，好像真的是一個活人。

第十七章　黑白戰袍

影子簡直不敢相信自己的眼睛，連忙揉了揉自己的眼睛，這才發現自己看花了眼，不由得鬆了一口氣，他這才明白這個長得像自己的男人爲何會說她是活的，想必是成天對著她，想入非非才會這樣，不由覺得這個人極爲可憐。

影子道：「你要我怎樣保護她？」

那個自己定了定神，轉過頭來，道：「有一個長得極像你之人要傷害她，我要你全力保護她，甚至不惜自己的生命！」

影子見他答非所問，不由大感頭痛，本應再摸摸他的額頭，看他是否真的有毛病，但見他剛才之模樣，只得強忍住了，反正只要自己替他把這幅畫收藏好就行了。於是道：「我答應你，可我怕自己連自己的命都保不住。我與人有個協定，只要我輸了，就會任他主宰。」

「我知道。」那個自己道。

「你知道？」影子甚爲詫異。

「你與暗魔宗的驚天魔主有一個賭約，要是誰獲得了聖魔劍與黑白戰袍，就……」

「好了，好了，你不用再說了，既然知道就好，我是怕有負你所托。」

「這一點你不用擔心，我本是想與你合爲一體，既然你不肯，我也就只好傳你魔族至高無上的武技魔法，讓你傲視天下！」

影子笑了笑，道：「有這麼厲害嗎？不會是吹牛吧？」

那個自己冷冷一笑，也不作任何解釋，只見他的手一揮，剛才嬌豔欲滴的紅花綠草頓時變爲一片焦土，明暗的光線變得一片陰暗，飛舞的群蜂不見蹤影，如同地獄一般。

影子驚駭不已，以爲自己又看花了眼，可結果確是如此。

就在這時，那個自己手勢又是一揮，原來的景象又頓時恢復了。

影子不敢相信，道：「你能不能再來一次？」

於是，在那個自己的手勢揮動中，如此情景又重複出現了一次，影子這才不得不相信他有著傲視天下的武技魔法。

「你到底是誰？」影子又一次問道。

可還沒等那個自己回答，他又忙道：「算了算了，問也是白問，答案肯定又會是什麼『我是你，你是我』之類的。」

那個自己一笑，道：「告訴你也無妨，我是寄居在你體內天脈的魔族聖主，是你與聖女的交合，解開了一部分上古契約，我才有機會在夢中與你相見。」

影子恍然大悟，原來事情竟是如此，他自語道：「怎麼這麼奇怪的事情也有？」

那個自己又道：「現在時間快到了，你體內所擁有我的能量只夠支撐這麼長時間，你要記住答應我的事情。」

說完這話，那個自己伸手一吸，影子不由自主地落在了他的手中。

那個自己道：「看著我的眼睛。」

影子便不由自主地看著他的眼睛。

那個自己雙眼射出兩道幽藍之光，進入影子的雙眸深處，而這時，他的一隻手已按在了影子頭頂百會穴上。

影子只覺自己眼前、腦海之中閃電般地閃現連綿不絕的身影，身影飛、升、縱、躍、騰、挪、轉、移……不一而足，而且他看到握著一柄劍的自己在舞動著各種精妙絕倫的劍式，其變化神鬼莫測，出人意表，更透著無限的霸殺之意，如九天驚雷，如銀河倒瀉，如山崩海嘯……

最後，影子根本就不能夠再看到什麼，只覺有許多東西都印在了腦海中，就像快速流放的電影畫面。

影子在想，這就是他傳給自己所謂傲視天下的武技魔法吧？

當最後一個畫面印在影子腦海中時，影子便醒了過來。

這一次，他不再問自己是夢還是現實。他記得有一個「莊周夢蝶」的典故。

典故是這樣說的：

莊子在夢中夢見自己化成了蝴蝶，醒來時又變成了莊子，因而他感到迷惑：不知道是自己在夢裡變成了蝴蝶，還是蝴蝶在夢中變成了自己。

影子想到自己，也不知是自己在夢中見到了那個長得像自己的人，還是那個長得像自己之人在夢中見到了自己。

其實有些東西是分不清的，無論是夢與現實，還是現實與夢，根本沒有必要刻意去分清。

他掀開了座椅上的座墊，看到了一個按鈕，他按了下去，那個夢中見到的洞口就這樣被打開了。

在裡面，影子看到了在夢中出現的一模一樣的景象，紅花綠草，光線充足，群蜂飛舞。

他走到那幅畫卷面前。

可瑞斯汀也跟了進來，還有驚天的元神。

「這是一個什麼樣的地方？」兩人同聲驚歎道。

可瑞斯汀也走近那幅畫卷面前，她看著畫中的女人，心中卻有著強烈的想將這畫卷毀去的莫名衝動，彷彿這幅畫中的女人是她宿命中的敵人一般。

手，抓了出去，如驚電一般抓了出去，虛空中出現一道很亮的軌跡。

這是超越身體所控制的力量。

就在手接觸到畫中女人百分之一秒的時間，可瑞斯汀的玉手又離開了畫中女人的臉。那是因爲另一隻手，影子的手！影子的速度竟然比她的速度還快！

勁風將畫卷中女人的身形吹皺了些，就像是平靜的湖面所驚起的漣漪。

「你想幹什麼？」影子突然很冷地望著可瑞斯汀，問道，眼神就像是無形的刀子，寒氣逼人。

可瑞斯汀也不知道自己到底想幹什麼，她望著影子，卻發現影子的眼神很陌生，這眼神讓她有一種通體生寒的感覺。

可瑞斯汀有些怯生生地道：「你怎麼這樣看著我？」

影子意識到了自己剛才的過激，他也不明白自己爲何有那種反應，難道是夢中答應那個自稱所謂魔族聖主之人的緣故？但他清晰地知道，剛才的可瑞斯汀有著強烈地想毀去這畫卷的衝動。

影子笑了笑，臉色變得十分緩和地道：「我只是怕你將這美女的臉容毀去，我看她那麼漂亮，想拿回去收藏。」

他想以開玩笑的形式來緩解兩人剛才異常舉動所產生的尷尬。

可瑞斯汀沒有理睬影子的話，她轉眼又看著那幅畫卷，顯得十分疑惑地道：「我剛才也不知爲什麼，竟然產生想將這畫卷毀去的衝動。」

影子知道可瑞斯汀說的是實話，爲了彌補自己的過失，他在背後輕輕摟過可瑞斯汀，讓可瑞斯汀的嬌軀緊貼著自己的身體，在她耳畔輕語道：「是不是見她長得太漂亮，所以產生了妒忌之心？」

可瑞斯汀有些茫然地道：「我也不清楚，好像不是這個原因，只是有很強烈的衝動。」

影子哈哈大笑，道：「你不會真的與一幅畫卷吃醋吧？」

可瑞斯汀這才知道影子是在戲弄她，俏臉一紅，嬌嗔道：「你老是欺負人家。」待她想起虛空中還有驚天的元神之時，忙一把將背後的影子推開，俏臉變得更紅。

驚天的聲音這時響起，他冷哼一聲，道：「聖女應該知道自己的身分，你只能是屬於聖主的，也就是天脈的繼承者，在事情尚未弄清楚之前，我勸你還是多多『保重』自己。」

影子對著聲音傳來處道：「人家男歡女愛關你什麼事，你未免管得太寬了吧？」

驚天又是冷哼一聲，道：「你知道什麼？聖女是一種象徵，是聖主的一種象徵，聖女與聖主永遠只能是一體的。現在協定還必須另加一條：勝負未決之前，任何人都不能動聖女一根寒毛。要是你再敢打聖女的歪主意，休怪我毀約，對你不客氣，哼！」又是冷哼一聲。

影子一聲冷笑，道：「對我不客氣又怎樣？不過驚天魔主放心，我一定會遵從我們之間訂下的協定，至於聖女的心屬於誰，那是她個人的意願，不在協定範圍之內！」

「看來你是想毀約囉？」驚天冷聲道。

「這你得看聖女的意願。」

驚天的聲音轉而問聖女道：「聖女應該很清楚我所說之話到底是何意思。」

可瑞斯汀正色道：「好，在你們勝負未決之前，我絕對不會與他發生任何事情，不過我還是那句話奉勸驚天魔主：就算你得到天脈，也不可能成爲魔族的聖主！」

「那是我的事！」

「我們還是想想怎樣出去吧。」影子這時突然想起那個長得像自己之人竟然沒有告訴自己怎樣出去的路。

「我還以爲你在夢裡找到了出路呢，才將我們帶到這裡來！」驚天歎道。

可瑞斯汀也感到不解，爲何影子睡醒之後便來到了這裡？

影子當然不能向他們說出夢中之事，只是道：「我是在夢中夢到有這樣一個地方，而且有一幅美女的畫卷，但我在夢中沒有夢到出路。」

「只怕不止這些吧？」驚天道，他似乎察覺到了什麼。

「那你說，我還夢到了什麼？」影子反問道。

「應該是我問你才對。」

「那我夢到的便只有這些了。」

「我已經開始後悔與你訂下這個協定。」驚天道。

「那你現在後悔也不遲。」

「我是後悔，但我驚天決不做出爾反爾之事！」

影子覺得自己已經沒有必要與驚天廢話了，他將那幅掛在牆壁上的畫卷取了下來，慢慢捲好。雖然「那個自己」並沒有告訴自己出路，但他既然答應了，就必須遵守承諾，這是他一貫的原則。

就在影子取下那幅畫卷的時候，可瑞斯汀看到了一塊凸出的石塊，她好奇地按了下去。

「嘩……」決堤的大水沖了進來，刹那間便吞沒了一切……

也不知過了多久，也不知被大水沖到了什麼地方，影子與可瑞斯汀終於從水裡露出頭來，新鮮的空氣、新鮮的陽光，讓兩人感到神清氣爽。

是的，他們從地下宮殿出來了，影子在夢中答應「那個自己」保護那幅畫卷的時候，其實已經找到了出口。這也可以理解爲，要是影子沒有答應「那個自己」，或是答應了沒有遵守承諾，他們便可能一輩子都不能出來。

這是一種考驗，更是一種制約。

此時，影子與可瑞斯汀所處之地正是聖靈大殿廢墟上的那面湖。

兩人從湖面爬了起來。

影子道：「沒想到那畫卷背後正是出口。」

他一邊說著，一邊忙將手中那幅畫卷展開，他心裡擔憂著，怕水已經將畫毀去。

而事實正如他所擔憂的那樣，畫中的女人在陽光下異樣鮮豔地閃耀了一下，便消失了，就像從畫卷中飛走了一般。

不知是水毀了畫，還是陽光毀了畫？

影子一句話也沒有說，便又將畫卷卷了起來。他不知道爲什麼出口會在水裡，也不知道爲什麼「那個自己」要自己保護畫中的女人，這種「保護」難道是一種捉弄？是捉弄自己對別人的承諾？而事實也正是這樣，他確實沒能夠實現承諾，保護好畫中的女人，因爲她已經消失了。

可瑞斯汀也看到了畫中女人的消失，她看了一眼影子，也沒有說話。

影子對她一笑，道：「現在你連吃醋的機會都沒有了。」

影子說這話的時候很輕鬆，但可瑞斯汀看到的卻是一種沈重。她沒想到畫中之人對影子是如此重要，不由百思不得其解。

「如果你心裡想說什麼，就說出來吧。」可瑞斯汀道。

影子道：「如果一個人剛剛對別人許下一個承諾，而轉眼便毀了自己的承諾，你說這是不是一種諷刺？這樣的人是不是一個小人？」

可瑞斯汀不知道影子說的話與那幅畫卷有什麼關係，一時倒不知該如何回答。

「你不是現在想毀約吧？」驚天的聲音這時響起。

「如果是呢？」影子笑著望向聲音發出之處。

「如果是就最好了，也不用那麼麻煩，履行什麼協定，現在便可以解決。」

影子道：「你放心，我會陪你玩的。」

「你要記住你所說的話。」話說完，話音也漸漸遠去、消失。

驚天走了。

影子道：「愛臉紅的『男人』，我們也該回到劍士驛館了。」

可瑞斯汀嘟著俏臉道：「以後不要再叫我『愛臉紅的男人』。」

影子道：「那我該叫你什麼？」

「可瑞斯汀。」

「哈哈哈哈……」

影子與可瑞斯汀進了西城門，看守城門的禁軍上下打量著兩人道：「你們是何人？」

「朝陽。」影子回答道。

「朝陽？」幾名負責詢問的禁軍相視大笑，道：「這個世界的消息也傳得太快了，剛有一個朝陽成名，不出幾天，便有人冒充他。」

那名禁軍轉向影子道：「你知不知道朝陽正在城內的天香閣與落日、傻劍、褒姒公主、法詩藺小姐一起共宴，而你卻說自己是朝陽？兄弟，想冒充別人，也要找個時候。」

影子與可瑞斯汀相視一望，顯得有些迷糊，怎會再出現一個朝陽？

無論如何，先進城才是首件要務。影子向禁軍坦言自己其實名叫影子，之所以回答自己叫朝陽，實是因一心仰慕朝陽，滿心想著見朝陽一面，因此脫口而出。禁軍見兩人一臉正派，也就不再多加為難，允許兩人進了城。

進城之後，可瑞斯汀問道：「現在我們該怎麼辦？」

「怎麼辦？現在要做的事便是回驛館睡覺，算起來，至少有三天沒睡了。」影子說著打了一個哈欠。

可瑞斯汀道：「難道你不想去見見那個冒充你之人到底是誰？」

影子道：「急什麼？見面的機會多得是，況且人家現在正春風得意，把酒言歡，豈可掃了人家的興？那樣便顯得太沒有風度了。」說完，便往劍士驛館所在的方向走去。

可瑞斯汀不知這男人葫蘆裡到底賣的什麼藥，但她知道這個男人一向有著自己的主張，便也只好跟著他回劍士驛館……

當小藍看到影子與可瑞斯汀時，不由得大吃一驚。

「殿……哥哥怎麼這麼快就回來了？」小藍激動之下差點說漏了嘴。

影子笑道：「你覺得我應該什麼時候回來？」

「你不是剛去赴約了麼？」

「赴約？赴什麼約？我剛從幽域幻谷回來。」

「剛從幽域幻谷回來？你昨天晚上不是已經被羅霞救回來了嗎？」聽到此言，小藍更是吃驚。

影子笑而不答。

小藍的眼睛這時又轉向可瑞斯汀，道：「你不是已經死在幽域幻谷裡了麼？」

可瑞斯汀聽得此言，不知如何是好，最後只得道：「你現在不是見我活生生在你面前嗎？你被騙了，昨天晚上見到的那個是假朝陽，他是冒充的。」

小藍不敢相信地道：「怎麼可能？他不論長相還是語氣，抑或說話神態，簡直和哥哥一模一樣，怎麼可能會是假的？」

好不容易讓小藍相信自己才是真正的朝陽後，影子一個人躺在床上思索，他不想讓她們打擾，更不想讓她們擔心。他只是靜靜地想著一些事，想著莫西多，想著幽域幻谷，想著驚天，想著這個冒充自己之人，還有那張寫著「要想見可瑞斯汀，來幽域幻谷」的紙條。

這其間是否有著某種關係？如果有，又有著什麼樣的關係呢？

他又想到了自己，想到了真正的古斯特，想到了聖摩特五世，想到了影，想到了歌盈，想到了小藍，他找不到一種準確的定位。

他知道，自從來到這裡，他的命運就一直掌握在別人的手裡，他現在所做的一切便是在與操縱自己命運的人相抗爭。

他之所以要迅速成名，就是與操縱自己命運的人抗爭的一種手段。

現在，他要做的便是讓形勢愈往繁雜的方向發展愈好，等到了別人不能夠駕馭的時候，該出現的人，該出現的事，就自然會出現。

天黑了，影子等待的就是天黑的到來。

他離開了劍士驛館，沒有讓任何人知道。

他要去的是他的「家」，是大皇子府。

影子在羅霞的房內找了張椅子坐了下來，隔著屏風，傳來水聲嘩嘩的聲音，羅霞在洗澡。

影子給自己倒了一杯茶，很悠然地端起，正準備喝上一口的時候，一柄劍貼在了他脖子上，讓他不能動彈分毫。

影子顯得有些無奈，道：「就算要殺我，也該讓我將這杯茶喝完，羅侍衛長真是沒有一點女人的溫柔。」

羅霞聽到這聲音，也顧不得自己是否已經穿戴整齊，從身後轉到了影子面前，驚訝地道：「殿下怎麼這時候會來這裡？」手中的劍也早已離開了影子的脖子。

影子並不回答她，而是很愜意地喝了一口香茗，看到羅霞充滿彈性的肌膚在燈光下散發著迷人的光彩，「啪！」茶杯摔在了地上，一場激情已經上演。

昏紅的燈光忽明忽暗地搖晃著，迷離而又溫馨……

待激情過後，影子與羅霞靜靜地躺在床上，相互依偎著。

羅霞閉著眼，滿臉幸福地道：「殿下這次回來，一定是又有什麼事情吧？」

影子的眼睛望著床上的碧紋羅頂，道：「如果說，你現在看到的我並不是你救回的那個我，那你該怎麼做？」

羅霞半信半疑地跟著影子來到了天香閣，雖已是深夜，但天香閣內仍是燈火通明，歡聲笑語不時傳出。

影子對羅霞說：「想知道結果嗎?推開這扇門，你就知道了。」

羅霞的手舉在半空中，猶豫了一下，她回頭看了一下影子，畢竟裡面不是一般的人。

影子道：「你不會連看的勇氣都沒有吧？」

「當然不是。」羅霞回答時，便將門推開了。

影子與她走了進去。

是的。羅霞又看到了另一個影子，或著是朝陽，她的嘴巴張得差一點合不攏。

落日、傻劍、法詩藺、褒姒也看到了這兩個貿然闖進的不速之客。

當他們看到影子時，都傻了，除了另一個影子之外，他們不敢相信竟會出現兩個一模一樣的人，他們看不出兩者之間的任何區別。

坐在宴席上的「朝陽」顯得釋然，他道：「兄台既然來了，就不妨坐下淺酌幾杯，人生能夠相識是很難得的一件事情，何況你我長得又是如此相像。」

進來的影子點頭贊同道：「那倒也是，這個世上，就算是同胞兄弟也不能夠長得像你我這般一模一樣。」於是與羅霞一同在宴席的空位上坐下來。

「請問兄台怎樣稱呼？」朝陽——亦即先來的「影子」問道。

「影子。」影子道出了自己的真實名字，他似乎不想當場揭穿這個假冒之人。

「在下朝陽。」

「幸會。」

影子注視著朝陽，道：「朝陽兄與我長得如此相樣，說不定我們有可能是親兄弟，我從小便是一個孤兒，在孤兒院裡長大。」

朝陽道：「是嗎？真是太巧了，我也是。」

兩人就這麼你一言我一語地述說著童年趣事，奇怪的是，明明是兩個人的童年故事，說起來卻像是一個人的故事。如果不是親眼目睹，任誰也難以相信眼前的事實。

最後，兩人都不再講了，也許是累了，也許是故事不再好笑了。

兩人都望著對方，從對方的眼裡看到自己，又從自己的眼中看到對方，連他們自己都無法分辨出彼此。

時間不斷流逝，菜涼了，酒冷了，天也亮了。只是故事還沒有講完，它在沉默中進行著。

所有人都在等待著最後高潮的來臨……

影子突然站了起來，將面前的一杯酒一口飲盡，道：「感謝這個晚上的盛情款待，就此別過。」說完，大步走出了這間包廂的大門，從眾人的眼中消失。

羅霞隨後追上了影子，道：「你爲什麼不當場揭穿他，表明你的身分？」

影子停下來，道：「那你有沒有找到我與他之間的區別？」

羅霞搖了搖頭。

影子道：「這就對了，連我自己都分辨不出我是他，還是他是我。」

聖摩特五世的病好了，天衣去見了他。

待天衣回來，他隻身去找了一個人，是聖摩特五世讓他去找的。

天衣要見的人是小藍。

此時，他們相聚的地方是一間普通而不惹眼的小茶樓。

天衣喝了一口茶，道：「你能告訴我，到底哪一個是真的，哪一個是假的嗎？」

小藍道：「我不能確定，他們兩人完全一模一樣，無論是長相、語氣，還是神態，兩人也都清晰地記得自己是誰，有著怎樣的經歷。」

天衣聽後良久不語。

「那陛下有何指示？」小藍道。

「陛下只是說，這世上只能夠有一個大皇子古斯特！」天衣道。

小藍不語，她知道，這個重任無形中已經落到了她的肩上。

天衣也沒有說話，他又喝了一口茶，便走出了這間小茶樓。

他知道，這種事遲早是會發生的，無論是他，還是聖摩特五世，抑或整個雲霓古國，都有這種心理準備。只是事情突然間發展得有些快了，這種突然變化，要是不能夠捍上，很可能便是這場「地下」戰事的失敗者。

第十八章 虛空殘影

影子好好地睡了一覺，當他醒來時，天還沒有亮，顆顆銀星毫無規律地散落在夜幕下。他摸了一下自己的衣服，濃重的露水已經將他的衣服打濕了。

原來，他又在屋頂上睡覺。

枕著星星睡去的感覺雖然好，但被露水打濕衣服，卻不怎麼好受了。

他提了提貼著身子的濕衣服，搖了搖頭，顯得有些無奈。

正當他發愁時，旁邊有一個聲音道：「衣服濕了？」

「嗯。」影子點了點頭，也不往身邊看去。

「想不想換件衣服？」

「當然，只是我不穿女人的衣服。」

一件衣服丟在了影子的手中，是一件男人的服飾，影子拿起衣服正欲穿上，卻又停了下來，道：「可不准偷看。」

他仍沒有向身邊望去，他的樣子像是在對衣服說話。

衣服自然沒有回答，身邊之人也沒有發出聲音。

影子又道：「可不許偷看。」

仍沒有聲音回答，可他此時的衣服已經換好了。

說實在話，這是一件不錯的衣服，有著月亮一般的顏色，有著湖水一般的輕柔，穿在影子身上極爲合身，就像是量身定做的一樣。

「謝謝。」影子道。

身邊還是沒有任何反應。

影子終於忍不住向身邊望去。

一雙明亮的鑽石般的眼睛，似可洞穿人肺腑般正望著影子，彷彿一直在等待他轉眼相望一般。

眼睛的主人是法詩藺，此時，影子所在的屋頂正是暗雲劍派法詩藺的房問上面，不知何時，影子來到了這裡。

法詩藺道：「你終於敢看我了。」

影子本想移開目光，聽到法詩藺之言，卻道：「是嗎？難道我什麼時候不敢看你嗎？」

「你一直都不敢看我。」

「我怎麼不記得？」

「因爲你不想讓自己記得。」

「我怎麼會不讓自己記得？難道你長得不漂亮嗎？不，你是雲霓古國第一美女，這樣的女人我怎麼會不看？你一定是想冤枉我。」

「你不用裝著對什麼事都不在乎的樣子，我知道你不是這樣的人，你裝得也不像。」

「你又在冤枉我，我幹嘛要裝著對什麼事情都不在乎？我本來就對一切都不在乎，不過，對你這樣的美女我可不能不在乎。」影子道。

法詩藺望著天上的月亮，幽幽地道：「一個人要騙別人容易，但若欺騙自己可就難了。」

「騙自己的人一定是傻子。」

「當一個人不再擁有的時候，他唯一可以做的便是學會不要遺忘；當一個人連自己都不再擁有的時候，他唯一可以做的只是遺忘。」法詩藺突然毫無目的地說道。

影子一笑，道：「對不起，法詩藺小姐，我可不太聰明，不明白你說的話是什麼意思。不過，在我們那裡，有一種叫做哲學家的經常說這種話，我想你和他們是同一類的。」

「你懂的，你只是裝作不懂。我不知道你是朝陽，抑或朝陽是你，但你絕對是我認識的人，這是可以肯定的。我只是想說，我能夠理解你。」

「理解我？」影子突然冷笑道：「沒有人可以理解我，包括我自己，就像我現在不知道自己爲什麼要殺你一樣。」

影子的雙眼如電一般射出兩道森寒的極光，手中的飛刀沿著兩道極光閃過，狠狠地插進法詩蘭的心臟。

這是沒有任何徵兆的突變，隨著飛刀的拔出，鮮血陡地噴射而出……

影子對著法詩蘭冷冷一笑，道：「謝謝你的衣服。我是朝陽。」然後便離開了。

法詩蘭看著血從自己的胸口不斷湧出，心臟漸漸衰弱，卻沒有一絲痛苦。

她自語道：「原來被人刺中心臟只是有一點涼涼的感覺，就像是將手伸進清涼的湖水中一般。」

她緩緩閉上眼睛，沒有絲毫死亡將至的恐懼，反而顯得特別安詳，細細體味著血從體內流向體外，靈魂意識與身體慢慢分離的感覺。

她突然覺得，其實人的死並不是一種消亡，而是靈魂與軀體進行分離，一個上升，一個下降，不能夠再重合一起而已。

她的臉竟然有了一種大徹大悟的笑意。

「嗖……」一道人影似利箭一般破空而至。

是影子！

真正的影子！

影子連忙將法詩蘭擁在懷裡，驚恐地道：「怎麼會這樣？到底是誰幹的？」

最後一句話的聲音很大，直裂虛空。

法詩蘭緩緩睜開有些沈重的眼皮，對影子擠出了一絲笑意：「我感覺到了死。」

「不，你不能死！你絕對不能死！」影子大聲吼著，抱著法詩蘭在屋頂上飛掠而去，眨眼消失。

暗雲劍派眾人被驚醒，皆不知發生了什麼事。

斯維特躍上屋頂，他看到了一件濕衣和一些血跡，血跡上面還有溫度。

他知道有人剛剛離開。

不知爲何，他的心中竟有些不安，剛才，在夢中他似乎聽到妹妹法詩蘭的聲音。

「難道法詩蘭出了事？」他的心陡然一怔，連忙從屋頂飛身而下，猛地推開法詩蘭的房門。

房間內空空如也，連一絲人存在的溫度感也沒有，他知道法詩蘭一定出了事。

於是，他大聲喝道：「所有暗雲劍派弟子聽命，就算是將整個皇城翻過來，也務必找到大小姐的下落！」

「是！」眾劍士領命而去。

斯維特不明白到底發生了何事，但他知道絕對不能讓法詩蘭出事。這是父親離世之前一再囑咐的遺命，也是大哥殘空要他以生命許下的承諾。

他的心很亂！

與此同時，影子抱著法詩藺在屋頂上飛掠，風在他耳邊發出嗚嗚之聲。

他不知自己抱著法詩藺要去往何方，但他聚集全身的力量在奔跑著。他只知道不能讓法詩藺有任何事，他必須讓法詩藺活著。

他答應過那寄居在天脈內，所謂的魔族聖主要保護的畫中之人，他沒有能夠做到；現在，他曾經在心裡悄悄對自己說過要保護的女人被人用一柄飛刀插在了心臟上……

法詩藺的樣子很虛弱，雖然被封住了穴道，但她胸前創口處的血還是在不斷地流出。

此刻，她才感覺到了痛，她不知道爲什麼，就像她不明白爲何飛刀插入心臟居然不痛一般。

她不明白，既然身體的破壞不能夠讓人感到痛，那人應該在什麼樣的情況下才感到痛？或者痛並非是來自肉體的。

她還沒有能夠想清這個問題，但她的意識已經開始模糊了。

影子看到了巍峨的城門佇立在前方，他的右腳蹬地彈跳而起，身形便化作一條弧線出現在了城樓之上。

巡夜的禁衛軍待感到他們四周的空氣受強大的氣勁所波動，再向影子落地之處望去時，影子又化作一條弧線在他們的視野中消失成一個點，直至消無，融入夜色。

終於，他腳下一滑，倒下了，他用自己的身子先著了地，這也用盡了他最後一點力氣。疾速拚命的奔跑，他的體力早已經透支，只是憑著意念，他才沒有倒下來，但再強的意念也不可能支撐著一個人連續不斷跑遍整個幻魔大陸。

影子望向懷中的法詩藺，她的眼睛已經閉上，她的氣息已經停止。

她已經死了?!

是的，法詩藺已經死了。

影子看著法詩藺比月華還要慘澹的臉，心一陣揪痛，有若刀絞。

他把眼睛轉向天上的月亮，幾近低斷地道：「我知道你在騙我，你是不會死的！你總是喜歡看到我受傷害的樣子，你已經這樣傷害了我一千年……」

那幅空白的畫卷從影子懷中滑落下來，它平展開來，空白的卷畫在月光下，這時又現出了那酷似法詩藺的美女。

影子仍只是望著天上的月亮，他的臉上掛著似笑非笑的表情。

一滴血，順著法詩藺已經死去的手指尖滑落而下，正好滴在畫上。

畫卷之上，血紅之色迅速蔓延，片刻間，便染遍整幅畫卷，畫卷之中的美女重又消失。

「你答應過我，要好好保護她的。」

影子的耳際突然又響起了魔族聖主的聲音，他無動於衷地道：「你應該知道我把她給毀了，我騙了你。」

沒有聲音再響起……

冷，從法詩藺的身體傳來。

冰凍了影子的手，更冰凍了影子的心。

他又笑了笑，這是一種無限淒苦的笑。

他不知自己做了些什麼。

此處，竟然是雲峰山的巔峰，他不知爲何要將法詩藺抱至此處。他是第一次來到這裡，卻發現有些熟悉。

四周雲海飄浮，冷風陣陣，三面居然是懸崖峭壁。

影子忽然想起，這是在夢中見過的場景，那個坐在懸崖邊的少年卻不見了。

「究竟爲什麼要來到這裡呢？」影子問著自己，他發現自己現在總是想不清一些問題，有時候連自己做什麼都不知道。

「難道來到這裡可以救活法詩藺？」

影子問自己問出了聲，他是無意的。

「是的。」有一個聲音回答著。

影子回頭一看，發現了歌盈。

「你能救她嗎?」影子毫不意外地看著歌盈道。

歌盈道:「如果你肯犧牲自己的性命,就可以救她。」

「我的性命?」

「我想你是沒有勇氣這麼做的。」歌盈看也不看影子一眼,望著遠處的雲海道。

「如果我願意呢?」影子想也不想,便接著歌盈的話道。

歌盈淡漠地道:「那你就把自己的心剖開,讓我看看你是不是真的願意。」

「這很重要嗎?」

「不重要,我只是想看看你的心。」歌盈道。

「這是代價?」

歌盈不語。

影子又道:「你唱那首歌好嗎?我想聽那首古老的歌。」

「我的歌是絕對不會唱給你聽的。」歌盈斷然道。

「我想,如果我死了,就再也聽不到這首歌了。」

歌盈轉目望向影子,厲聲道:「本就不存在這首歌,你何須聽到?」

影子低頭撕開胸前的衣服,他的右手出現了一柄銀白的飛刀。

他凝視著心臟跳動的地方一兩秒,然後就用飛刀從上至下,斜斜地劃破了胸膛。

動。

血，順著一條直線，快速滑落。

影子的表情很平靜，沒有看到一線痛苦，他抬頭望向歌盈，道：「這樣可以了嗎？」

歌盈道：「我還沒有看到你的心。」

影子將傷口再劃長了些，然後把胸膛掰開。

鮮血如注，熱氣不斷從傷口冒出，整顆心就這樣暴露在了眼前，一下一下，發出均勻的律

歌盈冷冷地看著影子暴露在外的心臟，道：「你的心也和普通人一模一樣。」

「我想是的。」

「你真的不怕死？」

「怕，但我想救她。」

「那好，把你的心掏出來，我就替你救她。」

影子毫不猶豫地將手伸進身體內，抓住律動的心，用手使勁一扯。

鮮血激射，所有一切都停止了……

皇城內。

朝陽看了看自己的胸口，卻發現沒事，甚至連一道疤痕也沒有，但他剛才做了一個夢，夢

見自己掏出了自己的心。

歌盈帶走了法詩藺，也帶走了那幅畫卷。

正當他在大街上走著的時候，一個人走近朝陽，恭敬地道：「請問你是朝陽，還是影子？」

「我不知道。」

「沒關係，三皇子殿下有請。」

「我已經拒絕他了。」

「但這次是三皇子殿下誠心相邀，相信您也在等待著這樣一次邀請。」

朝陽一笑，道：「沒想到他知道我的心事。」

……

三皇子府，會客廳內。

「請問三皇子殿下找我有何事？」朝陽問道。

「你覺得我現在是不是你值得效忠之人？」莫西多微笑著看向朝陽，意味深長地道。

「應該是吧，三皇子做的有些事出乎我的意料之外。一個能夠做出出人意料之事的人，一定是一個不簡單的人！」朝陽淡淡地道。

「你知道我做了什麼？」莫西多頗感意外。

「殿下在我上次離開貴府的兩三天內沒有來找我，這就出乎我的意料。」

莫西多似乎能夠懂朝陽話中的意思，他道：「但我要說的並不是這件事。」

「那我就不知道了。」

莫西多露出笑意，道：「本皇子幫你殺了一個人。」

「誰？」朝陽感到意外，但他又隱隱意識到什麼。

「另一個你，一個假冒你的人，我知道只有你才是真正的朝陽。」莫西多道。

「殿下是怎樣殺他的？」朝陽雖然想到，但還是感到駭然。

莫西多笑而不答，只是揮了揮手。

那個和朝陽長得一模一樣之人就被抬了進來，放在朝陽眼前。他認出了這個人是影子，天下間也只有影子才會與他長得如此相似。

掀開遮住屍體的白布，朝陽看到另一個自己胸口有一條長長的口子，裡面的心臟已經不見了。

朝陽想起了自己爲救法詩藺，歌盈要自己掏出心臟，卻不知爲何夢境裡的事竟發生在影子的身上？

朝陽感到有些眩暈。自己和影子之間究竟有什麼聯繫？

第十九章　祭祖風雲

待朝陽離開了三皇子府後，隕星圖出現在了莫西多的面前。

莫西多意味深長地道：「你知道他是誰嗎？」

隕星圖不解莫西多的問話。

莫西多微微一笑，道：「他就是大皇子古斯特！」

隕星圖聽得一驚，不敢相信地道：「殿下不是開玩笑吧？」

莫西多道：「我也是剛剛才知道。」轉而又道：「或者他誰也不是。」

隕星圖不明白莫西多說的是什麼，他定了定神道：「那三殿下爲何不將他殺了？」

莫西多微微一笑，反問道：「隕大人覺得我應該殺了他嗎？」

隕星圖第一次發現自己的智力不夠用了。

這時，莫西多又道：「隕大人記不記得本月十五是什麼日子？」

隕星圖一時沒有回過神來。

莫西多接著道：「是每年一次的太廟祭奠先祖的日子！所以我要他先去替我殺一個人。」

三皇子府。

莫西多提著小藍的頭顱，面帶微笑地看著小藍死不瞑目的表情，道：「你知道我爲什麼要你殺她麼？」

「你有你的理由。」朝陽道。

莫西多望向朝陽，道：「我沒有理由，我只是想看你能否下得了手，而事實你果然沒有讓我失望。」

「這也是理由。」

莫西多一笑，道：「對了，忘了告訴你，她和你一樣，有兩個身分，一個是小藍，另一個是父皇特別的女死士，名字叫卓雅。」頓了一頓，莫西多又強調道：「是你和我的父皇。」

朝陽無語。

莫西多又道：「上次，她與天衣見面，我這才知道她的身分。一個挺可愛的小女孩，就這樣死了。」

說完，莫西多將小藍的頭摔在地上，摔得粉碎，血肉模糊。

朝陽看著那一團血肉模糊的小藍的頭顱，仍是沒有言語。

莫西多看了他一眼，道：「你想不想知道我是怎麼知道你的身分的？」不等朝陽回答，他指著那一團血肉模糊的東西道：「是她告訴我的，是她親口告訴我的，她說，朝陽也就是大皇子古斯特，不知皇兄有何看法？」

朝陽平靜地抬起頭來，望著莫西多道：「既然她已經說了，我就沒有什麼好說的。」

莫西多道：「真不知父皇這樣做到底是爲什麼，幹嘛故弄玄虛？好好的把皇兄賜死，玩失蹤，我看父皇什麼也不會得到，反而偷雞不成蝕把米。皇兄能夠告訴我，父皇這樣做到底是爲什麼嗎？」

朝陽輕輕一笑，道：「你以爲我知道答案？」

「難道皇兄不知道？」莫西多反問道。

「如果我說不知道，你也不會相信，那就只好什麼都不說了。」朝陽道。

「哈哈哈……」莫西多大笑道：「皇兄還記得早晨說過，我是值得你效忠之人麼？你殺了小藍是表示你的第一步效忠，現在，是你第二次表示忠心的時候了。若我取得皇位，還可以給你留一個席位，免你不死。」

「如果你要我回答，父皇假裝將我賜死的目的何在，對不起，我無能爲力，因爲連我自己也不知道我怎麼死而復活。要麼，你現在便殺了我。」

「你以爲我不敢？」莫西多厲目相逼。

朝陽毫不畏懼地迎上他的目光。

虛空中，有一種很沈重的東西充斥著整個天地，似乎變了一種顏色。是殺意，卻又不全是，隨著對峙兩人心裡的微妙變化而不斷變化。

良久，莫西多才道：「好吧，既然皇兄不願說，我也不加勉強，反正皇兄知道自己的處境，只要皇兄專心爲我做事也好。要是一個人的心像玻璃一樣破碎了，就算是神仙，也不能夠救治。」

「你在威脅我？」朝陽冷冷地道。

「我只是實事求是而已。」莫西多道：「爲了表示皇兄是在說實話，真的不知道父皇這樣做有什麼樣的陰謀。現在，我讓皇兄再去殺一個人，一個掌握皇城八千禁軍的頭領——天衣！」

雨，很大。

整個皇城彌漫在一個虛幻的世界裡，如同電影裡不真實的場景。

風，很狂。

吹打著雨柱變成扭曲的沒有規則的條狀。

朝陽孤立地站在環城大道邊的一屋頂之上，望著大雨傾灑的夜街。

天衣，帶著十名一級帶刀禁衛，穿著雨具，向朝陽所在的這邊方向走來。

他的神情莊嚴而顯得一絲不苟。

迎面，一隊巡夜的禁衛走來，見了天衣，連忙施禮大聲道：「大人好！」

天衣點了點頭。

「走！」巡夜的禁衛繞身而過。

待至與朝陽之間的距離達到最近的時候，天衣抬起了頭，望向朝陽所站立的屋頂。暴雨之中，四道目光相接，如同四道驚電撕裂雨幕，在虛空中劃出一個獨立的世界，只有兩人的世界。

似乎兩人早已感覺到對方的存在。

兩人都沒有進一步做什麼，相視也只是一兩秒時間。接著，朝陽便飛身掠走，彷彿此來只爲看看天衣一樣。

天衣望著消逝的身影，大雨雖然沒有讓他看清對方到底是何人，但那一兩秒的對視，讓他感到了一個強者的存在。

「暴雨之中，屋頂之上，孤立的身影，有殺氣卻又無殺意的目光……」天衣心中默念著，也在腦海中搜尋這樣一個人的存在。

但他似乎並沒有找到這樣一個人。

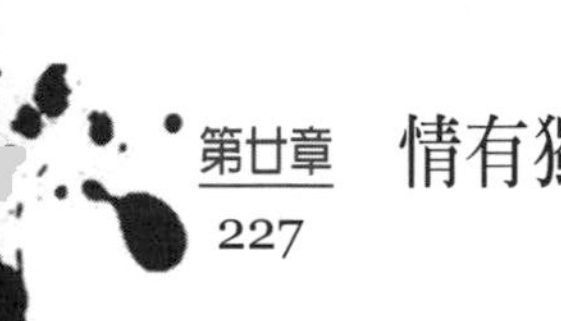

第廿章　情有獨鍾

一個明朗的早晨，紅日初升。

朝會殿內，文武百官齊聲讚頌雲霓古國的千秋偉業，聖摩特五世的福泰永康，雲霓古國的繁榮昌盛，萬世子民的安居樂業。

這是聖摩特五世大病初癒之後第一次臨朝，文武百官都先後恭賀，稱聖摩特五世的康復是萬民之福等讚譽之辭，隨後，掌管財、政、軍、史等首輔大臣彙報各項事宜。

一套程序完畢，三皇子莫西多上前稟道：「兒臣有一事啓奏父皇。」

聖摩特五世看了一眼莫西多，道：「准奏！」

莫西多道：「兒臣看中一女子，兩人情投意合，想近日成親，還望父皇恩准。」

「哦？」聖摩特五世頗感意外，道：「不知是何方女了？」

「西羅帝國的褒姒公主。」莫西多應道。

此言一出，眾文武百官都低聲議論，他們對褒姒公主前來雲霓古國之事皆有耳聞，卻沒想到莫西多會突然提出與之成親之事，甚爲意外。

「褒姒公主？」聖摩特五世低聲吟道。

「是的。兒臣自小在西羅帝國度過一段時日，與褒姒公主相交甚好。前些時日，褒姒公主雲遊至我國，兒臣與之相見，感情更是日行千里，皆認爲彼此是心中最鍾意之人。褒姒公主已修書至西羅帝國，今兒臣特向父皇請奏，還望父皇恩准這門親事。」

二皇子卡西素與莫西多不合，此時，聽他之言，冷聲道：「恐怕三皇弟此言有所謬誤吧？我可聽說，前些時日，在劍士驛館，褒姒公主與法詩藺雙雙求見一個名爲朝陽的遊劍士，言辭之中甚有仰慕之意，怎會又與三皇弟有『日行千里』的感情？莫非這褒姒公主是水性楊花之人？」

莫西多絲毫不惱，道：「二皇兄此言差矣，褒姒公主素以才情第一著稱西羅帝國，她求見朝陽，是因爲欽佩朝陽的才華。況且，我曾請朝陽至府上相敘，褒姒公主當時亦在場，彼此以朋友相見，並無任何兒女私情。二皇兄想必是見多了紅塵中之女子，把她們與褒姒公主相提並論了吧？」

原來，二皇子卡西與大皇子古斯特一樣，是好色之人，只是兩者不同的是，古斯特喜歡女子卻從不進煙花之地，而卡西卻恰恰相反，帝都每一處花街柳巷，皆留有其足跡，莫西多之言，正是指到他的痛處。

「你……」卡西爲之氣結，道：「我是喜歡尋花問柳，卻不像皇弟，求法詩藺不著，轉求褒姒公主，我看你是一廂情願，又是空歡喜一場。父皇若是准奏，派人前去西羅帝國求婚，被人家拒絕，那我堂堂雲霓古國的臉面將何存？」

「好了。」聖摩特五世喝止道：「每次你們都是這樣，叫我以後如何放心將偌大一個國家交給你們？每天總是爭吵不休，不把精力放到正事上。」

莫西多這時道：「兒臣所言並非空穴來風，一廂情願，褒姒公主與兒臣確是情投意合，現在，褒姒公主正在殿外候見。」

聖摩特五世想了想，道：「要是三皇兒能夠娶到褒姒公主，也未嘗不是一件好事。西羅帝國與我雲霓古國雖略有建交，但一直以來分歧多於認同，兩國的關係也並不怎麼好。如果你與褒姒公主真是情投意合……好吧，還是先宣褒姒公主進殿再說吧！」

不出片刻，褒姒被宣了進來。

褒姒略爲躬身，施禮道：「西羅帝國褒姒，祝聖摩特五世陛下福壽永康，帝業千秋萬載！」

相見過後，聖摩特五世道：「褒姒公主難道真的對我三皇兒情有獨鍾？」

褒姒道：「陛下聖明，褒姒與三皇子確是情投意合。」

聖摩特五世道：「你可有向你父皇稟明此事？」

褒姒答道：「褒姒已修書回西羅帝國，相信不日就有父皇的回音。」

聖摩特五世點了點頭，道：「既然你們兩人同意，朕也沒有什麼反對的，不過，一切得按兩國邦交的禮儀來進行，不能顯得過於倉促，否則會讓其他國家笑我雲霓古國失禮。」

莫西多道：「多謝父皇恩准，但兒臣覺得，我與褒姒公主的婚事應該儘快進行比較好，可以免去一些繁文縟節。」

「為什麼？」聖摩特五世問道。

莫西多回答道：「因為兒臣覺得前些時日，皇兄離去，父皇病重，接二連三發生一些事情，使雲霓古國籠罩上一層晦氣。本月十五乃一年一度的祭奠先祖之日，為了雲霓古國的未來，應當掃去籠罩在眾人心中的晦氣，所以兒臣這時提出此事，就是希望通過婚喜之事來沖掉晦氣。這件事我與褒姒公主商量過，褒姒公主並無異議，並且已經在信中向西羅帝國陛下道明，相信西羅帝國陛下能夠體諒我們的苦衷。」

還沒聖摩特五世回答，二皇子卡西便道：「這怎麼行？國與國之間豈能沒有禮數？我們雲霓古國素有『禮儀之邦』的稱謂，若是兩國結親，草率了事，只怕會讓別人笑話。況且，三皇弟口中的所謂晦氣只是一種沒有根據的說法，不足為信，若是為此，捨棄應有的禮節，只怕是揀了芝麻，丟了西瓜。」接著，卡西望向莫西多道：「恐怕三皇弟這麼著急與褒姒公主成親，背後有著什麼目的吧？說不定，想趁此機會，聯合西羅帝國的勢力，想對我雲霓古國不利！」

「二皇兄豈可說出這等沒有根據的話來？」莫西多質問道。

卡西冷哼一聲，道：「難道你敢說，你從來沒有這等想法？」

「當然沒有。」

「我不信。」

「好了。」聖摩特五世又喝止道：「怎麼每次你們都如此讓朕煩心呢？當著褒姒公主的面，豈不讓人笑話？你們丟臉真是丟到家了！」

卡西與莫西多這才閉嘴不語。

聖摩特五世將目光投向眾文武百官，道：「諸位愛卿怎麼看？」

「臣覺得三皇子殿下所言甚是，所謂……」

「臣認爲二皇子殿下所言有理，禮儀之事關乎一個國家的國體，是一件舉足輕重的……」

「臣以爲三皇子殿下實是爲雲霓古國著想，其用心之良苦實在是值得我等學習效仿……」

……

文武百官，各種觀點，紛遝而來，卻又無一不是空話，沒有一個人之言能夠讓聖摩特五世信服，只聽得他甚爲厭煩，揮手道：「好了，問你們也等於白問，沒有一個人不是在說客套話，平時與誰關係好些，便幫著誰說話。此事先到此爲止，容後再說。」

眾文武百官乖乖地閉上了嘴。

莫西多這時又稟道：「兒臣還有一件事想啓稟父皇。」

「講。」聖摩特五世道。

莫西多道：「兒臣見到一個人很像大皇兄古斯特。」

朝會殿內頓時靜如死寂，眾人連大氣都不敢喘一口，他們這才想到真正的事情才上演。

聖摩特五世的臉色變幻不定，道：「不知皇兒見到的是一個怎樣的人？」

莫西多沒有看聖摩特五世的臉色，低著頭道：「他已經死了，心臟被人掏了出來，屍體在殿外，不知父皇要否傳見？」

聖摩特五世沈聲道：「傳！」

「傳，長得像大皇子之屍體進殿！」

不知是誰教了傳音之人傳出這樣一句令聖摩特五世勃然大怒的話，結果屍體還沒有抬進殿來，傳音之人已經被推出去斬首了。

莫西多心裡在冷笑。

一間偏僻的小茶樓。

朝陽坐在樓上靠窗口的地方。

窗外是一條小街，很靜，只是偶爾有人走過。

靠窗邊，有一隻竹編的鳥籠，圓圓長長的形狀。鳥籠內有一隻在幻魔大陸很常見的小鳥，叫「拉姆」，意思是會唱歌的意思。

拉姆有一身黑中帶彩的羽毛，很好看，陽光穿過鳥籠的網眼，投在羽毛上，很炫目，有著七彩的顏色。

此時的拉姆沒有唱歌。

鳥籠在微風中不斷轉動著，拉姆在鳥籠內上下跳動，不知疲憊，朝陽則只是望著那上下跳動的拉姆。

「不唱歌的拉姆。」朝陽說道。

他的聲音很輕，彷彿是在說給自己聽的。

「世界上有一種鳥是沒有腳的，牠只能夠一直在天上飛呀飛，飛到累了就睡在風裡，這種鳥一輩子才下地一次，那就是死亡的時候。」朝陽記得這是一部電影裡的一段台詞，此時他想起了。

用他自己的話說，這種鳥是用行動代替思考。眼前的這隻拉姆似乎也是，牠總是上下跳動著，沒有唱歌。

茶樓很冷清，只有朝陽一個人，就連茶樓的主人也沒見露面。

唯有朝陽面前的那壺熱茶冒出的熱氣，才讓人感到這裡的生氣。

朝陽來到這裡是要殺天衣，而他知道天衣今天會在這裡出現。

這是他從小藍的房間裡找到的一條訊息。

他緩緩舉起茶杯，湊近嘴邊喝了一小口，眼睛仍是望著鳥籠內上下跳動、不歌唱的拉姆。

腳步聲，這時從樓下傳來。

「踏踏踏踏……」二十四級木階梯一下一下發出響聲，整整二十四下，不多不少。

天衣出現在了朝陽所在的那間茶樓，兩人之間的距離相差不過十米。

天衣看到了朝陽，他的腳步停了下來。

「請坐！」朝陽望著鳥籠中的拉姆，淡淡地道。

天衣稍稍猶豫片刻，便在朝陽對面的空位上坐了下來。

朝陽爲他倒了一杯茶。

天衣望著微微蕩漾，冒著熱氣的茶水，道：「昨晚是你。」

「請喝茶再說。」

天衣輕喝了一口，放下茶杯，望向朝陽。

朝陽仍只是望著風中轉動的鳥籠。

片刻後，他道：「昨晚，我殺了小藍，砍下了她的頭顱。」

「所以你今天來殺我。」天衣道。

「不錯。」

「你知道你是誰嗎？」

「我不知道。」

「你是雲霓古國的大皇子古斯特。」

「聽說他已經被聖摩特五世陛下賜死了。」

「那是一個騙局。」

「我想，我也是被騙的人之一。」

天衣冷冷一笑，道：「能給我一個理由嗎？」

朝陽淡淡地道：「我也需要你給我一個理由。」

天衣於是說了一個故事，一個關於江山社稷的故事，故事裡透著一種無奈和置之死地而後生的決心，被殺只是一種策略。

朝陽也講了一個故事，故事說一隻鳥兒很自由地在天空遨翔，結果被人抓住，關在籠子裡，鳥說，這不是牠想要的生活。

天衣道：「你應該知道你是雲霓古國的大皇子，是雲霓古國未來的繼承人。」

朝陽道：「可沒有人把我當作雲霓古國的繼承人。」

天衣無話可說了。

良久，天衣才道：「你現在是不是受制於三皇子莫西多之手？」

朝陽第一次抬眼望向天衣，微微一笑，道：「天衣大人覺得我是受制於三皇子之手嗎？說不定這是我真實的意願。」

天衣一震，良久回不過神來。

最後，天衣離開座位，站了起來，臉上回復不苟言笑的嚴謹肅穆之情，道：「如果你覺得有能力殺我，就不妨動手。今天早朝，我看到了一個與你一模一樣的死人。」

朝陽搖了搖頭，歎息道：「一早看見死人，看來天衣大人今天的運氣不太好。」

一陣疾風吹過，鳥籠飛快轉動，籠中的拉姆四處亂竄，發出驚恐的尖叫聲。

茶樓內，一道幽光破空而出。

那是一柄劍，毫無花巧，清爽俐落卻又玄乎其玄的一劍。

劍，碎空，裂氣，劃弧，生出一往無回的信心，夾著不死不休的霸殺之氣。

劍，有形卻又無形，凝聚著一種力量，一種精神，一個遠古的期望和殺伐，然後深深地嵌入虛空之中，成爲虛空的一部分。

那是朝陽的劍，朝陽今天特意帶了一柄劍，他要看看烙印在腦海中那些變幻莫測、玄之又玄的劍式是否真的如魔族聖主所言。

而劍出，陡地將他的心帶入一個極高的、從來不敢想的境界，看到了以往看不到的契機，感到了全身細胞都被這一劍調動起來，激發了許多沈睡在體內的因子。

這普普通通的一劍竟讓他有一種不可駕馭之感，但這一劍還是神鬼莫測地擊出了。

天衣驚，是的，他不得不驚，他也同樣用劍，卻沒有想到劍可以使到這種地步。

他曾經聽說過，一個高超的劍手可以賦予劍強大的生命，而反過來，劍又可以成全著主人，激發著劍手生命的潛能。

而現在，他似乎看到了這樣一柄劍，一柄既抽象又具體的劍。

朝陽感到自己的氣勢在瘋漲，似乎這柄劍每推進一寸，他的氣勢便要增強一分，而且劍勢快得驚人，又讓他感到自己手中不是一柄劍的錯覺，因爲手中的劍竟隨空氣中微妙變化的契機而變化。

而這一切又源於天衣還沒有出手，僅僅是天衣思維的變化而引至周遭虛空微弱的變化的情況下。朝陽不敢想像，若是天衣出手，自己手中的劍會是怎樣的變化，掌握著怎樣的契機。

但天衣畢竟是天衣，他有今天的地位，是靠手中的劍一點點積累起來。

所以，無論遇到什麼樣的情況，他首先要做的是讓自己保持冷靜。

他的眼睛壓縮成一條縫隙，瞳孔之中出現了一個光點，最後，他將眼睛閉上了。

天啊，在此危急時刻，他竟然將眼睛閉上了！

是的，天衣將眼睛閉上了，他相信自己的眼睛，更相信自己的感覺，眼睛有時候可以騙人，但感覺不會。

他必須找出朝陽的劍在推進的過程中所有的變化規律，他必須找出破綻！

是的，面對如此可怕的一劍，他應該學會等待破綻。

劍一寸一寸地在虛空中推進，這種等待的過程是漫長的，其每進一寸都有著千萬種變化，千萬種可能，更讓等待成爲比光速還要快捷的思維變化。如若思維跟不上劍在推進時的變化，唯一的結果便只有死。

這就是朝陽第一次出劍給天衣所造成的壓力。

劍，仍在推進。

……兩尺，一尺，半尺……三寸……兩寸……突然，虛空中出現了另一道電光，然後便是劍出鞘時的磨擦銳嘯。

天衣出劍的速度竟然比聲音的速度還要快！

天衣的劍居然觸上了朝陽的劍尖，隨即一滑，竟貼著朝陽的劍鋒滑進。

四濺的火星伴隨著刺耳的銳嘯，使空氣中的因子在爆炸分裂。

而與此同時，天衣的眼睛陡地睜開，凜冽的神芒在四濺的火星背後迎上朝陽的雙目。

兩人的神情達到一種極至的凝重，心緒成爲繃至極限的絲弦，隨時都會崩裂。

天衣根本就沒有找到朝陽劍勢中的破綻，或者說，朝陽劍勢中似乎沒有破綻，他唯一可以利用的是自己的直覺，而事實上，他的直覺並沒有欺騙自己。

兩柄劍同時控制了對方劍勢的進一步變化，就在兩柄劍沿著劍刃滑至彼此的劍柄時，兩人劍勢竟然同時急轉，而這時進攻的是腳。

是朝陽與天衣的腳，兩人同時出腳！

第廿一章　傳承千年

兩人似乎都洞悉了對方的進一步變化，而搶先出腳，但他們沒有想到，在出腳的速度、方位、角度，任何一方都沒有占得先機。

他們的思維從分析、判斷，到發出指令，竟有著驚人的一致。

「砰……」兩隻腳尖踢在了一起，強烈的爆發力使兩人的腳尖成爲一個核心，強大的氣勁使空氣四射震蕩。

整個茶樓的桌椅全部掀翻，門窗被強烈的氣勁撞碎，斷木飛濺。

鳥籠中的拉姆發出痛苦、淒慘的厲號。

兩人同時倒退八大步才止住身形。

又是一個完全相同的姿勢！

其實，朝陽目前的功力與精神力，與天衣根本就不相上下，故而有著這種情況發生。

但從劍勢的變幻莫測來講，朝陽傳承千年前魔族聖主的劍勢則是曠古鑠今的，儘管天衣的劍法也得自名家異人之傳，所以天衣才對朝陽剛才的出劍感到無比震駭，莫測其變化。

但朝陽似乎並非完全得心應手於腦海中所存在的劍勢，看來任何東西的適應，都必須有一個過程。

而這，並不能妨礙朝陽今天的必殺之心，剛才的出劍本就讓他感到一種莫名的興奮，讓他充滿一種「戰」的欲望，有著天衣這樣的對手，又豈能錯過？

於是，就在朝陽雙腳剛一站穩之時，他手中之劍又出擊了。

這次出劍竟然完全不同於剛才，在虛空中演繹出萬千變化，紛繁複雜。

朝陽發現竟然不是劍在舞，而是自己的思維在動，思維鎖定著天衣的契機，想到天衣可能會有什麼樣的變化，而手中之劍就這樣將可能的變化一點點封鎖。

天衣又一次陷入了一種困境！

朝陽手中舞動的劍明確地告訴了他，這是一柄可以任意改變方向和角度的利劍。他的直覺告訴自己：朝陽的劍正在以一種超越視覺的速度震動著，這種震動導致的結果是萬千道劍氣。

劍氣在割破著天衣身體周圍的虛空，只等待著他的反應。

這是一種由意念形成的劍氣，是一股強大的精神力對周圍空氣所產生的氣勁牽扯，以精神力牽動虛空而發生變化。

劍可以隨風而動，應風而舞，因此以精神力牽動的劍，可以任意改變方向，不受劍勢本身變化的牽制。

這種劍法，天衣只曾聽到他的師父提及過。

對於天衣的劍術師承何人，一直是一個謎，天衣從不向人提起。這種不提起，當然不是羞於提起，而是他的師父太有名了，有名得讓人容易產生嫉妒。

只有他自己知道，他的師父是一個飄逸歸隱之人，對任何事都看得極淡，已經淡至虛無，對世間萬物的領悟已經達到了「空」、「破」的境界。

而這樣的人，幻魔大陸只有一個，那便是神族的異類——空悟至空。

他一生下來便冷眼看世界，看透世事，認爲世間一切本是虛空，只是精神的罣意不肯破，所以他一生主修虛空。

一次偶然的機會讓天衣遇到了空悟至空，他見天衣頗有悟性，便傳天衣一些劍術。他認爲天衣最大的缺陷便在於一個「戀」字，有了「戀」便看不破，就不能達到虛空。他說，如果天衣一生中能夠遇到讓天衣看到「空」之人，那天衣就圓滿了，可以達至「虛」境。

而這樣的人必定來自於劍，因爲天衣一生沈迷劍道，是劍成就了他，必須是劍讓他看到「破」，這樣的劍只有——意劍，意念之劍，來自於傳承上古的魔族之劍。

現在，天衣似乎看到了這樣的一柄劍。

「飄忽輕靈，虛實莫測，變幻無窮，隨風而動，一切全憑意念催發。」這便是空悟至空的描述。

而「意劍」在朝陽身上出現，天衣感到了害怕，來自骨髓的害怕。

他怕自己的臆測成爲現實，朝陽如若真的習了魔族的「意念之劍」，只怕會走上一條不歸路，這是他與聖摩特五世最不願見到的……

而空悟至空所說的「空」，他已經忘了，他所要做的是制止這種情況的延續發展，哪怕打破制定好的計劃。這個計劃的最終目的是絕對不能讓朝陽成爲新一代的魔族聖主！

所以，天衣的氣勢霎時如烈焰般高漲，須臾之間便盈滿整間茶樓。

他必須立即擊潰朝陽強大的精神力，他不能讓朝陽在這一條路上再走下去。

朝陽也感到了天衣這瞬間的變化，他的心間有了一種無形的壓力，這來自於天衣手中之劍所散發出的強大精神力的壓迫。

思維變化是複雜漫長的，但真實時間的變化卻只是轉瞬之間。

晴朗的天空下，突然劈下一道驚雷，直穿這普通的茶樓，接上天衣手中高舉之劍。

整個茶樓的虛空中頓時耀起無數銀蛇般的小小驚雷。

天衣竟然以自身強大的精神力和功力接通了天地間的力量！

此舉若是不能擊出，導致的結果定是碎屍萬段。

「破空之劍」！

暴喝聲中，耀亮的驚雷向朝陽的劍和朝陽的人疾劈而下，狂風怒吼，萬物蕭然。

朝陽本來存在於虛空中已經擊出的劍在這強大的攻勢之前竟然消失了。

不，這只是一種假像！

就在天衣全力擊出，卻未擊中目標之時，他陡然感到了內心極度的空虛。

彷彿心死了，人死了，萬物盡數消亡，宇宙蒼穹間只存在一個不真實的、虛無的自我，準確地說，是只剩一種意識、意念。

原來一切都顯得那麼不真實。

而此時，他卻看到了朝陽和朝陽手中的劍，它已緩慢地向自己刺來，而自己被束縛著靈魂，竟然一動也不能動，眼睜睜地看著劍向自己刺來，卻束手無策。

「虛幻攻擊。」天衣極度空虛的大腦猛地電閃過這樣一個概念！

完全無跡可尋的精神進攻！

「轟……」茶樓塌了，瓦礫飛濺，樹木橫飛，塵埃高揚入空。

朝陽與天衣沒入廢墟之中。

一個老老瘦瘦的店主人在一根橫木即將砸著他的時候，飛快地逃離了茶樓。

剛才沒有客人，他在假寐，醒來時，就莫名其妙地發生了這種事，讓他摸不著頭腦。

廢墟之中，朝陽臉色蒼白地站了起來，緊接著，天衣拄著劍也站了起來，他的嘴角不斷地有血在流出。

原來，就在天衣使出「破空之劍」時，朝陽的腦海中則出現了靈魂與肉體分離的畫面，那是受天衣強大精神力的壓迫而浮現的。他的思維轉動，卻有一束精神力脫離了肉體的控制，神不知鬼不覺地進入到天衣體內，影響著天衣的思維，瓦解了天衣的攻勢，導致 部分未完全發出的功力與精神力自噬，這一點連朝陽都感到不可思議。

但現在，朝陽顯得很平靜，他的臉帶著微微的笑，一步一步地向天衣走去。

他很清晰地知道，現在只要舉起劍，猶如殺雞般簡單，就可以解決掉天衣。

天衣努力用劍支撐著身軀，不讓自己倒下。

朝陽手中的劍在天衣脖子上輕輕劃過，一條血線流了下來。

他道：「不知天衣大人還有什麼話說沒有？」

天衣臉上仍是一絲不苟，一副嚴謹的模樣，他道：「我要說的是，你現在走的是一條不歸路，你學了魔族每代聖主的『意念之劍』，不能夠將你救脫出來，反而會讓你愈陷愈深，分不清自己是誰。」

朝陽心中一怔，臉色卻仍是如常，道：「天衣大人臨死也要危言聳聽？」

天衣道：「爲什麼會出現兩個一模一樣的你，我想你一定想知道答案。」

「我確實想知道答案。」朝陽直言不諱地道。

「那是因爲你的靈魂被別人盜用了，別人用你的靈魂造出了另一個你。原來我還弄不清原因，因爲只有魔族之人才會發生這種『靈魂被盜用』之事，而現在，我已知道是爲什麼了，因爲你已經是魔族之人，與魔族訂立了某種契約。」天衣漠無表情地道。

「我沒有與任何人訂立什麼契約，更非魔族之人。」朝陽斷然道。

「你騙不了我的，你剛才使出的劍式與『另一個你』便是很好的證明！」天衣強忍著吞下一口湧上喉頭的鮮血，說道。

「我說過沒有與任何人訂立契約。」朝陽再一次聲明道。

天衣道：「你很激動？」

朝陽一驚，他也不明白爲何自己會如此激動，他感到自己似乎在害怕什麼。

他穩定了一下自己的心緒，道：「看來天衣大人臨死也要讓人不得安寧，那我就趁早讓你上路。」說罷，手中之劍朝天衣脖子上抹去。

就在這時，朝陽手中之劍受到一股強大無匹的力量衝撞，蕩開了。

待他定睛看時，一陣黑色疾風自他眼前飄過，帶走了劍下的天衣。

朝陽心神一斂，騰身而起，直追過去。

而在原地的一根斷木下，竹編的鳥籠被壓扁了，奇怪的是鳥籠內的拉姆似乎沒有死，牠正在撲動著脆弱的翅膀。

倏地，在一個破孔裡，拉姆的頭鑽了出來，接著是有著黑緞羽毛的身子，牠撲動著翅膀，竟然飛上了高空。

牠竟開始歌唱了！

朝陽停下了腳步，那個救走天衣之人竟在他眼前消失了。

他回頭一看，卻發現自己置身於一個迷宮一樣細窄狹長的巷道裡。

一路之上，他全力追趕，竟忘了注意來到的是一個怎樣的地方。

他回頭沿著狹長的巷道尋找，卻發現怎麼也找不到出路，也不見天衣及那救走天衣的神秘人身影，他確信自己是真的身在一個迷宮之中了。

朝陽不知，爲何被引至這樣一個地方而渾然不覺，他只知道自己的心被天衣的話撼動了。

他知道自己是一個殺手，而一個殺手是不應該想太多問題的，但是——他現在卻忍不住去想一個殺手不應該想的問題。

說來也好笑，原來他是一個殺手，現在又是一個殺手，可笑的是竟然讓人從自己的劍下將人救走，這對於一個殺手來說不是一件怎麼好的事情，對他而言也是頭一遭遇到。

朝陽沿著細窄狹長的巷道走著，在每一拐角之處都留下記號，可半個多時辰過去，他仍沒有走出去，所處之地像是先前站立之所，處處都是一樣。

他望了望天，天是灰暗陰沈的，看不見太陽，而剛才他還看到豔陽高照，萬里無雲。

他不知道自己看到的是一種錯覺，還是天氣很快變了，抑或，這是人爲造就的一種假像，就像這迷宮一樣，是用來欺騙人的。

這時，一個渾厚低沈的男人聲音在空中飄來：「如果你能夠告訴我，你是誰，我便放你從這裡出去。否則的話，你一輩子也不可能走出這裡。」

朝陽冷冷一笑，道：「又是這個無聊的問題，我現在就可以告訴你我是誰。」

「哦，你是誰？」

「我是你爺爺！」

「可我爺爺已經死了。」那聲音絲毫不惱。

「那你能告訴我，什麼是生，什麼是死嗎？」

「這……」

朝陽冷笑一聲，道：「看來你也回答不了這個問題，又憑什麼來問我『我是誰』？」

那聲音道：「我沒有興趣與你討論這些哲理問題，要是你不能夠回答我『你是誰』，那你就永遠別想離開這裡。」

「難道我就不能自己離開？」

「那你不妨一試。」

朝陽冷冷地道：「天下沒有任何事情可以困住我，何況一個小小的迷宮？你也未免太小看我了！」

一聲冷笑，隨即便什麼都沒有了。

而頭頂的天空也忽然有黑雲飄至，變成了一片漆黑，伸手不見五指，細窄狹長的巷道似乎也開始移動了起來……

天衣重重地咳了一下，吐出一口烏黑的鮮血，站在他旁邊的卻是落日。

原來是落日從朝陽的劍下救了他。

落日扶住天衣的肩，關切地道：「怎麼樣?要不要緊?」

天衣嘴角露出一絲苦笑，道：「還死不了。」

「死不了就好。」落日笑著道。

天衣似忽然想起了什麼，望著落日道：「對了，你怎麼知道我與他相見之事，還救了我?」

落日從懷中掏出一個水果，用衣襟擦了擦，咬了一大口，道：「我怎麼會知道你們相見之事?我只是閑著無事，在皇城四處走走，沒想到你與朝陽正在打架，見你要死，所以就救了你囉。我可不想以後找人喝酒聊天的時候不見你。」

落日的話仍是那樣輕描淡寫，天衣注意到落日所吃的那顆水果有咬過的痕跡，也就是說，落日所言並不虛，他知道落日閑下無事的時候，嘴巴裡老喜歡嚼一點什麼東西，剛好在吃水果的時候，看到了他與朝陽的廝鬥。

落日又咬了一口手中的水果，看了一眼天衣的神情，道：「怎麼，你以爲我在跟蹤你？」

天衣心中確有過此等想法，他與小藍相見之事機密至極，不能爲外人所知，所以他也顯得極爲謹慎。面對老朋友，他直言不諱地道：「我有過這樣的想法，但我知道你不是。」

落日毫不介意地道：「也難怪，你身爲禁軍頭領，什麼事都神神秘秘，自會對任何人都多留一個心眼，我不會怪你的。」

天衣心中一陣感動，除了已經死去的妻子思雅，也只有這個好朋友能夠如此體諒自己。他緊緊抓住落日的手，重重地道：「謝謝！」

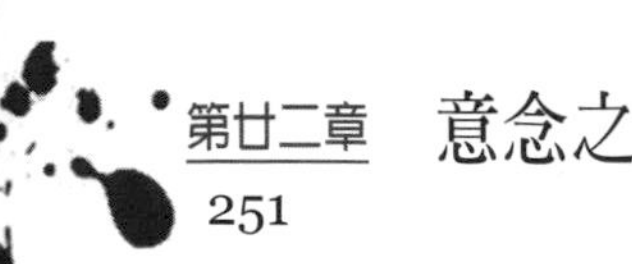

第廿二章　意念之劍

落日一把推開了他的手，道：「你看你受了一點傷，就搞得像女人一樣，肉不肉麻？」

天衣有些不好意思地一笑，這個老朋友總是這樣，無論什麼時候都不給他留一點情面。

落日又道：「你看你現在又曖昧地笑，真讓人受不了，若不是我連你身上有幾根毛都清楚，還以爲你有『那個愛好』。」

天衣一拳打了過去，道：「你說什麼呀！」

「哎喲……」落日故意大聲地叫了一下，道：「好痛啊，沒想到你的修爲竟是如此渾厚，讓我堂堂著名的遊劍士落日，竟不能抵擋。」

表情極盡痛苦似的誇張。

天衣先是一笑，接著，臉上的笑意不由得驟然收斂起來，他想起了朝陽，還有朝陽所使出的屬於魔族的「意念之劍」。

落日帶給他的片刻開心，並不能消去他心中擔負的沈重。

落日又看了一眼天衣，他知道自己再怎樣「表演」，也不能緩解天衣心中所真正承受的東西，遂收起了自己臉上誇張的表情。

他道：「沒想到短短幾天時間，他的修爲竟是如此快地提高。上次在武道館之戰，他連運氣法門和武技都不會，而這次卻……」

落日沒有繼續往下說，現在他與天衣看到的結果是不言而喻的。

天衣沒有說什麼，該要知道的東西他心裡都一清二楚，況且有些東西又不能讓落日知曉。他現在所要做的是制止事情的進一步發展，絕對不能讓朝陽成爲魔族的聖主，而且要將之帶回皇宮，徵求聖摩特五世的意見。

天衣問道：「我們現在身在何處？」

落日一笑，道：「你忘了，這裡是皇城北面的八陣圖，上次我們遊玩至此，耗了三天才走出這裡。」

天衣朝四處一看，果然發現自己是身在八陣圖中，這其中的環境他是再清楚不過了，三天沒吃沒喝的感覺怎麼都不會忘記。

天衣道：「沒想到你會帶他來這裡。」

落日笑道：「剛才我裝模作樣嚇了他一下，在這裡他肯定不會那麼容易走出，像我們上次一樣，他會不知道『我是誰』的，至少要經過三天時間，直到精疲力盡的時候，他才會明白是怎麼回事。」

天衣也不由得笑了，這八陣圖的厲害他是知道的，不由得深深佩服落日的「壞」。八陣圖也與幽域幻谷相似，是一處可以讓人迷失的地方，以「天、地、風、雲、飛龍、翔鳥、虎翼、蛇盤」人為建築而成的幻境，讓人腦海中出現不真實的聯想，眼中看到一切不真實的東西，難以自拔，分不清「我是誰」，故而落日先前才對朝陽有此一問。但當一個人精疲力竭之時，就會發現一切皆是虛幻的東西，不似幽域幻谷那般令人永遠迷失自我。

有過經歷之人倒沒有什麼，很容易便可識穿，而首次涉入此地者，必會被其所惑。

落日又道：「待他精疲力竭的時候，便可任由你處置了。」

天衣不得不佩服落日想得周到，如此一來，便可不費吹灰之力將朝陽帶走，真可謂手到擒來。

「你們未免想得太美了吧？」一聲冷喝突然傳來。

天衣和落日突然一驚。

「轟……」這時一聲巨響傳出，天衣和落日眼前的一堵牆化為粉碎，朝陽神情傲慢，毫髮無損地出現在了兩人的面前。

落日訝然道：「你怎麼會沒事？」

朝陽冷聲道：「你當然希望我有事，可你們都忘了，我置身幽域幻谷尚且能夠進退自如，何況是這等小伎倆？」

是的，幽域幻谷都不能拿朝陽怎麼樣，這小小的一個八陣圖又怎能奈他何？

「看來我的確小看了你。」落日道。

「任何小瞧他人的人都是要付出代價的！」朝陽冷冷地道。

落日哈哈一笑，輕描淡寫地道：「前些日子有朝陽、落日武道館之戰，今日看來又有朝陽、落日八陣圖之戰，只不知結果會是怎樣。我只記得，上次結識了一個朋友。」

「在我心中，落日也是一個值得結交的朋友，但我今天必須擊殺天衣。」朝陽道。

落日道：「天衣也是我的朋友，一個老朋友，我不會眼睜睜地看著一個朋友殺死另一個朋友。」

朝陽道：「我更不願殺死自己的朋友，除非你逼我。」

落日一笑，道：「每一個人都要做一些自己不喜歡做的事，看來，你我今天就是這樣。」

朝陽也笑了，道：「這也許是對人生的一大挑戰，看自己一生所恪守的原則能不能夠經受得住挑戰。」

「說得好！」落日大聲贊同道：「只有在面對挑戰時還恪守原則的人，才是英雄。」

一個要阻止朋友殺死另一個朋友，而另一個必須殺死朋友的朋友，兩人都必須恪守自己的原則，這又可以看成是有關於原則之戰。

天衣這時道：「不，這是我天衣與朝陽之事，我不想涉及到第三人。所以，落日不能夠參進此事之中，你們也根本無須爲了什麼原則而戰。」

朝陽冷冷一笑，道：「如此甚好。」

落日不知朝陽的真實身分，他望向重傷在身、臉色蒼白的天衣，道：「你以爲你還能戰嗎？憑一時意氣而送死，可不是我認識的天衣。」

天衣道：「我並非憑一時意氣，有些事情必須自己解決，這也是我的原則。」

落日笑道：「你的原則？你一個將死之人還有什麼原則？我看你是嫌自己的命長。」

「就算是嫌命長，也是我的事。如果你還把我當作朋友的話，就不要插手這件事。」天衣無比堅決地道。

是的，天衣不想落日參入此事當中，一是不想落日爲難，更重要的則是他不想落日知道朝陽的身分，無論結果怎樣，將來只會對落日不利。

「朋友？」落日看著天衣道：「朋友不是用來當的，而是用來打的。」

說罷，一拳擊在了天衣額頭上，天衣當場昏了過去，倒在地上。

落日拍了拍手，輕鬆地道：「說你像個女人，你還沒完沒了，囉嗦一大堆，不知有多煩，這下你總該安靜了吧？」

朝陽由衷地道：「你是一個不錯的朋友，但你這樣做不是一個聰明人之舉。」

落日無所謂地道：「你看天下稱得上朋友的，又有幾個是聰明人？」

朝陽會意，是的，如果朋友之間顯得太過聰明，這樣也就不能稱之爲真正的朋友了。從這一點來看，落日可以稱得上不是聰明人的真正的朋友。人一生中有這種朋友，是一種莫大的榮幸。

朝陽道：「好，爲了你這句話，若能贏我，我便讓你帶走天衣。上次我僥倖與你戰成平手，而這次，我們可要各憑真正實力。」這對朝陽來說是一種莫大的讓步，殺手只爲達到目的，不擇手段，而這次，他卻有了殺手不該有的承諾。

落日一笑，道：「我上次沒有看錯人，因而認識了一個朋友，我很高興。」

朝陽沒有再說什麼，他亮出了手中之劍，那柄很普通，卻擊敗了天衣的劍。

兩人對話，雖然看似輕描淡寫，神態平靜，但兩人心裡都深深地知道，這是一場真正的，不決勝負誓不罷休之戰，誰也不想敗，誰也不能讓自己敗！落日若是敗，那天衣就得死；朝陽若是敗，不但違反了作爲一個殺手應該恪守的原則，另外，他將無法向莫西多交代，而因此所導致的結果，朝陽很清楚，絕對不會比死好受。從某種意義上說，這是一場比生死還要殘酷的決戰，注定了兩人無所不用其極，無論從心智、武技來說。

落日手中，也出現了那柄通體烏黑之劍，以往，這劍不知藏於他身體的哪一個角落，而現在卻出現在了落日手中，成四十五度角斜指地面。

這是他——也是劍對對手的尊重。

空氣，似乎有些冷了。

八陣圖上空的陰雲壓得很低，冷風從細窄狹長的巷道吹過，夾雜著零星細雨，撲打在人臉上。

所以，讓人感到了冷。

除了身體所感覺到的冷之外，有些冷是來自內心的，是來自一種感覺。

比如現在的朝陽，他就感到了一種來自心靈上的冷，那是無形的風穿透身體，直達心坎的一種孤獨的淒涼。

這是瞬間所產生的莫名情緒，是站在他對面的那個單薄的，幾欲被冷風吹倒的落日帶給他的。

細窄狹長的巷道只有落日與朝陽對峙著，天衣倒在了地上。

落日與天衣不一樣，這在一早，朝陽就已經認識到了。天衣是一個一絲不苟，凡事都循規蹈矩，十分嚴謹之人；落日則不一樣，他是一個性情中人，對任何微妙的感覺都很敏感，能抓住萬物對人心理的影響。比如這低沈的陰雲，這冷風，再加上他精神力的導引，影響著朝陽的心，讓他感到了一種冷。就像季節，天氣的變遷對人心緒的影響一樣，只是這種經由精神力的導引，讓這種感覺更加明顯罷了。

這是凌駕於武技、魔法、心理戰之上的一種感覺之戰，讓人陷於一種無法自拔的氛圍。

兩人雖靜立不動，但無形之中，落日的進攻已經開始了，他所營造的這種清冷感覺已經影響到朝陽的心，還有他的思維。

朝陽身上的毛孔不知不覺中竟在收縮，這是心冷的感覺導致外在的一種表現。

空氣愈來愈冷，溫度也似乎在不斷地下降，虛空中甚至有顆粒狀的東西在墜落，那是空氣中的水分因驟然變冷的溫度而凝結成的冰粒。

朝陽的眉毛和頭髮之上也綴滿了這種細小的冰粒。

這僅僅是一種感覺嗎？不，這也是事實。

朝陽的心在冷的同時，空氣中的溫度也在同步下降。這種溫度的驟然下降，不是來自天氣本身，而是來自於落日手中那柄通體烏黑之劍。

劍正在若隱若現地散發著寒氣，似輕煙般縷縷不斷地向朝陽飄來，悄無聲息。

孤立的心靈之冷是薄弱的，只有通過心靈與外界的結合，才能讓人體驗到什麼叫做真正的冷——可以殺人的「冷」！

來自落日劍意的「冷心訣」。

是的，冷已經通過心，通過外在環境影響著朝陽的思維，而真正的冷則是來自劍上的冷——劍意「冷心訣」。

劍破空！

劍意凝爲巨劍，冰冷的劍鋒頓時綻出萬丈寒芒，耀亮天地。

暴喝聲中，落日單薄的身形陡地變得無比強大，劍意化爲的烏黑巨劍疾劈而下，虛空被一分爲二！

同時，天空壓得很低的烏雲亦被劍狠狠劈開。

虛空破碎，烏雲翻騰。

撕天裂地的一劍！

更可怕的還不是這劍造成的駭人氣勢，而是朝陽頓時感到自己不能動了，四周的空氣如同冰封般被凝固了。

如此變化，竟讓他事先沒有絲毫的覺察，眼睜睜地看著如光似電的巨劍朝他腦門劈下。

這就是落日劍意「冷心訣」的精要所在。

眼看朝陽就要束手待斃之時，他被「冷」所冰凍的心猛地裂開了，冰破碎！

心動的同時，他的思維頓時活了過來，手中之劍也有了生命。

意念之中，他手中的劍揮了出去，赫然見一道寒光迎上了落日劈至腦門之劍。

那是一柄劍？不！那只是一道無形的劍意，而朝陽手中之劍尚未迎上落日之劍。

意念之劍與真實之劍分離，竟然先半拍迎上落日之劍。

「鏘……」劍意與落日之劍相撞，頓時爆出金鐵交鳴之聲，緊接著，朝陽手中真實的劍也撞上了落日那柄烏黑之劍，兩人乍然分離。

落日驚！

朝陽更驚！

落日驚是因爲他曾聽說過意念之劍，而今，他卻在朝陽身上看到了，只是沒有傳說中那種強大的攻擊能力，其作用也只是阻滯自己疾劈而下的劍。

朝陽驚則是他的思維發出的指令竟然與劍發生了分離，先一步迎上落日之劍，也正因爲如此，才讓落日之劍滯緩了一下，從而救了他的命。形勢萬分緊急之下激發的潛能，讓他認識到並不需要真正的劍，僅憑劍意就可以殺人，更無須動手，只須思維發出指令，以渾厚的功力和強大的精神力作爲依託，但他發現自己的功力與精神力並不夠，剛才情急之下所發出的劍意已經讓他有種虛脫之感。

但這種發現又讓他興奮不已，若是僅憑意念便可殺人，那實在是超越自然的一種能力。

兩人落地站定，強大的勁氣衝撞著巷道兩邊的牆壁。

勁風橫溢。

落日道：「我現在才明白，何以天衣會敗於你手，你竟然會魔族的『意念之劍』！」

朝陽道：「我亦明白，若非你上次暗中相讓，我絕對不可能與你戰成平手。不過，我很高興有你這樣的對手，我可以更加清楚地知道自己的實力，激發自身的潛能。」

「多少年了，能夠遇到你這樣的對手，實在是對我達到極限劍道的一種全新挑戰，這樣的一場戰鬥，我已經期待多年了。」落日的話語竟然顯得無比感慨。

「那好，就讓我們轟轟烈烈地大戰一場吧！」朝陽滿懷豪情地道。

的確，自從魔族聖主將武技魔法傳於他後，每一次決戰，他都有著新的發現，新的收穫。

豪情聲中，朝陽飛身躍起，暴喝道：「冷心訣！」

他竟然學起了落日剛才使出的劍意。

雖然劍意相同，朝陽使出，卻有著截然不同的效果，根本就不需要事先的精神力的導引，營造一種氛圍。

劍意一揮，猶如極北之冬夜，萬物冰封，寒氣侵神。

與落日使出時的悄然入侵相比，有著的卻是無限的霸烈和兇猛，強行入侵。

冷，本是一種無形的感覺，朝陽以劍意催動的「冷心訣」，則使冷化爲一種有形的存在，如萬千劍影，將落日困在其中，形同牢籠。

落日被劍意圍困得密不透風，他沒有想到朝陽將他的「冷心訣」通過另　種形式表達出來，與他所使出的效果卻如同兩種極端，內心亦感到霸烈冷意的不斷入侵，他從未有過將「冷心訣」使出這樣的效果。

但他顯得極爲平靜，不浮不躁，萬變不驚。

沒有誰比他更懂得「冷心訣」的精義所在，還有缺點之所在。

劍意所形成的劍球不斷收縮，頃刻間就連吸氣亦感困難，而落日卻沒有絲毫的反應，他靜待以發，似乎在等待著什麼。

而他的身形已被霸烈的寒氣所冰封。

第廿三章　五情劍意

這時，朝陽手中之劍觸及他身體四周被冰封凝固的空氣。

「砰……」一聲輕微聲響。

冰碎！

落日之劍動，人又隨劍動，當下卻朝劍意最濃之處直撞。

落日人劍合一，化作一道森寒鋒利的幽光，當下撕開劍意最盛之位，直沒虛空之中。

他消失了！

不，他並沒有消失，他只是視覺上的不見，而在朝陽心中，突然又感到籠罩了另一種極端的劍意，與先前「冷心訣」的冷意相比，現在是一種愁意。是的，是一種屬於深秋的極濃的愁意。

——愁心鎖！

它與「冷心訣」一樣，是落日從人類情緒演繹提煉出的「癡」、「狂」、「冷」、「愁」、「怒」五式劍意之一。

愁勢劍意無形滲透而出，先前極爲霸烈的寒冷之意轉瞬變成了一種愁腸百結，愁意難斷。

感懷傷逝人生遭遇的不濟，萬物消滅的無奈悲哀，心緒無法自拔。

劍意無形，愁意卻無所不在。

朝陽的心亦被這愁意鎖住，愁腸寸斷！

朝陽愁什麼呢？

他不知道，他只是感到愁，正如有些事情是沒有理由的一樣。

無愁之愁實在是一種最大之愁，他感到自己的心在低落地跳動著，了無生氣，只覺世事無常，人生際遇難定。

從另一個世界來到這裡，在一個熟悉而又陌生的環境裡強行掙扎著，所爲到底是何物？

難道這是自己人生所必須經歷的際遇？難道這是上帝與自己開的一個小玩笑，搭錯了車？抑或是上天對自己身爲殺手的一種捉弄？一種懲罰？

他感到自己無法釋懷……

他的心緒愈是鬱結，就愈了無生趣，甚至忘記了自己是在與落日進行一場超越生死的決戰。

「鏘……」他手中的劍竟然落地了。

而這時，無形的愁意卻在瞬間化爲有形的一柄劍，是那柄烏黑之劍。

朝陽抬起了頭，一片落葉自他眼前飄落。

劍氣已經刺穿了他的身體，烏黑之劍緊隨而至。

「不——！」

他暴喝一聲，聲震九霄，久久不絕……

可瑞斯汀回到了城西石頭山神廟，她恢復了聖女的打扮，臉上透著一種冷豔。

現在，她才認識到，作爲一個聖女，她所背負的職責是多麼沈重，而沒有 個人能夠爲她分擔。

她是來找漠的，她需要漠的幫助。

漠在神廟內，他仍是面對神像靜默，做著一個比一個更深長的呼吸。

可瑞斯汀面對著那斑駁的神像，直言道：「我需要你的幫助。」

漠連眼睛都沒有睜開一下，彷彿沒有聽到可瑞斯汀的話。

可瑞斯汀對著神像又說了一遍，道：「我需要你的幫助，族人也需要你的幫助。」

漠仍是沒有反應。

「難道你真的能夠置族人於不顧嗎？」可瑞斯汀把眼轉向漠淡漠的臉上，近乎吼道。

漠閉著眼睛，終於開口道：「不要在我面前提族人，我早在一千年前便對自己說過，我不再是魔族之人。」

可瑞斯汀冷冷一笑，道：「我知道你不屑於再成爲一個魔族之人，因爲魔族已經快消亡了，已經是日薄西山，不再是千年前聖主在世時的那般輝煌，所以你瞧不起魔族，不願自己再是一個被人唾棄的墮落族類之人。你連暗魔宗魔主驚天都不如，驚天想獲得天脈，重振魔族之雄風，而你卻只是一個懦夫，連正視自己的勇氣都沒有，怪不得安吉古麗皇妃當初選擇了聖主，而沒有選擇你。」

漠心中感到一陣刺痛，他從小與安吉古麗青梅竹馬，這是存在於他心底深處的痛，他臉上的肌肉有一絲抽動。

可瑞斯汀看到了，她繼續道：「你應該記得安吉古麗皇妃最後對你所說的那一句話，她叫你不要報仇。之所以這樣，那是因爲她心裡仍是一直愛著聖主，她之所以離開聖主不是因爲她不愛聖主，更不是因爲她愛你，而是因爲她太愛聖主了，才找你這樣一個藉口。在她心中，你永遠都替代不了聖主，你不是一個男人，更沒有聖主那種英雄男子的無匹氣概，你……」

漠的眼睛睜開了，他淡淡地望著可瑞斯汀，絲毫沒有被她的話所激怒，可瑞斯汀不得不停下了自己的話，因爲她發現再說下去也沒有用，只是白費口舌。她來此之前想好的激將之法也落空了。

漠道：「聖女以爲我是記恨聖主搶走了安吉古麗麼？不，如果我是安吉古麗皇妃，我也會選擇聖主，我當初爲她的選擇而驕傲，她是我心中最完美的女人，這樣的女人當然應該屬於最偉大的男人。我只是不解，爲何愛到了極致的時候，會變成一種恨？會讓人忍心去毀掉一個人？這一千年來苦苦思索，卻從未得到答案，想不清這個問題，我不會爲魔族做任何事。」

可瑞斯汀聽後無言以對，她一直以爲是因爲聖主搶走了安吉古麗皇妃，漠才會這樣。

漠又將自己的目光收回，轉而投向那斑駁的神像，意味深長地道：「我勸聖女還是放棄吧，憑你一人再加上那些殘弱的族人，及幾位長老，根本救不了魔族，你連自己的對手是誰都不知道，又談何拯救族人？」

可瑞斯汀聽出漠話中有話，道：「你到底想說什麼？你知道了些什麼？」

漠淡淡地道：「本來，我不想說什麼的，既然你問了，那我也就不妨告訴你，你的對手不只是驚天，也不只是莫西多，更非你心中所想的人族及神族。」

可瑞斯汀聽後駭然，道：「那到底是誰？」

「我也不知道。在這背後有隻無形的手操控著一切，你現在所看到的只是有人故弄的一個迷亂棋局，比如兩個朝陽的出現，比如你看到的小藍的死，都是這樣，都是有人在操控著這一切。」漠道。

可瑞斯汀狐疑道：「那你又是如何知道的？」

「我是一個要殺朝陽——也是魔族聖主繼承者之人，當然注意著他的一舉一動，當我在注意他的時候，也知道了一些不該知道的東西。」漠道。

「不該知道的東西？那又是什麼？」可瑞斯汀急切地問道。

漠道：「你知道小藍是誰殺的嗎？是朝陽，是他親手殺的。」

可瑞斯汀驚訝地道：「怎麼會是他殺的？我與他住在一間驛館，怎麼會不知？況且他爲什麼要殺自己的妹妹？」

漠道：「你應該知道小藍並非朝陽的妹妹，她乃雲霓古國的皇帝——聖摩特五世安排的人，朝陽在殺她的時候，已經事先讓你沈沈睡去，你當然不會知曉。至於他爲什麼要殺小藍，那是莫西多讓他殺的。」

可瑞斯汀心中還是不解，她道：「爲什麼？爲什麼朝陽要聽莫西多的話？」

「因爲這個人是莫西多製造的，是利用朝陽的靈魂複製的，換句話說，朝陽的靈魂在幽域幻谷的時候被莫西多複製了，更製造出一個邪惡的靈魂。再在朝陽挖心救法詩藺後便注入他的軀體，所以朝陽又活了，但他已經不能主宰自己。這是來自上古久已失傳的一種魔法，是來自創世之神創造世界萬物時魔法的一個小小的部分。」漠解釋道。說著便將當日山頂所見陳述一遍。

可瑞斯汀恍然大悟，原來朝陽靈魂是被人盜用了，怪不得會出現兩個一模一樣之人。關於這種利用別人的靈魂重新製造一個靈魂的魔法，可瑞斯汀也聽到族中長老說過，只是當時講時，因為已經失傳，並未著重提到。現在卻不料這種魔法重現於世上，既然這個是假的，是莫西多複製的，那真的朝陽呢？

於是可瑞斯汀問道：「真的朝陽是否真如莫西多所說，被他殺了？」

漠回答道：「真的朝陽已經死了，那個自稱影子的才是真正的朝陽，但並非被莫西多所殺，而是死在他自己手裡，他自己掏出了自己的心，然後便死了。」

可瑞斯汀聽得一驚，不敢相信地道：「死了？怎麼會死了？不，你一定在騙我！」

漠道：「他確實已經死了，這是我親眼所見，我更沒有必要騙你。」

「那他為什麼要自殺？」可瑞斯汀問道。

「他是為了一個女人。」

「一個女人？」

「對，法詩藺。」漠答道。

可瑞斯汀當然知道朝陽的心裡一直喜歡著法詩藺，對於此點，她毫不懷疑。

漠接著道：「法詩藺被朝陽殺死了，影子為了救她，所以答應了神族的歌之女神歌盈，掏出了自己的心。」

「歌盈為什麼要影子掏出他的心？」可瑞斯汀感到有些害怕地問道，如果朝陽真的擁有了一顆邪惡的靈魂，她將如何完成族人寄予她的重任？如何重新光復魔族？

「這我就不知道了，我只知道莫西多後來將他的屍體帶了回去，而歌盈則拿走了他的心，並帶走了法詩藺。而令我不解的是，為何莫西多知道影子的屍體會在雲峰山之巔？在這其間，驚天的元神曾出現過，他一直寄藏在那幅畫卷中，而沒有讓影子發覺，看來這驚天與莫西多似乎有某種內在的關係。」漠猜測著道。

可瑞斯汀想著道：「歌盈為何要拿走影子的心？這是為什麼？」她無法相信，朝陽就這樣死了。

漠搖了搖頭，這也是一直存在他心底的疑問。他接著道：「當我心中疑惑不解，重新回到皇城時，我發現假的朝陽根本不知道自己曾殺過法詩藺，他還以為是另一個自己所殺的，在他的心裡，似乎是與真的朝陽相通，他以為自己曾經將心掏出來，後又安然無恙，而事實上是真的朝陽掏出心，並且已經死了。而另一點，這個複製出來的朝陽並不完全受制於莫西多，他根本不知道自己是假的，有著與真的朝陽一樣的自我意識，他殺法詩藺完全是在自我不知覺的情況下，不知道莫西多是怎樣對他進行控制的。」

「這也許就是兩個人自己都不能夠分清彼此的終極原因。」可瑞斯汀望著前方，有些幽幽地道，她心裏仍在擔憂著漠口中所謂真的朝陽的死，是否也說明著天脈已經消亡？抑或，天脈也同樣被複製了？

可瑞斯汀想到此處，又道：「你又怎麼能肯定死的那個是真的朝陽，而不是現在活著的這個呢？」

漠道：「因爲我一直在跟著真正的朝陽，從進入幽域幻谷後，到他出來，他的靈魂也是在這段時間內被人偷偷複製的，儘管我當時不知道，但事後一想，也只有在那個時候莫西多才有機會。」

可瑞斯汀沒想到發生了這麼多事，而自己卻一無所知，無怪乎漠叫她放棄，這對她來說，未免不是一種打擊，看來，她要重新調整自己做事的方式了。

可瑞斯汀將自己的目光重又投向漠臉上，道：「黑翼魔使應該重新幫助族人的……」但她沒有將自己的話說完，就算再說下去，也不可能改變漠的決定。一千年的時間都不能夠讓一個人改變，何況三言兩語？

可瑞斯汀最後說了二個字：「謝謝！」然後就走出了神廟。

神廟內，漠聽到這兩個字不由得呆住了，這聲音太熟悉了，安吉古麗曾多次對他說過這兩個字，他的眼前浮現出了一個人的容貌，不知是安吉古麗的，還是可瑞斯汀的，難道這也是上蒼的複製？

朝陽回到了三皇子府。

落日沒能夠用他的那柄烏黑之劍刺穿朝陽的身體，朝陽也沒能夠打敗他。

但朝陽沒有能夠殺死天衣則是肯定的。

見到莫西多，還沒待朝陽開口，莫西多便興奮地道：「告訴你一個好消息：今天早朝，父皇答應了我與褒姒公主的婚事。」

「那我先恭喜三皇子殿下了。」朝陽道。

莫西多笑著道：「皇兄何必如此客氣呢？這其中有著你的一份功勞，在你去幫我殺天衣的時候，我的手下完成了一件大事，他們幫我殺了負責皇城東西南北四區的督察三人，東南北三個督察，也就是說，八千禁軍中至少有一半的力量將會控制在我手，而天衣則只剩下一半不到的力量。再加上城外的三千鐵甲騎兵，整個皇城基本上已經是我的了。」

朝陽平淡地道：「沒想到我爲三皇子殿下做了如此貢獻，可我並沒有殺死天衣，他逃了。」

莫西多毫不介意，繼續笑著道：「我知道，我還知道就在你要殺死天衣的時候，突然出現了一個落日，我還知道落日將你帶到了城北的八陣圖，你又與落日有了一場激烈之戰，落日的劍氣雖然穿透了你的身體，但他的劍卻被你擋住了。因爲你體內突然爆發出一股強大的力量，瓦解了落日的所有攻勢，落日雖然受了一點輕傷，但你卻近乎虛脫，全身沒有一丁點力氣，只能眼睜睜地看著落日將天衣帶走，這所有發生的一切我都一清二楚。」

第廿四章 鐵甲騎兵

朝陽並不感到意外，道：「看來什麼事情都在你的控制之中。」

莫西多大笑，道：「那自是當然，皇兄應該知道我從來都很謹慎，沒有絕對的掌握我又豈會向你道出此事？」

朝陽道：「我想你控制的不只是已經道出的這些力量吧？以兩千鐵甲騎兵及多半的皇城禁衛並不一定能夠獲得最終的勝利。依我看，這是你引人耳目的一些力量。」

莫西多又笑了，但這次是淡淡的笑，笑之中含著異樣的情感，有些複雜，他道：「看來你知道的並不少，你的腦袋有足夠的智慧，若不是已經知道你完全控制我手，我現在可能已經將你殺了。」

朝陽平靜地道：「我沒能夠殺死天衣，我沒有想過你會不殺我。」

莫西多道：「如果我說我不殺你呢？」

朝陽抬起頭來，望向莫西多道：「也許你有千萬個不殺我的理由，但我在瓦解落日那一擊的時候，心中突然有了一種真實的本欲，你想知道是什麼嗎？」

「是什麼？」莫西多問道。

「我要殺了你！」

話音未落，朝陽消失，一道幽光牽動虛空中所存在的強大氣機，虛空中的因子以幽光中一亮點爲牽引，發生了怒海狂濤般的暴動，摧枯拉朽般湧向莫西多。

莫西多笑了，是的，他笑了，他的笑是輕慢的，輕慢中有一種會意，還有一種蔑視，似乎他早已料到這一點，他只是在等待。

強大的氣機已經將莫西多所存在的生的氣場粉碎，莫西多的笑在強大的氣機的侵佔下扭曲、變形，直至支離破碎的消失。

幽光中的亮點也已經貼近到他的眉心，而此時，就在剎那間，「砰……」一聲輕響，朝陽感到自己的心發出破碎般的聲音，所有的氣機瞬間凝滯，接著分解消失。

那牽動他生命中強大本源的一根弦，被掐斷了。

「砰……」朝陽的身子一動不動地跌落地上，面孔朝地，彷彿已經死去。

莫西多若無其事地坐在座位上，理了理被剛才那強大氣機所拂亂的黑髮，輕淡地道：「我知道你的心在痛苦地掙扎著，我也知道落日激起了你殺我的本欲，但你的心始終是控制在我手，你是我一手製造的！」

聖摩特五世獨自一人在書房裡，他走到一排書籍前，抽動最上面一排書中的一本，書架便移動了起來。

待書架停下，聖摩特五世面前出現了一道門，他走了進去。

這是一間十分寬敞明亮的圓形密室，牆壁四周掛滿了壁燈。

在密室的最中央，有一張長形的水晶台桌，上面躺著一個人，是那個失去自己心臟，已經死去的影子。

聖摩特五世走近台桌，他的手中這時多了一個雕刻精美的小盒子。

在死去的影子面前，聖摩特五世將手中的小盒打開。

天哪！裡面是一顆心，是一顆還在跳動的心！

聖摩特五世對著死去的影子道：「有人告訴我，你是一個勇敢的人，能夠義無反顧地爲自己心愛的人奉獻一切，甚至是自己的生命。我不能肯定你到底是不是我的皇兒古斯特，但上天賦予你一種使命，你就不能這麼快就死去，還有更重要的事需要你去做，一切才剛剛開始！之所以讓你掏出自己的心，讓你死去，也是一種迫不得已的策略，現在，我便讓你重新活過來。」

聖摩特五世將那顆跳動的心放在了死去的影子體內，手在影子身上從頭到腳輕輕撫過，手過之處，有一層紫色的氤氳氣霧籠罩著，胸口那條長長的傷口，漸漸癒合。

影子醒了，不，應該說是他死後又活了過來，正如他往日的夢一般。他的思維還停留在歌盈要他掏出心的那一刹那，他的心仍關注著法詩藺的安危。

「法詩藺！」影子叫道，從台桌上坐了起來，他眼睛四處搜尋著，而他的眼中則只出現聖摩特五世那肥胖的身軀。

聖摩特五世看著影子，微微一笑，道：「看來皇兒對法詩藺愛之甚深啊！」

影子定了定自己的心神，思維也恢復了平時的清晰，他不知道這期間發生了什麼事，他以為自己死了，但現在卻出現在了聖摩特五世面前。這些都不重要，他早已習慣不去弄清那些無謂的事情，重要的是他現在和今後會發生的事。

他把自己的情緒調整到遭受莫名愚弄的古斯特，重新遇到聖摩特五世的狀態，隨後有些冷冷地道：「父皇不是已經派人將兒臣殺了麼？兒臣又怎會莫名其妙地出現在父皇的面前？」

聖摩特五世道：「父皇可以了解你的心情，但作為雲霓古國未來的繼承人，這是你必須做的事，無論生死，你必須謹記這一點。至於你想要的解答，很抱歉，父皇現在還不能告訴你，到你該知道答案的時候，自然會知曉，那時也無須父皇再作過多的解釋。」

影子平淡地道：「我還以為父皇這次見兒臣是要告訴我原因呢。」

聖摩特五世道：「其實，父皇若是告訴你，對你並無一點好處。」

影子道：「原來兒臣在父皇眼裡只是一個不能承受事情的無用之人。既然如此，父皇對兒臣所說的所謂雲霓古國未來的繼承人恐怕也只是一句空話。試問，連一件事情都承受不了的人，如何能登上寶座，一統天下？就算父皇真的將兒臣推上帝位，恐怕也只會將雲霓古國帶進萬劫不復之境，有負父皇一片苦心。」

聖摩特五世沈吟著，良久不語，最後道：「皇兒真的想知道父皇這樣做到底是爲什麼？」

影子道：「既然父皇不願說，兒臣也不苛求，兒臣不是一個對任何事都追根究底之人。」

聖摩特五世歎了口氣，道：「皇兒說得對，一點承受能力都沒有之人，就算把皇位傳於他，也只會將雲霓古國帶入毀滅。好吧，既然皇兒想知道，那就讓我們父子一起承擔這件事，接受不可預知的挑戰。」

聖摩特五世頓了一下，接道：「皇兒可知這幻魔大陸存在著人、神、魔三族？」

影子點了點頭，道：「兒臣當然知曉。」

聖摩特五世接著道：「在幻魔大陸，有一個很古老的傳說，傳說源自於洪蒙初開之際，當時，在幻魔大陸還不存在所謂的人、神、魔各族，有的只是人，很本質的人，所有的人都信仰著締造了人類的偉大的創世之神。傳說創世之神是一個很乖戾之人，他有著雙重的秉性，白天表現得偉大、博愛、正直、仁慈，而夜晚則表現得極爲狂暴、陰戾、兇殘。在白天，他幫助著他所締造的人解決著各種各樣的難題；而在夜晚，他又極爲兇殘地屠殺著他所締造的人類，喝著他們的血，吃著他們的肉。最初，沒有人知道這件事，所有的人都以爲是暗中潛藏的一個敵人在與之作對。但任何事情都有被揭穿的一天，創世之神性格的雙重性終於還是被人發現了。在面對怎樣處理這件事的時候，人類的意見開始有了分歧，一部分人認爲，既然所有的人都是創世之神所造，那他就有權處理他所締造的人類；而另一類人則認爲創世之神雖然締造了人類，但他卻沒有權任意處決人類，如果再這樣繼續下去，恐怕人類會因此滅亡；而更多的人則是保持緘默，或者說，他們沒有自己的主見。最終，這持著三種態度的人都沒有達成統一的意見，而創世之神則仍是一如既往地表現著性格的雙重性。」

聖摩特五世停頓了一下，影子道：「這與父皇設計殺我又有何關係？」

聖摩特五世道：「聽朕把話說下去。」

影子不再問。

聖摩特五世接著又道：「於是，在創世之神所締造的人類之中持著相同意見的人走在了一起，分成了三部分。一部分仍然十分忠誠地信奉著創世之神；一部分則聯合起來，利用他們所有的力量抵抗著創世之神夜晚的殘殺，他們也不再信奉創世之神，而是走向創世之神沒有開闢的洪蒙之地，孤立起來，不再與創世之神爲伍，與自然惡劣環境和創世之神抗爭著，漸漸地成爲創世之神無法管束的力量，後來便被創世之神稱之爲魔族。堅決忠誠於創世之神的則被創世之神劃分爲有著較高智慧和超自然力量的神族，而那些沒有自己主見的則仍是普通的人族，隨遇而安地在幻魔大陸生存著，而就是這些隨遇而安的人族，卻以不可想像的速度迅速繁衍發展，成爲幻魔大陸最多的族類，而神族與魔族則只有極少的數量，且兩族長期不斷地發生爭鬥。而創世之神在人、神、魔三族形成之後便消失不見了，至於爲何消失沒有人知道。當然，這只是流傳著的一個傳說，不足爲信，但奇怪的是，在幻魔大陸每隔一千年的輪迴，都會出現一位統領整個幻魔大陸之人，就像一千年前的聖魔大帝，而這些人都有一個共性，那就是性格的雙重性，即同時擁有神性和魔性，彷彿是創世之神重生。而在每一個千年交替的時候，神族和魔族的較量就會達到空前激烈的程度，哪一方占了優勢，所出現的統一幻魔大陸之人的性格便偏向於某一性，就像千年前的聖魔大帝魔性占主導地位一樣。」

影子還是不解，聖摩特五世說了這麼多，到底想表達什麼？

這時，聖摩特五世長長地吸了一口氣，接道：「而作爲人族，當然便偏向於有著神性的帝王的出現，人族與魔族的鬥爭也是淵源已久，魔族有著極強的侵略性與好戰性。一個月前，神族之人找到了朕，他們告訴朕，皇兒將是未來會出現的統一幻魔大陸的帝王，仕皇兒身上有著寄居魔族聖主與神族神王的天脈，若是給魔族首先開啓天脈，喚醒魔族聖主的魔性，則代表著魔族將會重新主宰幻魔大陸。於是，父皇才設計將你殺死，讓神族之人喚醒你體內神族神王的神性，讓神性主宰幻魔大陸。而魔族之人早已在暗中有了行動，父皇也是迫不得已才如此做，以圖騙過魔族之人的耳目，就連這一次歌盈讓你掏出自己的心，也是設計的一個騙局，讓魔族之人以爲你真的死了。」

影子很平靜地聽著，想了想，道：「那出現的那個與我長得一模一樣的人是怎麼回事？」

「那是利用遠古時期，幾乎已經失傳的魔咒，盜用你的夢，重新複製的一個你，類同於創世之神締造人類的一種魔法。」聖摩特五世解釋道。

影子突然訕然一笑，道：「聽起來簡直無法讓人相信，但這些對兒臣來說都不重要，兒臣不會相信父皇所說的這個故事，只當聽的是一個神話。兒臣並不相信自己能夠成爲統一幻魔大陸之人，無論神族與魔族都與兒臣無關，兒臣只是我自己，或者更多的只是別人玩弄的一顆棋子，身不由己的棋子。現在，兒臣只是想知道，歌盈有沒有遵守諾言，救活法詩藺？還請父皇能夠見告。」

聖摩特五世歎了口氣，道：「父皇明白你的心情，就算是父皇一時之間也不能夠接受。當初，神族之人在告訴父皇這件事的時候，父皇怎麼也不敢相信，但這是事實，不可更改的事實。如果可以，父皇寧願沒有聽到過這些話。」

影子道：「父皇還沒有告訴兒臣有關法詩藺的消息呢。」他實在不願在這個問題上再糾纏下去。

聖摩特五世看著影子，半晌才道：「看來皇兒是在逃避，這不應該是皇兒應有的性格。」

影子平靜地道：「兒臣並沒有逃避，如果要兒臣依一件不可信之事去做，那才不是兒臣的性格。兒臣只是覺得，兒臣應該做好的只是雲霓古國的大皇子，未來的儲君，管好人族的事。」

聖摩特五世道：「你不相信父皇的話？」

影子道：「是的，我只相信自己，兒臣已經經歷過太多不可思議的事了，可以相信的只有自己，如果父皇責備兒臣冒犯父皇，還請父皇賜罪，就算是再死一次，兒臣也無怨！」

聖摩特五世道：「看來皇兒在不相信的同時也下定了決心。」

「決心？」影子顯得有些不解。

「是的，決心，皇兒決心不與父皇合作，共同對付雲霓古國即將面臨的威脅。」聖摩特五世道。

影子道：「兒臣並無此意。」

聖摩特五世彷彿沒有聽見影子的話，歎息了一聲道：「好吧，既然皇兒有自己的想法，父皇也不勉強，你想知道有關法詩藺的事，父皇現在就告訴你，歌盈在將皇兒的心送給朕時說過，她既然已答應過你，就絕不會失言，她會幫你把法詩藺救活。」

笑過之後，聖摩特五世又道：「還有一件事情，歌盈要朕待你醒來後轉告皇兒，她要皇兒別忘了曾答應過『姐姐』的話。」

影子當然沒有忘記影的話，既然答應過影要拿到紫晶之心，他就一定要辦到。於是道：「兒臣沒有忘記答應過她的話，多謝父皇提醒。」

聖摩特五世點了點頭，道：「父皇不想知道你曾答應過她什麼，但有一條，父皇必須提醒你，你現在已經『死』了，在任何情況下，你都不可讓人知道你尚存於世上，否則，父皇精心所做的一切便會前功盡棄。」

影子道：「兒臣知道自己該怎麼做，兒臣雖然不能夠答應父皇幫上什麼忙，但兒臣也絕不會壞父皇的事。」

影子終於弄清了他與朝陽之間的關係，原來是自己的夢被盜用了，他沒想到可以利用一個人的靈魂複製出另外一個一模一樣之人出來，雖然聽起來無法相信，但現在是不得不相信的事實。

此刻，他換了一副連他自己都感到陌生的行裝走出了皇宮，與裝扮成遊劍士的模樣相比，現在的他整個地變了樣。他的臉看上去有點圓，眼睛有點小，眉毛甚為濃厚……面部輪廓完全是自己的相反模樣，這是聖摩特五世親自爲他「設計」的形象，除了聖摩特五世與他自己外，這個世上已經不可能再有第三個人認識他了。

影子心情有些沈重地走著，他想起與聖摩特五世在密室中的對話，他之所以不願承認聖摩特五世所說之話，實在是不願捲入那理不清的漩渦當中。他現在已經有些身不由己了，若是再完全介入當中，在別人佈置的棋局內左衝右突，那實在是一種無法言表的悲哀，甚至連自己是誰都可能會不知道，完全被別人控制，被別人所愚弄。最起碼他現在還擁有那麼一點自己，還可以用自己的頭腦去思考問題。

此時，已是夜了，影子的目標是三皇子府。現在，三皇子府已經出現在眼前，他躍上旁邊的一間屋頂，卻發現一道黑影在莫西多的屋頂上一閃而過，向後院的一個方向逝去。

影子心中感到奇怪，想不到除了他，還有人「光顧」莫西多的府宅。

趁著黑夜，影子運氣馭行，凌空虛度，身子輕盈如鴻毛般向那黑影消逝的方向追去。

莫西多的房內，傳來他睡熟後均勻的呼嚕聲。

一道黑影在房門外站了良久，終於小心翼翼，沒有弄出一絲細察可聞的聲響，推門進了莫西多的房間。

門開又關，房間裡面一片漆黑，只有一雙明亮有神的眼睛在四處搜尋著。

而在房間內裝飾華貴的床上，莫西多正熟睡著，一動不動，唯有氣息從鼻孔進進出出，引動著空氣些微的波動。

這一身黑衣夜行裝扮之人是褒姒，她已經找遍了三皇子府除了莫西多睡房的每一個可能的地方，都沒有找到她想要的「紫晶之心」，現在唯一可能存在的地方便是莫西多的睡房。

對於褒姒來說，她已經沒有再多的時間去旁敲側擊，試探著從莫西多口中得到「紫晶之心」的消息。所以，她唯一可以做的便是隻身涉險，否則隨著時日的到來，她便只有真的嫁給莫西多了，那是她最不願見到的一個局面，儘管為了「紫晶之心」，她可以犧牲一切。

褒姒小心翼翼在莫西多房間內每一個角落仔細搜尋著，她的心一下一下強有力地「怦怦……」跳動著，撞著她胸前的肋骨。她的這種行為無疑是十分冒險的，稍有不慎便有可能驚醒熟睡中的莫西多，所以她的心跳得很厲害。

可是，沿著房間四處找了半天，仍舊沒有發現「紫晶之心」的影子。

她接著又仔仔細細地找了一遍，還是沒有任何發現。

褒姒思忖道：「難道『紫晶之心』不在這裡？而在一個不為人知的地方？」

「不會！」褒姒又馬上將自己的這一想法給否定了：「這麼重要的東西，他一定放在身邊……身邊？」褒姒的心中馬上透進一絲亮光，她的目光立即掃向莫西多的睡床。

在莫西多的床頭左側，有一隻小錦盒，雖然錦盒緊緊地蓋著，但若隱若現有著淡淡的霞光。

「莫非裡面裝的便是『紫晶之心』？」褒姒的心跳得更快了，彷彿要從胸口蹦出來一般。

褒姒屏住呼吸，一步一步，躡手躡腳地向莫西多的床頭靠去。

而莫西多仍是安然地熟睡著，在夢中的他，臉上尚掛著一絲淡淡的笑意，褒姒輕盈移動的腳步不由地停頓了一下她深深地吸了一口氣，她再望向莫西多熟睡中的「笑」，卻發現那絲淡淡的笑是睡熟後面部表情的放鬆。

「也許是自己太過緊張了吧？」褒姒思忖道，她重新移動了自己的腳步。

終於，莫西多床頭的那只錦盒已經觸手可及

褒姒的玉手再度伸了出去，將那只錦盒拿在了掌心，她打開了錦盒，頓時整個房間都被紫霞之氣縈繞。

是的，裡面裝著的正是褒姒朝思暮想的「紫晶之心」，是她即將到來的命運。它此刻猶如一顆真正的心般正跳動著，彷彿它就是褒姒的心，與褒姒的心發出同一頻率的跳動。

褒姒不知不覺間，已經淚流滿面，渾然忘我，她的眼中只有「紫晶之心」。

但在她沒有反應過來的情況下，她的身子突然被人壓在了下面，她蒙住臉的面巾被人一把撕掉，身上的衣服被人粗暴地撕裂。

褒姒渾身一陣震顫，頭腦頓時清醒，剛欲有所反應，一隻手便按在了她渾身數處穴位上，所有的力量頓時瓦解。

此時，她唯一可以做的是怒視著那個壓在她身上之人——莫西多。

到此時，她也明白了，其實莫西多早已知道她的到來，他只是在等待著，等待著她自動送上床來。

褒姒突然笑了，她在笑自己的愚蠢，什麼西羅帝國最富才情的公主，被別人引上床卻渾然不知。

在褒姒身上忙得不可開交的莫西多被這突如其來、莫名其妙的笑聲給怔住了，他停下了雙手和嘴的瘋狂舉動，望著褒姒。他實在不解，爲何在這個時候，褒姒還有心情笑，以他的理解，所有的女人在這個時候應該憤怒、掙扎、反抗、哭鬧才是，而褒姒卻笑了。

「你笑什麼？」莫西多道。

褒姒很平靜地道：「我笑三皇子似是從來沒見過女人一般，趁人不備，做起了只有市井之徒才有的好色勾當。」

莫西多望了望自己的睡衣，望著躺在眼前的褒姒道：「我還沒有問公主爲何深夜至我的房間？倒先數落起我來了。」

褒姒冷冷一笑，道：「三皇子不是已經看到了麼？何必要多此一問？」

莫西多微微一笑，他從床上拿起自褒姒手中跌落的紫晶之心，道：「每一個女人都希望擁有紫晶之心，沒想到褒姒公主也落不了俗套，更沒想到的是，以公主的高貴，竟然會深夜潛入別人的房間……」

莫西多沒有將剩下的話說完。

褒姒當然知道莫西多接下來要說的是怎樣難聽的話，堂堂西羅帝國的公主竟然是一個竊賊，這樣的話不說，褒姒也能夠知道。

她很平靜地一笑，道：「三皇子不是說每一個女人都希望擁有紫晶之心麼？褒姒是一個女人，又豈能例外？就算是偷，也是一個女人最本真的對美好東西的追求。我並不覺有辱身分，這也是對我自己心中真實本欲的一種尊重。」

莫西多意味深長地道：「沒想到褒姒公主對『偷東西』竟有如此深的心得體會，西羅帝國最富才情的公主果然名符其實。」

褒姒並不介意莫西多話語中的諷刺，道：「三皇子過獎了。」

莫西多望著褒姒的臉道：「其實，若是公主開口向我要，我自然是雙手奉上。公主應該知道，我們都已經快成爲夫妻了。我只是不解，公主爲何會選擇這樣的做法？難道背後有著什麼樣的原因？抑或是公主並不是真心想嫁於我？」

褒姒道：「三皇子這是在問我麼？可我並不習慣衣衫不整、不能動彈地與人說話。」

莫西多一笑，伸手解開了褒姒的穴道，道：「公主現在可以告訴我，這樣做到底是爲什麼了吧？」

褒姒從床上坐了起來，整理了一下被莫西多撕破的衣衫，道：「難道三皇子不怕我跑掉？」

莫西多道：「公主似乎忘了這是在誰的府上，還沒有人在未經本皇子的允許下，瀟灑自如地進出三皇子府，就算是當今的聖摩特五世恐怕也不能例外！」

褒姒知道莫西多的話並不是虛言，三皇子府的安全措施並不比她西羅帝國的皇宮遜色，她也是迫不得已，才如此貿然行動。

褒姒道：「這一點我相信。」

莫西多卻又道：「公主還沒有解答我心中的疑問呢，我實在是對公主這樣做的動機感到好奇。」

褒姒道：「看來三皇子是急於想知道爲什麼，如果我說，只是覺得好玩，不知三皇子信不信？」

莫西多反問道：「公主認爲以自己的性格會這樣做嗎？」

褒姒道：「我看三皇子還並不怎麼瞭解我。」

「哦？」莫西多期待著褒姒的進一步解釋。

褒姒接著道：「如果我看到大街上某個婦人罵人的技術好，心血來潮，我也會與她對罵三天三夜，不知三皇子相不相信？」

莫西多淡淡地道：「我曾聽說過，但這顯然不是我想要的答案。」

褒姒道：「不知三皇子想要怎樣的答案？」

「這就得看公主的意願了。」莫西多答道。

褒姒咯咯一笑，道：「好吧，那我就不妨告訴三皇子，我來雲霓古國找你並非無語大師所說的所謂命相，煞相之說更是謬論，與你結婚只是一個藉口，我所要得到的就是紫晶之心！一切只是爲紫晶之心而來，而紫晶之心真正地牽扯到我的命運，我發過誓，一定要得到它！」

說完這些話的時候，褒姒的眼中透出萬分的剛毅和不屈，不是一個風情萬種的女子所應有的眼神。

莫西多從褒姒的眼中看到了所說之話的真實性，他道：「你爲什麼一定要得到紫晶之心？」其實他也早已知道褒姒的所謂煞相之說純屬謬論，只是他一直沒有揭穿，他倒要看看她到底是爲什麼而來。

褒姒高傲地抬起了自己的頭，字字千鈞地道：「因爲無語大師曾對我說過，我的命運是與一個人聯繫在一起的，而只有紫晶之心才可以真正將我與他聯在一起，否則我這一輩子就會注定孤苦一生。如今他已經出現了，所以，我一定要得到紫晶之心！」

「此人是誰？」莫西多忙問道。

褒姒顯得幸福地一笑，道：「這是屬於我的秘密，你不必知道。」

莫西多也笑了，道：「那就讓我來告訴你，那個人是聖魔大帝的轉世之身！」

褒姒吃驚萬分，道：「你……你是怎麼知道的？」

莫西多當然不會說自己會「觀心術」，他道：「我還知道那個人是誰！」

褒姒冷冷地看著莫西多道：「你在騙我！」

莫西多微微一笑，道：「那公主就當我是在騙你吧。」

褒姒卻又道：「那人是誰？他現在哪裡？」

莫西多道：「公主急於想知道？」

「是！」褒姒毫不否認。

莫西多的樣子顯得有些可惜地道：「可我卻不能告訴你。」彷彿不是他不願說，而實在是不能說，這種不能是如此地讓他不忍。

褒姒的自尊心感到強烈的被戲弄，她掩藏著自己所受的傷，燦爛一笑，笑靨如花，道：「謝謝三皇子殿下的『不能告訴你』，我深深地體驗到了殿下的『關心』。」

莫西多裝著很意外的樣子，道：「是嗎？」

「是！」褒姒道。

「是就好。」

「可是……」褒姒停了一下。

莫西多看著褒姒的樣子，感到意外，道：「可是什麼？」

「可是你已經不能夠再給我『關心』了！」

褒姒說著，突然滿頭的千萬髮絲變成支支利箭，凜冽無比地射向莫西多。

髮絲與髮絲之間所穿過的氣流也同樣變成了絲條狀，疾速而動。

剎那間，莫西多整個人猶如被萬千髮絲所包裹，淹沒不再見其形。

此時，褒姒怒目圓睜，她的手中不知何時竟然出現了一柄劍，夾雜在萬千髮絲之中，刺向了那看不見、完全被萬千髮絲所包裹的目標。

層層推進當中，劍所擁有的寒光完全消失在烏黑的長髮當中，而就在這時，那被萬千髮絲所包裹的核心所在處，突然伸出了一隻手。

手，看似極爲緩慢，輕描淡寫，如隨意撫琴般，將包圍著它的烏黑長髮分開。

那有著極強殺傷力的根根秀髮，陡然間彷彿被人奪去了生命，一下子失去了所有的靈動性，毫無生趣地出現在了一隻手中，莫西多的手中。

而且莫西多的手中還握著一柄劍的劍刃，而劍的另一端，劍柄則握在褒姒的手中。

褒姒心中驚駭不已，自己蓄勢而發、志在必得的一擊，竟然如此輕描淡寫地被莫西多所化解，而且根本不知道他是怎樣做到的。莫西多的修爲頓時讓褒姒產生了一種不可揣度之感，也在一瞬間擊潰了褒姒再發動進攻的意圖。

莫西多微笑著，輕輕掰開褒姒的玉手，奪過褒姒手中之劍，丟往一邊，道：「女人天生是讓人憐愛的，舞刀弄槍豈不大煞風景？」

褒姒一下子還沒有從剛才的驚駭中回過神來，彷彿也沒有聽見莫西多所說之話。

莫西多磨擦著手中褒姒的烏黑長髮，歎惜道：「多麼漂亮的秀髮，要是有所損傷，真不知讓我的心有多痛，幸好我手下有分寸，要是不小心失了手……唉！」

隨即莫西多又深深地歎了一聲，似乎這不是褒姒的頭髮，而是他的。

褒姒終於定下了自己的心神，她看到自己的秀髮在莫西多手中磨擦著，感覺似乎是在撫摸著自己的身軀，心中頓起十足的厭惡感，比之先前莫西多直接撫摸她的嬌軀更甚，這是人性中一種不可捉摸的情感。

她狠狠地道：「三皇子讓我感到噁心！」

這時，莫西多手中褒姒的長髮陡然又重新暴動，如若靈蛇般纏住莫西多的雙手及脖頸，緊緊纏繞，深入莫西多的皮肉內。

莫西多運功掙扎了一下，卻不能動彈分毫，但他臉上並沒有驚恐，望著褒姒的眼睛道：「公主真的那麼討厭我，以至想殺我麼？」

褒姒冷冷地道：「我只是想得到紫晶之心，如果三皇子阻止我得到它的話，我唯一可以做的便是殺了你！」

莫西多道：「但是你已答應嫁給我的！」

褒姒道：「那只是一種策略。」

莫西多道：「策略？」他頓了一下，想了想，又道：「曾經在某些時候，我發現自己喜歡上了公主，雖然我曾懷疑公主與我結婚帶有某種目的，但我並沒有完全放在心上。也就是說，如果公主現在放棄自己原先的想法，我會當作什麼事都沒有發生，也會把紫晶之心送給公主當作結婚的禮物。」

褒姒心中一動，道：「此話當真？」

「千真萬確，絕無虛言。」莫西多真誠地道。

褒姒卻又自嘲地一笑，道：「可是我的心中已經有了所愛，有了自己的信念，我是絕對不可能嫁給你的。我的靈魂已經不再屬於我自己，是屬於他的，紫晶之心對我的意義也完全是屬於他。所以，我絕對不可能屬於第二個男人，除非我的心已經死去。」

莫西多道：「難道沒有任何迴旋的餘地？」

「是的！」褒姒斷然道，眼中露出堅毅之色：「所以，今天我非得到紫晶之心不可！」

莫西多歎息了一聲，道：「恐怕只會讓你失望了，以公主的修爲絕無可能從我手中奪走紫晶之心，我勸公主還是三思而後行。」

褒姒冷聲道：「不用假惺惺了，三皇子與我結婚無非想借我國的勢力取得雲霓古國的帝位，我是絕對不會讓你計謀得逞的。」

莫西多不屑地一笑，道：「事情到了這個地步，公主以爲還由得你自己作主嗎？」

褒姒道：「那就不用廢話！」

風聲突起，褒姒烏黑的長髮隨風飄動，緊緊纏繞莫西多的萬千髮絲全都放鬆伸展開來。

褒姒放棄了以頭髮對莫西多的制約，她微微揚起高傲的頭，用自己超強的精神力引動周圍空氣氣流的流動，使虛空中產生了風。

現在，她要高傲地、正面地面對眼前的敵人，那顆高傲的心以前從未被人輕視，受到傷害！此刻，她絕不能讓莫西多瞧不起。她並不認爲自己是一個弱者。

地上的劍不知何時已回褒姒手中，褒姒緩緩抬起劍，遙指莫西多，傲然道：「全天下沒有人可以不將我褒姒放在眼裡，你也不例外！」

說話之間，褒姒的精神力不斷提升，虛空中的氣機瘋狂增長，空氣的流速彷彿形成了一個有形的磁場，全部以劍鋒爲中心向莫西多侵進。

莫西多的心微微緊縮，他感到以褒姒劍尖爲中心的氣流彷彿是一座有形的大山，朝他心中擠壓而下，頓有一種喘不過氣來的感覺。

按照武技修爲與精神力修爲相輔相成的原則規律，褒姒的精神力量是不應該如此強大的，莫西多竟有些摸不清褒姒何以有如此強大的精神力。

而這一切，還僅僅是一種靜態的增長，如若將無形的精神力通過褒姒手中之劍化爲有形的攻擊，其可怕性是不難想像的。

事實上，褒姒正如莫西多所臆測的那樣，她是可怕的。

莫西多心頭突然一陣警覺，大意之下竟被褒姒的精神力擾亂了心神，產生了消極的心理。他連忙收攝心神，以意念驅動了自己的精神力，他發動了攻擊！

這也是首次，有人擾亂他的心神，讓他主動發出攻擊。

虛空，頓時沈悶得駭人，一種如死寂般的壓力以排山倒海之勢向褒姒攻來。

空氣突然發出不安的暴動，如被煮沸的開水，毫無規律可尋，雜亂無章。

那是一隻拳頭，是的，是一隻拳頭，不過，它並非是有形的、肉眼可以視見的拳頭，那是以精神力驅導的無形的拳頭，但不過否認，這樣的拳頭有著極強的殺傷力，甚至不比有形的拳頭弱。它與有形拳頭的不同之處是，一個傷的是肉身，而另一個則是毀滅人的意志。

拳頭由小變大，充滿了褒姒整個心靈空間。

褒姒早已有了心理準備，她似乎早已在等待著莫西多的攻擊。但不可否認，莫西多這以意念驅動的拳頭讓她感到了一種極為嚴峻的壓力，也是她所遇到的最為可怕的一次來自精神方面的進攻。

「嘯……」褒姒手中之劍未動，虛空中竟然發出了利刃劃破虛空的銳嘯。褒姒手中之劍似乎脫離了有形的質地，轉而化為無形，以劍的靈魂所存在的利刃！

無形之劍幻出千萬道光影，而最為核心的攻擊則是來自於劍的靈魂那道無形無影的劍魂當中，竟然透出一種奇異的紅色，其他的光影彷彿只是一種陪襯，就像綠葉相對於紅花。

無形之劍發出一種熾熱的氣焰，早已撞向那只遮掩了半邊天空的拳頭。

就在褒姒以精神力驅動的靈魂之劍與莫西多以精神力驅動的拳頭相撞擊的一剎那，另一柄劍，那一柄真實的劍竟然脫手射向了莫西多，就像強弩射出的利箭，快若驚鴻。

莫西多根本就未曾想到，褒姒在與自己進行精神力對抗的同時，竟然還有多餘的意志驅動手中之劍，這絕對不可能！但此時，卻是如此真實地發生了，莫西多突然之間明白是怎麼回事，但是卻已經遲了。

第廿六章　天生陰女

「轟……」兩人以超強精神力驅導的攻擊，頓使虛空發出爆裂，兩人的意志心神頓時出現短暫的空白，也就在這時，那柄有形的劍刺中了莫西多。

「公主快走！」一個黑影突地出現在褒姒身邊，他木然的語氣使人想起了那個常隨褒姒身邊的抱劍之人，而此時出現的這黑影也確實是他。剛才趁兩人精神力攻擊相接觸的一刹那，驅動褒姒手中之劍的也是他，這樣的配合也正是褒姒事先設計好的殺局。

褒姒應聲道：「好，月戰，我們走！」正欲騰身躍起，一個聲音卻又在她耳邊響起：「你以爲走得了嗎？」

莫西多若無其事地站起身來，看上去似乎毫髮無損，被劍刺中的地方連道疤痕也沒有，唯一證明他所受過劍傷的，則是胸前衣衫上的破洞。

莫西多冷冷一笑，道：「公主真不愧是西羅帝國最富才情之人，竟連我也被你欺騙了！我只是不解，以公主的武技修爲，怎會有如此渾厚的精神力？我曾經聽說，只有一種人可以不修武技，單修精神力，那就是天生『陰女』，孤陰不長，不通情感，難道公主是天生『陰女』？」

褒姒冷喝道：「難道有誰規定過只有你才可擁有超強的精神力不成？敗給人家卻總要找千般藉口，我實是爲三皇子感到可悲！」

莫西多彷彿沒有聽到褒姒的話，繼續道：「可我一想又不對，因爲公主對我說過，是爲了一個男人，一個非他不嫁的男人找紫晶之心……『陰女』怎會有著這樣至深的感情？是公主在騙我，還是『陰女』的傳言有誤？」

「你……」褒姒終於忍不住，氣得嘴唇發紫。她確實是天生的「陰女」，從她知道自己是「陰女」的那一天起，從來沒有人可以當她的面提起這兩個字，這一直是她隱藏在心底的痛。此時，被莫西多當面揭開傷疤，叫褒姒怎能不氣急敗壞？「你要是再說，我立刻就殺了你！」褒姒喝道。

「公主想殺就來吧，反正這句話我也不只聽過一次了，再多一次也無所謂。」莫西多無所謂地道。

褒姒竭力控制著心緒的波動，她知道這個時候絕不能讓自己亂了方寸，必須做到冷靜。她道：「本公主不想與你計較這些，我今天必須離開這裡，如果你要動手就快點！」

莫西多悠然道：「公主怎開口就打打殺殺？我知道，就算公主是天生的『陰女』，若沒有得到明師的指點，是很難有如此高深的精神力修爲的。據我所知，西羅帝國還沒有這樣的人物可以教公主達到如此修爲，我只是想知道調教公主修煉精神力的這個人是誰？」

褒姒這時倒顯得自若了，道：「你很想知道嗎？」

「是的。」莫西多道。

「爲什麼？」

「因爲這個人是我一直在尋找之人，我必須找到他。」莫西多道。

「爲什麼？」褒姒又道。

「因爲我要湊齊三個人打開一個秘密，而他就是其中之一。」莫西多毫不掩飾地道。

「什麼秘密？」褒姒道。

「現在不是告訴你的時候，我只是想知道他現在哪裡？」

「我爲什麼要告訴你？」

「如果你告訴我他現在哪兒，並且得到證實，我絕不會強求公主與我結婚，並且將紫晶之心送給公主，沒有任何附加條件。」莫西多道。

褒姒感到有些奇怪，莫西多似乎已經確定自己有如此高深的精神力是源自於師父天下，師父曾對自己說過，不要向任何人提及他的消息。而自己現在也確實不知道師父的行蹤，與空悟至空、無語大師一樣，師父天下被稱爲幻魔大陸最爲神秘的不世高人之一，而此刻莫西多的話隱約與這三人有關。聽莫西多的話意，他似乎已經找到了空悟至空、無語大師，現在只剩下師父天下了，但這又似乎是不可能的，沒有人可以輕易找到他們，更別說控制住他們了。

褒姒不願在這個問題上與莫西多糾纏下去，於是道：「就算我告訴你我師父的行蹤，你也不一定能夠很快得到證實，而離本月十五只不過三日，三日後也就是我與你結婚的日子了，師父遠在天涯，試問這三天之內又豈能證實？最後讓你得償所願，你休想騙我！況且，我也確實不知道師父他老人家的行蹤。」

莫西多轉變了一下自己的口氣，變得有些冷冷的，道：「看來公主是不願告訴我了，不過沒關係，我總有辦法讓你說的。從今以後，在我得到答案之前，你不能離開三皇子府半步，除非得到我的允許。」

褒姒冷哼一聲，道：「三皇子的話未免說得太早了。」

「公主以爲很早嗎？我卻並不這樣認爲。」

莫西多拍了拍手，清脆的掌聲在三皇子府的夜空下迴盪開來，轉瞬之間，在可以出現的每一寸空間都被一種無形的強大氣機所鎖定。雖然不見人，但這種感覺，比見到人更爲可怕，而且它是如此強大，強大得連褒姒的心也在不斷地收縮。

莫西多道：「現在公主應該相信我了吧？」

的確，褒姒有了一種置身龍潭虎穴之感，這裡的防護甚至比西羅帝國的皇宮都要嚴密得多，這是褒姒事先沒有想到的。

一陣淡淡的夜風徐徐吹來，讓褒姒的頭腦清醒了不少，她輕輕撩了撩自己的長髮，以一根在夜空下仍閃著紫色光彩的髮釵束好。

她沒有說什麼，但她的行動已經說明，她已經做好了一切最壞的打算，甚至是死。

月戰回頭看了褒姒一眼，木然的臉上有一絲肌肉被牽動，他自然看到了褒姒義無反顧之心，聲音依舊木然地道：「公主！」

褒姒沒有絲毫回應。

月戰收回了自己的目光，他受託於皇命，保護褒姒的安全，絕不能讓褒姒以身涉險，他知道自己該怎麼做。

就在褒姒欲對莫西多發動進攻的一剎那，月戰率先動了！

他的動是如此狂野，就像突然降至的暴雨，沒有絲毫徵兆。

三丈空間的距離，瞬間突破。

黑暗的長空出現的，則是一道寒光拖著長長的曳尾，疾瀉而過，奔向莫西多，根本就沒有看到月戰，他的人似乎已經與這道寒光融爲了一體。

莫西多冷冷地道：「我倒要親自試探一下你到底有多厲害！」在他心中似乎從來就沒有忽視過月戰的存在。

就在這道寒芒突破莫西多的生命防護之氣時，莫西多的手如魔爪般揮了出去，直取寒光的最亮點。

褒姒冷靜地看著這一切，看著月戰與莫西多的身形不斷地在虛空中變換角度，看著一道道劍與手擦拭而出的電光在眼球中消逝。

突然，她也飛躍而起，劃過虛空，向屋頂上掠去。她知道，月戰替自己迎戰莫西多，就是爲了讓自己逃離三皇子府，她必須儘快離開這裡，時間的推移只會予她不利。

「砰……」褒姒飛掠而起的身形撞在了透明的介質上，那是一處結界。

虛空中，褒姒跌落而下，幸好她早有心理準備，及時穩住了身形，並無大礙。

但她同時也感到，就在她與結界相接觸的一剎那，有一股魔力擾亂著她的心神，讓她心緒感到極爲煩燥。幸好她有著強大的精神力保護著大腦的意識層，否則真不知會發生什麼事，而且就在她雙腳落地，重新站定之時，一股比先前強大十倍的氣機牢牢將她的身形鎖定，彷彿有千萬柄飛刀在她身體四周飛旋，只要她稍有異動，這些「飛刀」就會將她化爲粉碎。

褒姒這才認識到了何謂攻擊性的魔法結界。

褒姒沒有動，她甚至連眼睫毛也沒有顫動一下。

她以自己強大的精神力，透過意念去感知是什麼在操控著這個魔法結界。她堅信，任何有目的的發出攻擊的行爲，其背後必定有一個操控之人，要想破除眼前這個具有攻擊性的魔法結界，她必須首先找到這操控之人的存在，唯有如此，才能破除這個魔法結界。

所以，她目前唯一可以做的便是一動不動，讓意念感知的觸角向虛無的空間中延伸，透過有形的實體牆，透過地面，深入地底……讓一切有形的存在在意念感知的世界裡變得不存在。

而此刻，對於將全部精神力轉化爲意念感知的褒姒來說，則是極爲危險的。用誇張一點的說法，此刻如有一隻螞蟻攻擊她，也都可以讓她死去。

突然，褒姒不斷延伸的意念感知進入了一個無底的不斷旋轉的黑洞中。

第廿七章　無法控制

褒姒心中一驚，忙以精神力控制意念感知的延伸，卻驚訝地發現完全無法控制，彷彿有一股強大至極的力量在不斷地吸扯著她的精神力。

褒姒驚駭萬分，照此下去，她的精神力會完全被這股力量吸耗無遺。到時，便會神遊體外，永遠消亡。褒姒來不及細想，思維便漸漸有些模糊不清了……

與莫西多激戰正酣的月戰感到了褒姒所存在氣息的漸漸衰弱，知道褒姒出了事，卻不明白到底原因何在，更無暇有騰出手來的機會，但他心中有一個念意，那就是「絕對不能讓公主出事」。

月戰的劍找到一個瞬間「喘息」的機會，他揮劍借勢斜劈了下去。

這不是簡單的一劈，這一劈彷彿彙聚了月戰全身所有的精神力與功力，四下一片黑暗，而他整個人和劍竟然發出比太陽還要強十倍的烈芒，萬千道光影射穿虛空中的每一寸空間，而劍所牽發而起的澎湃氣勁，使整個虛空都沸騰了，卻又似狂濤般層層湧向莫西多。

這一劍的氣勢，足有排山倒海之勢，連夜空都彷彿被這一劍的氣勢所震撼，變得忽明忽暗。

莫西多極爲震驚，面對如此霸烈的劍勢，他沒有十足的勇氣與之對抗，不得不採取妥協的方式，暫避鋒芒。

莫西多退了，疾退！讓人的眼睛都跟不上他的速度，一瞬間他的人就不見了，彷彿從這個空間中消失，遁入了另一個世界。

劍直劈而下，竟然將整整一面屋牆一分爲二，轟然倒塌。

霎時，塵埃盈滿夜空，四散飛舞。

月戰迅速奔向褒姒，以自己的精神力保護著她僅存的一點意志不至於潰散。幸好，他趕得及時，若是再遲片刻，褒姒可能將香消玉殞，永遠都不可能醒過來了。

因爲對於一個專修精神力的人來說，失去了精神力，也就等於失去了生命。

月戰不明白，到底是什麼原因讓褒姒的精神力消耗殆盡。

但此刻，也不由他多想，既然公主暫時沒事，他必須帶著她儘快離開這裡。

趁著飛起的塵埃，月戰抱著褒姒，向那剛才被他一劍劈塌的屋牆方向掠去，順利地通過了結界所包圍的區域。而他卻不知，正是由於他剛才開天劈地般的一劍，將魔法結界撕開了一道口子，因此才能順利通過。

但這並不意味著月戰已經逃了出去，出現在他眼前的是寬大的演武場，演武場上早已靜候著許多人，這其中，包括那被他一劍所逼退的莫西多。

莫西多道：「你放棄吧，你是不可能逃出三皇子府的。我尊重你是一個難得的對手，給你一次機會。」

月戰的眼睛掃視著演武場內的眾人，每一個人都非弱者，每一個人所散發出來的氣息都熾烈逼人，從原則上，他根本不可能將這些人全數擊敗，逃離三皇子府。

況且，他還要保護褒姒公主。

除了這些，除了莫西多之外，還有著兩人，讓他的心有著異常的警覺。

這兩人穿著粗布衣衫，其貌不揚，可謂平凡至極，放在人堆裡，一般人都找不到。但一個高手的存在是根本不需要通過外表表現的，那是一種無形氣機對環境的影響，對人思維的影響，特別是對月戰這樣的高手，更是能夠敏感地捕捉到。僅憑這兩人，他就很難脫身。

就在月戰分析著眼下所面臨的形勢時，又有一個人來到了演武場。

是朝陽，準確地說，是影子被複製的靈魂，是一個複製品。

朝陽在莫西多身旁站住了，他的臉上沒有表情，沒有表情的意思是沒有人可以從他臉上找出一些什麼，就像什麼事都沒有發生，就像他沒有想過要殺莫西多。

莫西多很認真地看著朝陽的臉，他想從這張臉背後找出一些什麼，但卻沒有如願，正如他每次想得到的結果一樣。但這一次，他又是明白的，他明白，此刻的朝陽已經澄清了，叛逆、暴勁、浮躁已經退出了朝陽的心，至少已將之蟄伏在心很深很深的地方。對莫西多而言，他就是希望看到這種情況，只要能夠爲他所用已經夠了，他從未有過奢求這個人會真心實意地爲他做事，他只需要能夠控制朝陽。正如他創造了朝陽，而從未擔心不能夠瞭解朝陽一樣，他需要的就是與真實的沒有一點點區別的朝陽，沒有一點點區別的大皇子古斯特。

朝陽看著月戰，看著月戰抱著的褒姒，這一切遲早是要發生的，一個最富才情的女子來到一個陌生的國度，這樣的決定是以生命來找尋的追求。他還記得在劍士驛館的那個晚上，在有著月光的屋頂，褒姒看到了兩個月亮。

月戰也看了朝陽一眼，很短暫的一眼，彷彿是爲了這個人的存在。他的眼睛依舊木然，舉起了手中的劍，那象徵他生命的劍，他要用自己的劍來殺出一條血路。

劍，在夜裡沒有華彩，融入了黑夜中。

他突然躍了起來，一道電光撕開了他前進的路，所有的一切告訴他，所有的一切只能夠靠劍來解釋，絕對沒有第二種方法。

劍撕裂了虛空，又像煙花一樣碎開了，它沒有煙花般的絢麗，有的，只是煙花般瞬間的慘烈，因爲那碎開的是劍氣，是劍花，是一種可以殺人的手段，更是一種霸烈得讓人防不勝防的招式，一個無路可走之人決斷的毅然之舉。

慘叫聲傳了出來，但更多的卻是無數黑色的身影奔向了那劍光最盛處，那最能讓人死去的地方，多得如蝗蟲般鋪天蓋地。

這是莫西多養的一群門客，誰也沒有想到竟是如此之多，而且是如此地不顧惜自己的生命。

人們說，唯有愛情與政治最能讓人狂熱，而這些門客，所爲的又是那般另類。

金鐵交鳴的聲音十分刺耳，慘烈的血雨十分嗆鼻，頭與身體的分離、手與臂的分離、上身與下身的分離、劍與劍的分離……演繹著地獄般的晦暗狂殺。

月戰抱著褒姒，以劍撕開著前進的道路，以身子擋著攻向褒姒的殺機，鮮血模糊了他的視線，但他的眼睛還是顯得木然，屠殺與被殺並不能改變他看這個世界的心態。

莫西多則站在一旁，還有朝陽，還有那兩個在月戰看來「極爲普通」之人，他們只是看著，讓人想到的是事不關己的觀賞。

人，一個個倒下，一個個死去，分解的屍體堆積在月戰前進的腳下，而他身上的傷口也已經是縱橫交錯。

但靈魂是不死的，不死的靈魂注定著腳下的步子永遠不會停歇。

當最後一道黑影在他眼前晃過，他用劍刺穿那人的胸膛時，他真的已經累了。

「鏘……」劍拄在了地面，鮮血沿著劍刃滑落，他的人也單膝跪地，支撐著身軀的不倒，而他抱著的褒姒，除了全身濺滿了鮮血外，絲毫未損。

這是怎樣的一種意志？

朝陽看著他，心中有的只是一種悲哀，他的努力是不會有結果的。

莫西多看著他，輕輕一笑，道：「你夠頑強，我敬佩有著頑強意志的人，我給你一次機會，現在還剩下三個人，如果你能夠將這剩下的三人打敗，我就放你與褒姒公主離開，並且將紫晶之心送予你們，決不反悔！」

一綹亂髮垂在月戰低垂的眼前，他緩緩地抬起了頭，望向莫西多。

莫西多明白他眼神的意思，再次道：「是的，只要你能夠將這剩下的三人打敗，一切悉聽尊便！」

月戰再一次低下了頭，閉上了自己的眼睛。他在積蓄著已將耗盡的氣力，以便能夠讓自己再次站起來。

終於，他站了起來，懷中仍抱著褒姒，面向朝陽及那兩個看上去「極爲普通」之人。

莫西多道：「你可以將褒姒公主放下，本皇子決不會趁人之危！」

月戰低緩地道：「不用。」

莫西多一笑，道：「隨你的便。不過，剩下的這三位有必要讓你認識一下，朝陽我就不用多介紹，我相信你已經知曉，剩下的這兩位，一名爲靈空，一名曰易星。」

莫西多報完這兩人的名字後便不再多說什麼了，因爲憑藉「靈空」與「易星」這兩個名字，已經足夠代表一切了，每一個幻魔大陸的武者，無論是人、神、魔三族，都應該知道這兩個名字，兩個近乎被魔異化了的名字。

月戰木然的眼睛裡果然露出了一絲難得的異色，他自是聽過靈空與易星這兩人的名字，一百年前以他們魔異化的超然能力，橫掃整個幻魔大陸。最後，聽說是遇到了幻魔大陸三大奇人之一的天下，在「天宇」（幻魔大陸最奇、最高峰之名）有一場「對話」，然後兩人便銷聲匿跡。相傳天下問了他們三個問題，「何爲強者？」「何爲武者？」「何爲智者？」而兩人皆不能夠回答，於是便隱跡消失。不說他們是敗了，單是他們有資格與天下對話，就足以說明他們有足夠強悍的實力。誰都知道，天下與空悟至空、無語大師都是脫離生命極限的飄然之人，連當年的聖魔大帝想要見他們一面都是一件難事。

而此刻，靈空與易星卻奇蹟般地出現在了月戰的面前。

朝陽也曾經隱約聽到羅霞提到過此二人的名諱，雖然他並不知道兩人以前的「事跡」，但他已經感到兩人強烈的氣息，令人聯想到死亡的魔異化氣息，而且是在兩人極力收斂的情況下，可見這兩人身上有著太強的、被壓抑的殺欲。

莫西多又是微微一笑，他似乎很滿意靈空與易星的出現對月戰所帶來的壓力。

他道：「不知你喜歡的是三人一起上，還是一個一個地上？」

月戰知道無論三人一起上，還是一個一個地上，對他都不會有絲毫的裨益。但他知道，以他所剩的體力，不足以支撐過長的時間，何況他懷中的褒姒急需救治，於是低沈地道：「那就三人一起上吧！」

這時，身材修長、面目清瘦、有著幾綹白鬚的靈空卻道：「三皇子，依老朽之見，他也是一個值得尊敬的人物，如果他能夠勝過老朽二人，那就放他一馬。」顯然，他是不屑與朝陽一起聯手對付月戰。

莫西多當然明白他的意思，問道：「你們有足夠的自信？」

靈空道：「三皇子應該相信老朽二人才是。」言語之間並沒有主僕之間的區別。

莫西多思忖了一下，心中有所衡量，道：「好吧，既然如此，就如靈空先生之意。」轉而又望向月戰，接道：「如果你能夠擊敗靈空與易星兩位先生，本皇子就放你與褒姒公主離開。」

雖然如此，但月戰心中並沒有絲毫輕鬆之意。且不說現在他力量不濟，懷中有褒姒公主，就算是平時功力圓滿，也並無掌握能夠勝此兩人。

他解下了自己的外衣，將昏迷不醒的褒姒縛在了背上，然後用手拭去凝在劍上的血跡，劍鋒立時重現懾人的寒光。

他凝視著手中之劍片刻，重新將劍拄地，閉上了眼睛，大喝一聲道：「來吧！」

剛才死氣沈沈、精疲力竭的身軀，奇蹟般暴漲出瘋狂的肅殺之氣。

莫西多、朝陽、靈空、易星皆不由爲之一驚。

破空之聲驟響，靈空與易星陡然從朝陽身旁消失，其速快得不可思議。

與此同時，月戰感到他所形成的氣場如風暴般的波動，轉瞬間，他所形成感應對方變化的氣場竟然被更強大的肅殺之氣衝擊得支離破碎。

月戰的心不由得收縮成了一點，他的氣場已經不能夠感應到易星與靈空的所在，唯一感應到的是天翻地覆般方位的不斷變換，分不清東南西北，而他現在所依靠的只是直覺。

他的手不自覺地將拄地之劍握得更緊，但他的身形卻沒有絲毫的動彈，所剩下的機會是不動則已，一動必是致命一擊。

「嘯……」一道張狂無比的劍光劃破長空，一往無回地刺向月戰。

月戰的衣袂頭髮被狂風吹得獵獵作響，更有一種無形的力量透過肌膚，滲入了月戰的體內。可怕的是，這種無形的力量在劍光推進的過程中，瘋狂地侵蝕，分解著月戰的功力和精神力，如同千萬支勁箭企圖射進他心臟的保護層，而且同時在侵佔著他大腦的思維，企圖擾亂他大腦對外界的判斷能力。

月戰此時有些明白爲何人們稱靈空與易星擁有「魔異化的力量」，這是源於精神力，卻又不同於精神力，融入了魔族攝魂術的精神力。

月戰不得不面對著這種魔異化力量的侵擾和外來利劍的逼進。

更爲可怕的是，這僅僅是一個人所爲，而另一個人的存在卻沒有露出一點點的端倪，另一個人似乎在等待著對手出手之後伺機而動。而月戰所僅剩的功力絕對不足以應付一方面來自精神的侵擾，另一方面來自利劍的逼進，還有第三種不知道的攻擊，他現在所能保證的僅僅是心神不被那「魔異化力量」的侵擾。他並不知道，褒姒之所以精神力被耗盡，那個具有攻擊力的魔法結界也正是靈空與易星所爲。

劍光已經逼近眼前，而月戰仍沒有動。

朝陽與莫西多也在注意著月戰會有怎樣的反應，他們理解月戰目前的感受和採取的以逸待勞、攻擊必殺的戰略，但他們卻不能夠肯定月戰會在何時做出拚死一擊。

突然，月戰的眼睛睜開了。

兩道極爲凜冽、隱含無限殺氣的寒芒射向了背後，疾速逼近的殺勢不由得滯了一滯。

而就在這電光石火的一刹間，月戰竟然迎身對上了近在眼前之劍！

朝陽與莫西多同時驚愕，但同時也明白了月戰所採取的策略，也是朝陽曾經採用對付漠及落日的策略。

那就是利用對方驚愕之機，以自己的身體控制住眼前的殺勢，再伺機作出下一步的反應。

劍刺中了月戰的左胸心臟右邊，劍光大暗，露出了易星驚愕之臉。

而這時，月戰手中之劍也揮了出去，目標不是易星，而是自身後攻來的靈空。

靈空就在月戰身形移動的一剎那已經殺至。

「鏘……」金鐵交鳴之聲震碎虛空，月戰化解了身後之擊。

「砰……」一腳重重地踢在了月戰的小腹上，身形如大石般摔在了地上。

這一腳是驚愕過來的易星所踢。

月戰雖然躲過了兩人的第一輪攻擊，但卻沒有占到絲毫便宜，那一劍、那一腳讓他目前面臨的形勢更加嚴峻。

靈空與易星並沒有趁機對月戰進行狙殺，他們只是冷冷地看著倒在地上的月戰，面露嘲諷之意。

靈空道：「老朽以為你有多厲害，原來只不過爾爾。」

月戰沒有說話，以劍拄地，掙扎著從地上站了起來，臉上沒有一點表情，只有慘澹的白色。他道：「少廢話，來吧，直到你們殺死我的那一刻為止！」

靈空冷冷一笑，道：「你既然想死，那老朽就送你一程，讓你走得安息！」

說話之間，他手中之劍脫手飛了出去，化作一道驚芒刺向月戰。同時，他的身形化作一道幻影從原地消失，不知所蹤。

月戰已經沒有力氣移身閃避，劍至眼前，只得側身而閃，卻不想這柄脫離靈空之手的利劍，突然轉變運行的軌跡，轉向從側面橫刺月戰，似乎早已料到月戰會有此反應。

劍從月戰左臂刺過，再次將月戰刺傷，同時，靈空幻化的身影劈出一掌，重重擊在了他的胸口。

「噗……」月戰倒退十數步，噴出了一口鮮血。

靈空停了下來，冷冷地笑道：「老朽看你還能撐多久！」說罷，整個身形又化爲一道虛影衝向月戰，連續劈出了六十八掌，掌掌都劈在月戰周身要害部位。

月戰重重摔在地上，連青石鋪就的地面都撞出了一個大坑，一動不動，彷彿已經死去。

易星有些不相信月戰就這麼容易便死去了，他走近月戰，將月戰的身子踢動，把仆地的身子翻了過來，他蹲下身形，將手指伸至月戰的鼻端，已經沒有一點氣息呼出，隨即他又一劍刺進月戰的胸前，還是沒有一點反應。

他回頭對靈空道：「看來我們是高估了他，他真的已經死了。」

就在易星心神出現懈怠時，情況突變！

「死去」的月戰雙眼突然睜開，左手以猝不及防之勢，一下子掐住了易星的咽喉。

與此同時，月戰片刻不曾離開右手之劍從地面彈射而出，以開天劈地之勢，捲起滾滾氣浪，若怒矢般射向靈空。

面對這突如其來的劇變，誰都沒有回過神來，誰都不敢相信，中了靈空六十八掌的月戰應該是絕對不可能還有活著的機會的。

但不可能發生的事情，此刻卻偏偏發生了。

月戰的劍此刻已經刺穿了靈空的胸膛，將其釘在牆上。與此同時，他的手已經掐斷了易星的咽喉，帶出了氣管，鮮血噴得月戰一頭一臉。

是的，月戰在一開戰之前就明白自己完全沒有機會贏靈空與易星，故而他一直都在尋找著、等待著機會，他也知道這種機會唯一只會出現在靈空與易星大意、心神懈怠之時。他連受靈空的攻擊，但卻沒有讓靈空傷到致命的地方，誠然，那六十八掌已經震傷了他五臟六腑，致使他關節脫位，但他始終積蓄著最後一口真氣，守護著自己的心脈，並且在關鍵的時候給予對手致命一擊！

當易星以爲他死去，心神出現懈怠之時，月戰知道自己所等待的機會終於到來了，在掐斷易星咽喉的時候，他的劍也射向了靈空！

但此刻的月戰，也已經只有出的氣，沒有再進的氣了。

莫西多怎麼也沒有想到會出現這種結果，到底是靈空、易星的大意，還是他自己的大意？他看著跪在地上、已經不能夠再動彈的月戰，在佩服對方意志的同時，也不得不佩服他所擁有的足夠的忍耐力與智慧。

莫西多也不管月戰能否聽見他的話，心服口服地道：「我輸……」

正當莫西多準備認輸的時候，突見一柄劍自牆上倒射向月戰。

那是月戰的劍，是月戰將靈空釘在牆上之劍。此時，它從牆上反射而出，射向了月戰。

那一劍並沒有要靈空的命！

而此時的月戰一動不動，真的已經沒有半絲力量可以避過倒射而至的劍。

劍在咫尺，就在要將月戰之命終結的一刹那——

「鏘……」一片枯葉擊中飛射之劍，並發出金鐵交鳴之聲，同時，有無以數計的樹葉已從四面八方紛如雨下地射向莫西多、朝陽與靈空。

而在這可以殺人的、漫天紛飛的樹葉中間，一道人影飛馳而至，月戰與褒姒也同時消失。

莫西多揮掌劈出，將疾飛而至的樹葉悉數震散，朝陽與靈空亦化去這萬千樹葉對兩人的攻擊。

莫西多看著人影消失的方向，對著朝陽道：「現在該輪到你了，如果不能將褒姒帶回，你就不要再回來見我！」

朝陽也不答理，向人影消失的方向飛掠而去，眨眼即逝。

靈空看了莫西多一眼，道：「老朽要替易星報仇，不殺死他，誓不罷休！」

也不等莫西多答覆，緊隨朝陽而去……

請續看《幻影騎士》卷三

戰神之路 卷2 宿命之戀（原名：幻影騎士）

作者：龍人
發行人：陳曉林
出版所：風雲時代出版股份有限公司
地址：105台北市民生東路五段178號7樓之3
風雲書網：http://www.eastbooks.com.tw
官方部落格：http://eastbooks.pixnet.net/blog
Facebook：http://www.facebook.com/h7560949
信箱：h7560949@ms15.hinet.net
郵撥帳號：12043291
服務專線：(02)27560949
傳真專線：(02)27653799
執行主編：劉宇青
美術編輯：許惠芳

法律顧問：永然法律事務所 李永然律師
北辰著作權事務所 蕭雄淋律師

版權授權：蔡雷平
初版日期：2014年4月
初版二刷：2014年4月20日
ISBN ：978-986-5803-96-4

總 經 銷：成信文化事業股份有限公司
地　　址：新北市新店區中正路四維巷二弄2號4樓
電　　話：(02)2219-2080

行政院新聞局局版台業字第3595號 營利事業統一編號22759935

定價：280元　特價：199元

國家圖書館出版品預行編目資料

戰神之路／龍人著. -- 初版-- 臺北市：風雲時代，
2014.03 -- 冊；公分

ISBN 978-986-5803-96-4（第2冊；平裝）

857.7　　103001635